NEM SÓ DE PÃO VIVE O HOMEM

Editora Appris Ltda.
1.ª Edição - Copyright© 2020 do autor
Direitos de Edição Reservados à Editora Appris Ltda.

Nenhuma parte desta obra poderá ser utilizada indevidamente, sem estar de acordo com a Lei nº 9.610/98. Se incorreções forem encontradas, serão de exclusiva responsabilidade de seus organizadores. Foi realizado o Depósito Legal na Fundação Biblioteca Nacional, de acordo com as Leis nos 10.994, de 14/12/2004, e 12.192, de 14/01/2010.

Catalogação na Fonte
Elaborado por: Josefina A. S. Guedes
Bibliotecária CRB 9/870

	Souza, Nicolau Manoel de
S729n	Nem só de pão vive o homem / Nicolau Manoel de Souza. - 1. ed. -
2020	Curitiba : Appris, 2020.
	241 p. ; 21 cm.
	ISBN 978-65-5820-836-5
	1. Ficção brasileira. 2. Crime organizado. 3. Problemas sociais. I. Título. II. Série.
	CDD – 869.3

Livro de acordo com a normalização técnica da ABNT

Appris editora

Editora e Livraria Appris Ltda.
Av. Manoel Ribas, 2265 – Mercês
Curitiba/PR – CEP: 80810-002
Tel. (41) 3156 - 4731
www.editoraappris.com.br

Printed in Brazil
Impresso no Brasil

Nicolau Manoel de Souza

NEM SÓ DE PÃO VIVE O HOMEM

FICHA TÉCNICA

EDITORIAL	Augusto V. de A. Coelho Marli Caetano Sara C. de Andrade Coelho
COMITÊ EDITORIAL	Andréa Barbosa Gouveia (UFPR) Jacques de Lima Ferreira (UP) Marilda Aparecida Behrens (PUCPR) Ana El Achkar (UNIVERSO/RJ) Conrado Moreira Mendes (PUC-MG) Eliete Correia dos Santos (UEPB) Fabiano Santos (UERJ/IESP) Francinete Fernandes de Sousa (UEPB) Francisco Carlos Duarte (PUCPR) Francisco de Assis (Fiam-Faam, SP, Brasil) Juliana Reichert Assunção Tonelli (UEL) Maria Aparecida Barbosa (USP) Maria Helena Zamora (PUC-Rio) Maria Margarida de Andrade (Umack) Roque Ismael da Costa Güllich (UFFS) Toni Reis (UFPR) Valdomiro de Oliveira (UFPR) Valério Brusamolin (IFPR)
ASSESSORIA EDITORIAL	Alana Cabral
REVISÃO	Andrea Bassoto Gatto
PRODUÇÃO EDITORIAL	Lucielli Trevizan
DIAGRAMAÇÃO	Andrezza Libel
CAPA	Amy Maitland
COMUNICAÇÃO	Carlos Eduardo Pereira Débora Nazário Kananda Ferreira Karla Pipolo Olegário
LIVRARIAS E EVENTOS	Estevão Misael
GERÊNCIA DE FINANÇAS	Selma Maria Fernandes do Valle
COORDENADORA COMERCIAL	Silvana Vicente

Aos meus pais.

AGRADECIMENTOS

A Deus, por me nutrir com a vontade de viver.

Aos meus pais, pela educação recebida.

À minha esposa, pela heroica bravura de me aturar.

À minhas filhas, pela paciência de nos suportar.

Aos meus netos, por complementarem toda felicidade.

Ao mestre, confrade e amigo escritor, Roberto Rodrigues de Menezes, por todo o incentivo.

A Ney Santos, vice-presidente da ALP, pela dedicação a esta obra.

PREFÁCIO

A partir da década de 1970, durante minha infância e adolescência, assistia, frequentemente, a notícias a guerra em Angola (mais uma das tantas que sempre estão acontecendo) e também via, em revistas como *O Cruzeiro, Manchete, Fatos e Fotos*. Eram imagens e textos pesados, impactantes, que nós, crianças, aqui no Brasil, não conseguíamos assimilar muito bem, afinal, aquilo estava acontecendo lá longe, na África. Eis que agora, adulto, já na Terceiridade, encontro uma história que, em parte, passa justamente naquele país, após o fim da guerra, em que o autor, Nicolau Manoel de Souza, apresenta-nos as consequências assustadoras dos conflitos armados sobre a população civil, principalmente mulheres e crianças (pais e maridos, em sua maioria, mortos ou inválidos) perdidas, sem saber qual rumo tomar.

É nesse mundo tão desumano que o herói, Mayke, depara-se com o que resta de uma família, que ficara no Brasil, que se esfacelou enquanto ele se afastava com a desculpa de prover o sustento dos seus, preocupando-se muito mais em enriquecer do que em acompanhar sua esposa na condução dos filhos. Teria valido a pena agir dessa maneira? Como reverter os danos causados?

O autor faz-nos confrontar nossos próprios receios enquanto pais, mães, avós, quanto ao rumo que nossos descendentes irão tomar e qual a melhor maneira de guiá-los para o bom caminho, sendo que somos falhos e, muitas vezes, erramos tentando acertar. Ele nos coloca frente a frente com nossas responsabilidades de genitores.

Na história ora apresentada, os problemas se sucedem de forma e em quantidades espantosas – sempre consequência de erros anteriores, até que Mayke, finalmente, percebe que não só os bens materiais são necessários para se alcançar a felicidade. Inicia, então, uma árdua luta para reunir o pouco que sobrou da sua família, antes numerosa e feliz, e reiniciar tudo em outro país, sob uma nova ótica, qual seja, a de que "Nem só de pão vive o homem". Agora, o desenlace será, sem dúvida, outro e melhor.

Ney Santos

Vice-presidente da Academia de Letras de Palhoça

APRESENTAÇÃO

Nem só de pão vive o homem, mesmo sendo uma obra com caracteres fictícios, é de uma atualidade que leva o leitor a imaginar a crise que recai numa família quando ela é subjugada no mundo do crime, acorrentada pelo vício das drogas e sob a maldição que atormenta o núcleo de um lar que, até então, presumia-se bem formado.

Caro leitor, nesse tema mora a preocupação de todas as famílias brasileiras, e mais ainda do governo, que tenta resolver o problema por meio de ações sociais. Uma família contaminada é inevitavelmente sucumbida pelo aliciamento de vícios, alimentada pelo uso das drogas ilegais, assassinatos, tráficos e envolvimentos com armas. São facções assustando a sociedade, dando origem ao crime organizado.

Como membro de uma sociedade organizada, recai-me grande preocupação com as famílias aliciadas, chegando ao ponto de dizer que as drogas ilegais são o "flagelo da humanidade". Navegando por esse mar de alucinações, encontrei Mayke, o ator principal dessa tragédia, que vivenciou a alucinação de duas famílias, sendo que a primeira foi formada pelo amor e a segunda porque tinha um coração moldado de piedade, obrigando-o a prestar socorro somente por imaginar que a primeira já estava contaminada e não oferecia mais retorno.

Embasado na espiritualidade de sua primeira esposa, Mayke concentrou-se na segunda família para dar alívio à sua consciência, pois na primeira ele não acreditava mais. No entanto, de início, sua sorte foi questionada. Não contava ele com a fúria dos guerrilheiros de Cabinda quando tentou ajudar a segunda família.

Ao se entrosar com a família de um guerrilheiro sucumbido pela tirania de um ditador que não aceitava a emancipação de uma província enclave, lá no continente africano, Mayke caiu em uma armadilha que obrigou a desembolsar alta quantia em dinheiro para salvá-la.

Foi em Angola que Mayke, com o dinheiro que juntara trabalhando com petróleo e imobiliária, após sérias complicações, tentou se desvencilhar dos tormentos que o cercavam.

A intenção é mostrar ao leitor, por meio desta obra, o retrato de uma sociedade que caminha a passos largos para um abismo de alucinógenos sem controle. E mostrar, também, que a prevenção, a repressão e as ações sociais são incapazes de sanar o problema, o monstro que consome diariamente a tranquilidade das famílias deste planeta.

Será que Mayke conseguiu desatar o nó que complicou sua vida? Essa incógnita você pode desvendar com a leitura de *Nem só de pão vive o homem.*

SUMÁRIO

INTRODUÇÃO 15

UM - O RETORNO AO BRASIL 17

DOIS - LEMBRANÇAS SAUDOSAS 31

TRÊS - CHEGADA EM FLORIANÓPOLIS, SANTA CATARINA 39

QUATRO - A SAÚDE DE ANGÉLICA E A DESILUSÃO DE BICA 51

CINCO - PROVA DA TRAIÇÃO 61

SEIS - REENCONTRO COM ANGÉLICA 71

SETE - O PAI DE MAYKE 85

OITO - PARECER E RECOMENDAÇÕES DO MÉDICO 95

NOVE - O FIM DE ANGÉLICA 107

DEZ - ANGÉLICA: SUA HISTÓRIA E CREMAÇÃO 115

ONZE - O TRANSLADO 125

DOZE - NOTÍCIAS DE MARY E O ROMANCE DE BICA 127

TREZE - EM LUANDA 135

QUATORZE - A NETA VITÓRIA E O PROCESSO JUDICIAL 143

QUINZE - REAÇÕES AO PROCESSO JUDICIAL 147

DEZESSEIS - O SEQUESTRO DA FAMÍLIA RAMIRES 151

DEZESSETE - O RESGATE... 163

DEZOITO - ONDE ACOMODAR A FAMÍLIA?............................... 173

DEZENOVE - A AUDIÊNCIA CONCILIATÓRIA.......................... 179

VINTE - ENCONTRO COM OS FILHOS 187

VINTE E UM - TRISTE NOTÍCIA SOBRE A FAMÍLIA DE
BIOVALDO 199

VINTE E DOIS - O ASSASSINATO DE RODRIGO 209

VINTE E TRÊS - A FAMÍLIA REUNIDA EM LUANDA 213

VINTE E QUATRO - O DESTINO DE CADA MEMBRO DA
FAMÍLIA.. 219

VINTE E CINCO - A NOVA AMIGA, ADVOGADA OLÍVIA.......... 225

INTRODUÇÃO

Depois de publicar três livros no mesmo estilo (poemas), imaginei que se mudasse para prosa poderia alcançar mais conteúdo do que dentro dos assuntos expressos em versos. E, realmente, essa mudança mostrou-me que, nos poemas, mesmo no meu estilo, que aceito ser chamado como contos ou histórias contadas em poemas, não registrava os detalhes importantes para que os leitores, os mais leigos, pudessem apalpar e ter a certeza daquilo que estão lendo.

Essa mudança foi despertada em mim quando conversei com um leitor e ele me pediu para transformar um poema em romance. Para não o deixar sem resposta, prometi que o próximo seria escrito em prosa e o assunto retirado de um poema.

Com a falta de experiência no assunto, não foi fácil dar o ponto de partida. Mas após algumas leituras e pesquisas, resolvi colocar em prática aquilo que em minha mente ficou alinhavado.

Um poema de minha autoria, que será publicado em um livro após a publicação deste, foi o foco de todos os acontecimentos discorridos neste enredo.

Nem só de pão vive o homem conta a história de Mayke, que dentro do estilo de vida que levou, não conseguiu conciliar família e trabalho. E o preço por esse tropeço foi muito alto, entregando sua família a um covil de viciados e marginais de todas as espécies. Seus filhos tornaram-se membros dessas quadrilhas que, além de os levar à ruína, dizimaram a família por completo. A busca por recuperação só se deu quando Mayke teve a consciência do tropeço durante sua vida. O enredo, cujos personagens são fictícios, envolve o crime organizado que habita nossa sociedade e como ele se desenvolve. O império do crime que sobrevive praticando comércio ilícito de entorpecentes, venda de armas e outros crimes rentáveis para suas organizações.

Em Angola, onde Mayke foi trabalhar, também encontrou grandes problemas com outra família, que não era sua, mas com quem ele se envolveu de tal modo que se sentia responsável pela salvação dela. Ele achava que devia consertar aquela família para compensar a sua, mas se meteu numa enrascada com guerrilheiros da FLEC, em Cabinda, e pagou muito caro para equilibrar-se diante de tantos dilemas.

Mayke era engenheiro de Minas e tinha negócios no ramo de imobiliária e petróleo no Rio de Janeiro, Luanda e Cabinda. Enriqueceu nesses ramos de trabalho e com o dinheiro tentou amenizar um pouco o ambiente à sua volta.

UM

O RETORNO AO BRASIL

Se não era amor era da mesma família.
Pois sobrou o que sobra dos corações abandonados.
A carência. A saudade. A mágoa. Um quase desespero,
uma espécie de avião em queda que a gente sabe que
vai se estabilizar só não se sabe se vai ser
antes ou depois de se chocar contra o solo.

(Marta Medeiros)

O PESADELO ACABOU quando uma turbulência sacudiu o avião. A dez mil e quinhentos metros de altitude, Mayke abriu os olhos, o avião estava sacudindo. Aturdido pelos estardalhaços dos solavancos, fincado naquela poltrona, garantido pelo cinto de segurança, depois de uma cochilada acompanhada de um pesadelo, imaginou um final drástico, catastrófico. Encolhido de medo, posicionou-se na poltrona como se fosse evitar algum impacto com os pés. Na tentativa de se proteger, recolhia-se cada vez mais, num ato impulsivo, respondendo à exigência do instinto de sobrevivência. Não tinha escutado o anúncio do comandante, avisando pelo rádio que iriam passar por alguns segundos de turbulência, devido a nuvens espessas turbilhonadas em sua rota, que deviam ser enfrentadas.

Era homem experiente, suas viagens aéreas constantes, mas, nesse dia, sua mente estava ardilosa. Precisava de muita astúcia para resolver um assunto que por muito tempo o incomodava. E aquele pesadelo veio subjugá-lo durante o voo. Aquele pesadelo parecia ter saído do fundo do baú para atormentá-lo, como um mau presságio. Não tinha importância, o caos já havia acontecido. A aeromoça, com sua erudita delicadeza, fixou-o por alguns segundos, mas quando percebeu o seu estado instável, resolveu dar uma cutucada em seu ombro e balbuciou:

— *Are you doing well, Sir?*

Sua pergunta de imediato não despertou reação em Mayke, não fez com que mostrasse algum tipo de interesse, pois a aeromoça só olhou para Mayke depois da frase terminada. Ele pouco entendia de inglês, nunca tinha feito um curso completo. O que tinha aprendido eram palavras, como: cat, monkey, dog etc., lá no curso ginasial. Então aquela frase não era do seu conhecimento. A insistência da moça fez com que ele compreendesse que ela o estava indagando. Então o rapaz resolveu revidar.

— O que está acontecendo?

A moça de imediato percebeu que Mayke era adepto da língua portuguesa. Ela refez a pergunta, só que agora era em português. Com uma voz delicada e um sotaque expressivo, ela murmurou:

— O senhor está passando bem?

Ele explicou:

— Estou acordando de um pesadelo e me deparei com essa turbulência, que se misturou drasticamente com meus delírios.

— O senhor não precisa se preocupar. Nós acabamos de ultrapassar por cima de uma tempestade que está se dissipando sobre o Atlântico. Daqui para frente, conforme o serviço meteorológico, o tempo nos dará trégua o bastante para alcançarmos o continente americano com tranquilidade.

A aeromoça deu-lhe um tapinha de leve no ombro, acompanhado de um sorriso, talvez forçado, e reiniciou seu trabalho de rotina.

Passando o susto, Mayke ironizou seu estado anterior, pensou em peso de consciência, pois aquela cena que presenciara no restaurante em Angola, na província de Cabinda, fez com que emergisse na sua mente um açoitamento da representação do passado, que o colocava presentemente na posição inevitável de querer consertar ou amenizar a situação anômala que havia deixado para trás há sete anos. Essa anomalia o estava deixando à mercê de introspecções desfavoráveis. O passado que o desconectou durante um tempo considerável agora se fazia presente, exigindo e punindo, deixando sua mente cheia de inquietações e incertezas. Essa viagem resolvida assim, em um reflexo de pensamento ditoso, quase impensada, excluindo a interferência de qualquer obstáculo imprudente, deixou a inconsciência compatibilizar com seu racionalismo e ele viajou.

******

MAYKE e três colegas de trabalho estavam na zona de Bucumaze, na praia de Malembo, sentados em volta de uma mesa, no dia dez de setembro de dois mil e treze, uma terça-feira. O sol já descambava suavemente rumo a oeste, sem nuvens no céu. No relógio, os ponteiros acusavam 13h30min, quando entra uma senhora de aparência jovem, carregando uma criança no colo, e mais quatro ao seu redor. Com um olhar suplicante e um gesto desesperado, fez vir à tona o tormento que estava desequilibrando seus pensamentos. Aquela mulher, com aqueles cinco pupilos, foi o ponto nevrálgico que o deixou num dilema sem alternativa. O comando sobre a sua personalidade estava deturpado.

Seu semblante sombrio, marcas de sofrimentos difusos e fundamentados, com as quais o tempo, em sua maleabilidade, havia-a contemplado, deixou-o perplexo. Com os ossos zigomáticos salientes, descomunais, exuberava cavidades faciais além da normalidade, mostrando com transparência o tipo de vida acossada a que era submetida. Usava um vestido surrado de um tecido colorido, bastante desgastado. A revelação de seu uso contínuo mostrava as marcas da necessidade ali retratada.

O segurança, ou porteiro do restaurante, um homem sisudo, vestindo um uniforme marrom, exuberava um rancor velado, que ao perceber a presença daquela família deixava transparecer, identificando-se friamente com a posição em que estava exercendo. Mascarava-se de um poder mórbido com o propósito de transparecer sua importância. Ao ver a mulher com as crianças, imediatamente correu em direção aos infelizes, revestindo-se de uma rompante insolência, proibindo sua entrada no recinto. Com certeza, já conhecia aquela família e, com insultos e safanões, escorraçou-as de perto da entrada do restaurante. Uma daquelas crianças conseguiu furar o cerco e correu para perto da mesa onde Mayke e seus três amigos estavam sentados.

— Senhor! Senhor! Por favor.

Em um português claro, a menina indagou:

— Estamos com muita fome. O senhor pode nos comprar alguma comida?

Nisso, o segurança sisudo pegou-a pelo braço e a encaminhou para fora do restaurante. Os amigos, que saboreavam um prato típico da região, à base de caça, fizeram uma parada na refeição e olharam para aquela pequena que, com tanta coragem, submetera-se a tal situação. Julgaram que a necessidade a obrigava àquela ação, vendo a menina raquítica, assustada, com aproximadamente nove anos de idade, cabelos longos, lisos e despenteados, olhos negros, quase saltando da órbita, apreensivos, lábios grossos destacando uma boca bem acentuada, demonstrando um ar de tristeza que se unia ao contorno dos olhos. Uma face sem expressão, reentrâncias conquistadas pelo tipo de vida a qual era submetida. Maltrajada, a menina, querendo se esconder dentro de si mesma, tal qual uma coelha assustada, sem perder a esperança, com relutância olhava para trás, carregada pela mão do sisudo segurança, na esperança de que algo positivo acontecesse.

E aconteceu. Sensibilizado com aquele drama, Mayke pediu licença aos amigos, levantou-se e seguiu em direção àquela família escorraçada pela sociedade e por aquele segurança. Tinham que estar com muita fome para passar por aquele tipo de humilhação. Teria que intervir para saber o que estava acontecendo. Pediu que o segurança o deixasse a sós com aquela família. Ele, meio indeciso, com um safanão, jogou a menina de encontro à sua mãe e caminhou rudemente rumo à porta do restaurante.

— O que a senhora está precisando? Porque se submete a esse tipo de vida? — perguntou Mayke, olhando para a mulher e percebendo que lágrimas se desprendiam de seus olhos. Ela o encarou usando as lágrimas como resposta. As crianças, percebendo o interesse de Mayke, reuniram-se à sua volta, e uma delas disse:

— Estamos com muita fome, senhor. Hoje faz três dias que não sabemos o que é uma comida decente. Com qualquer sobrinha ficaremos muito agradecidos.

O garoto falou parecendo ser o mais velho dos cinco. Aparentava, no máximo, treze anos de idade. Aquele adolescente mostrava-se preocupado com o restante da família. Calça tipo bermuda, feita de um tecido grosso de cor cáqui, cheia de bolsos, dando a impressão que já havia pertencido a um dono bem maior, pela aparência já fazia algum tempo que ele não a tirava de seu corpo. Com os pés descalços, um moletom preto, tipo jaqueta, com mangas compridas e um capuz, completava sua veste. Eles só queriam comida.

Percebendo o estado daquelas crianças, Mayke não titubeou. Chamou o segurança e, na indução do suborno, intimou-o a levá-las para o lado do restaurante, onde existia uma árvore e, sob ela, um banco e uma mesa.

— Sirva-os com o prato do dia até ficarem satisfeitos. Não se preocupe com o pagamento — falou Mayke.

— Mas isso se repete diariamente — falou o segurança. — Hoje é essa família, amanhã tem mais duas ou três aqui, se souberem que essa foi alimentada. Existem aqui em Cabinda diversas famílias vivendo desse jeito. São consideradas restos de guerrilha, a maioria são famílias de guerrilheiros mortos e, por esse motivo, são expurgadas pela Nação. José Eduardo dos Santos, o presidente angolano, o ditador que já está há trinta e cinco anos no poder, não tolera esses guerrilheiros que lutam pela emancipação de qualquer província de seu país. Ele os considera inimigos do governo. Não é norma do restaurante servir alguém fora do seu recinto, e com o traje que estão usando e o mau cheiro que exalam, não poderão entrar. E se alguém do governo vê esses mendigos aqui, o responsável pelo estabelecimento irá se incomodar. O preço a pagar é muito alto se for provado que ele está ajudando famílias de guerrilheiros.

Assim como eu posso ser demitido se me pegarem colaborando com esse tipo de gente.

— Então deixe comigo. Faça de conta que não está vendo nada.

Mayke foi até ao serviço de restaurante, comprou quatro almoços e pediu para colocar na marmita de isopor para transporte. Os pratos foram preparados à base de caça, salada, arroz e maionese.

Com ajuda de um de seus amigos, Mayke levou as marmitas para onde estavam a mulher e as crianças, e os fez repartir entre si. Um frasco de refrigerante de dois litros, ele distribuiu em copos plásticos a cada um deles. Devido ao estado adiantado da fome, os pratos foram consumidos com tamanha voracidade que nada ficou como sobra ou resíduos, além dos pratos vazios. Aquelas pessoas comeram com tanto prazer que, na hora, nada os incomodou. Aquela comida os fez esquecer todas as dificuldades da vida. Lia-se em seus semblantes a alegria estampada. O sorriso ingênuo de um olhando para o outro era comovente. Eram momentos relâmpagos de felicidades para eles. A falta de talheres não foi problema, pois fizeram uso das mãos enquanto se alimentavam.

Sensibilizado com a situação, Mayke pediu para o amigo se retirar, que ele queria ficar um tempo com aquela família e se dirigiu a mulher, enternecendo-se com a situação, quando viu aquela mãe puxando seus filhinhos para si, como uma galinha rodeada de pintinhos, escondendo-os sob suas asas, como se os estivesse escondendo das garras de um gavião. Estava cheia de motivos para viver, vendo seus filhos satisfeitos, alimentados. Era a segurança de mais um dia com os olhos abertos.

Percebendo que o rosto da mulher se enchia de satisfação ao ver seus filhos alimentados, Mayke pediu licença e se sentou ao seu lado. Iniciou uma conversa com aquela senhora tímida, cheia de preconceitos, com medo de tudo e de todos, tentando descobrir o motivo pelo qual se submetia a tal situação.

— Ainda não sei o seu nome — arriscou Mayke, falando de maneira cautelosa, para não aumentar o impasse negativo da senhora.

Como gratidão, sentindo-se na obrigação de falar alguma coisa, percebendo que Mayke só queria ajudar, aquela mãe olhou-o com ar de admiração, não acreditando que dentro dele pudesse haver o clima de ódio e rancor que dominava Angola. Ainda existia alguém interessado em apaziguar seu sofrimento. No trejeito de um meio-sorriso, seus lábios se alongaram, deixando transparecer que estava de acordo.

Limpando a boca com uma toalha em que o menino mais novo estava enrolado, um pano com uma higiene bem duvidosa, ainda mastigando vestígio de comida, falou.

— Meu nome é Magali Regina dos Passos. Este é meu filho mais velho, André, com 11 anos de idade. André é meu braço direito. É o mais capaz da família. "É pau pra toda obra". O segundo é Antônio Rogério dos Passos, tem 9 anos de idade e ajuda André com as coisas mais pesadas. É muito tímido, por isso quase não fala. A terceira é Rosilda Regina dos Passos, com 8 anos de idade. Menina por demais doente, por não ter remédio nem acesso a médico, é medicada com folhas de ervas medicinais, que algum curandeiro indica. O quarto é Anastácio Ramires dos Passos, com 6 anos, e o quinto se chama Raimundo José dos Passos, e está começando a andar. Tem apenas 2 anos de idade.

— Por que você se submete a esse tipo de vida? — perguntou Mayke.

— Eu não me submeto a tipo de vida nenhum — disse aquela mulher, com uma voz amargurada. — O destino assim quis. O senhor acha que eu gosto desta vida? Não procurei nada, eu fui conduzida a este tipo de vida. Ou me arrisco a procurar comida para mim e meus filhos, ou morreremos todos de fome. Somos excluídos da sociedade. Somos caçados como animais. Passamos todo tempo escondidos das tropas do governo federal. Já estamos nos arriscando muito em vir até aqui arranjar comida. Só fizemos isso porque já faz três dias que meus filhos não têm uma alimentação decente. Moro atrás do morro, morada não permanente, não permitida, porque se descobrirem, tiram-nos de lá imediatamente e não sabemos para onde irão nos levar. Com certeza, não será para um bom lugar. É aquele morro lá, fica bem isolado. Nós nos escondemos atrás dele. Lá existe uma árvore enorme, e sob aquela árvore fizemos um barraco com restos de madeiras e compensados que encontramos na região. No local passa um pequeno riacho, onde pegamos água e, às vezes, achamos alguns peixes pequenos. Eletricidade não existe, até porque à noite não podemos acender luz para não levantar suspeitas. Somos indivíduos proibidos de viver. Temos que permanecer escondidos até o governo resolver parar com a perseguição. O governo da província de Cabinda faz vista grossa, não faz nada para nos ajudar, porque tem medo do governo federal. Então é assim, não somos nada, somos estorvos, empecilhos. Só espero que o senhor não seja alguma "persona non grata" a mando do governo federal, que veio para nos levar.

— Não, nem pense nisso, eu só quero ajudar vocês — falou Mayke.

— Só comemos quando ganhamos ou achamos no lixo. Médicos, remédios, escolas, convivências sociais, a nada disso temos acesso. Roupas, usamos as mesmas até acabarem ou até alguém ficar com pena ou com nojo de nós e nos oferecer restos que não usam mais. Meus filhos não são contemplados com o estudo, somente dois não são totalmente analfabetos, o André e o Antônio Rogério. Os outros nunca frequentaram uma escola. Eu, aos quinze anos de idade, fui sequestrada pelos guerrilheiros do Movimento para Libertação de Angola (MPLA). Minha família também foi sequestrada. Não sei se estão vivos ou mortos, minha mãe, meu pai e meus dois irmãos. Mas acho que eles estão mortos, porque a MPLA descobriu que pertencíamos à Frente de Libertação do Enclave de Cabinda (FLEC) e eles não perdoavam inimigos. Desde então não soube mais notícias deles, até porque passo a vida escondida com meus filhos. Por pertencermos à FLEC e devido ao envolvimento do meu marido com a guerrilha, nós somos discriminados perante todo o regime governamental. Meu filho mais velho, o André, não é filho do Ramires, meu marido. Ele é fruto de estupros que sofri quando fui sequestrada. Após a vitória do MPLA, em 2002, fui abandonada na mata. Estava grávida de quatro meses quando fui encontrada pelo Ramires, em estado lastimável. Ramires me levou para o acampamento deles. Cuidou de mim até eu ficar completamente refeita do choque, e quando estava perto do menino nascer, me levou para a casa dele, onde se escondia quando não estava no acampamento. Para chegar a casa, Ramires tinha que entrar escondido, somente à noite e fingindo ser um cidadão qualquer. Trabalhava em biscate: fazer reparos, cortar gramas etc., alguns dias da semana, para não levantar suspeitas. Tínhamos um sítio, pequeno, mas era o suficiente para vivermos em paz e com harmonia. E lá nasceu André. O menino foi registrado com o nome de André Ramires dos Passos.

— Então, dona Magali... — falou Mayke — Por onde anda seu marido? Porque não lhe dá apoio?

Magali, além dos seus cincos filhos, além daquele maltrato visível, daquele rosto desfigurado, ainda representava uma fisionomia jovem, talvez uns vinte e seis ou vinte sete anos de idade.

— Eu não tenho marido. Se tivesse, acha que estaria nesta mer...? Desculpe! Com toda a pobreza que nos envolvia, no tempo em que vivíamos juntos, jamais passamos por privações tão desvalidas como esta. Meu marido não está vivo. Foi morto por soldados do governo de Angola. Morreu e nos deixou neste estado lastimável. Meu marido Ramires Fulgêncio dos Passos, homem de estatura mediana, cheio de saúde, na flor da idade, foi vítima da guerrilha que ainda impera em Angola. Após a guerra da independência de Angola, que perdurou de 1961 a 1974, começou a guerra civil, de 1975 a 2002. Angola tornou-se independente do domínio português, mas tornou-se escrava da sua própria independência. Vários movimentos atuavam na guerra civil, como o Movimento Popular de Libertação de Angola (MPLA) e a União Nacional para a Independência Total de Angola (UNITA). Foi uma guerra de grandes combates, que durou vinte e sete anos. Os Movimentos eram alimentados com armamentos pela União Soviética e pelos Estados Unidos. Um palco da Guerra Fria. Meu marido foi obrigado a lutar na Frente de Libertação do Enclave de Cabinda (FLEC). Somente a guerra civil deixou mais de quinhentos mil mortos. A população foi dizimada pelo extermínio das armas, pela fome, pela doença e pelas barbáries praticadas pelos envolvidos. Hoje, a população de Cabinda está em torno de 500 mil habitantes. As crianças a partir de dez anos eram convocadas para a guerra. Pegavam nas armas e só Deus sabe o que faziam com elas. As meninas eram todas estupradas, a miséria e a fome aniquilavam toda a população. Escola não existia, o índice de analfabetismo é gigantesco. Nós somos as vítimas que sobreviveram a essa maldita guerra. E ainda continuamos sendo o país menos desenvolvido do mundo e o mais corrupto de todos.

Como estava falando, meu marido foi obrigado a pegar nas armas e lutar a favor da independência de Cabinda. Foi morto em 2011. Cabinda quer ser um estado independente de Angola. O movimento, além de ser protagonizado por várias facções, não tem o apoio necessário para sua sustentação. Os cabindenses que têm alguma chance se vendem para o governo angolano, em troca de poder e dinheiro. A guerrilha foi esmagada e quase todos seus membros mortos, inclusive meu marido. Os que foram presos, incluindo os familiares, foram submetidos a todos os tipos de desgraças. A maioria foi submetida a transferências internas, sem qualquer tipo de apoio. E a guerrilha em Cabinda ainda não acabou. Por existir grandes florestas, como a floresta equatorial, que atravessa três países, Angola, Congo e Gabão, os guerrilheiros se infiltram nas matas e o exército angolano não consegue exterminá-los.

E continuou Magali:

— Cabinda é uma província cheia de mistérios e lendas. Das dezoito províncias de Angola, Cabinda é a mais rica. Vem gente de todos os lugares para cá, atraída pelo petróleo. Inclusive você. Cabinda possui sessenta por cento do petróleo de Angola, é a província de Angola que mais exporta madeira, explora vários tipos de minérios, é rica na agricultura e na pesca. Cabinda é uma cidade costeira, bem localizada, à beira do oceano Atlântico, a leste de Angola. Por isso luta para ser uma república independente. Nós ficamos somente com a roupa do corpo. A casa foi queimada com tudo que lá existia. As terras passaram a ser do governo. Nós fomos adotados por guerrilheiros, mas nos tornamos um incômodo e eles nos abandonaram às margens da floresta. Assim vivemos, marginalizados e escondidos, eu castigada pelo estado Angolano, por ter sido mulher de um guerrilheiro da FLEC.

Sensibilizado com a história da mulher, Mayke chamou seus três amigos, Jamil, Fabrício e Nik (os que estavam almoçando com ele no restaurante), e confiou-lhes a missão de acompanhar de perto aquela família e ajudá-la no que fosse necessário até ele voltar de uma viagem que surgira de imediato.

— Mas Mayke... — disse Jamil.— Você não apresentou nenhum planejamento de viagem e, sem planejamento, a firma não autorizará.

— Não se preocupe Jamil. Eu irei pessoalmente ao Departamento de Pessoal e explicarei diretamente ao chefe do setor de exploração o motivo da minha viagem. Se ele não quiser entender, eu viajo mesmo assim, já está decidido — respondeu Mayke.

— Mas eu posso saber o que te motivou a uma viagem assim, tão de repente? — perguntou Jamil.

— Depois eu te falo.

Em seguida, Mayke ligou para outro amigo e conversou longamente sobre a situação.

— Mas Mayke — falou Jamil —, você é indispensável no setor. O serviço de engenharia está sempre em atividade! E terá que ser mantido durante todo tempo enquanto o poço estiver em funcionamento!

— Não se preocupe meu amigo. Já está chegando outro engenheiro. O setor três está com sobra de um engenheiro, e já o contatei. Eu tenho negócios no setor três e quando há necessidade ou ausência de algum membro, eu o substituo. Minha ausência não passará de uma semana. Jacson é meu amigo de faculdade, trabalha na empresa há mais de cinco anos e entende do negócio tanto quanto eu. Portanto acho que não haverá problemas. Jacson me substituirá.

— Fabrício — disse Mayke para outro seu amigo de profissão, você ficará encarregado do setor e me entregará um relatório detalhado da produção diária durante todo o tempo em que eu estiver fora. Como já faz parte do seu encargo, não haverá problemas. Nik, você permanecerá na mesma função, encarregado do pessoal, faltas, transferências, problemas de saúde etc. Vocês vão continuar fazendo o que faziam antes. Nada de novo. Só quero que redobrem os esforços durante a minha ausência. Jamil, o transporte, como sempre fica sob sua responsabilidade. Nossa comunicação será feita pelos meios disponíveis. Nossos celulares estão conectados, portanto, é só não os deixar descarregados.

OS TRÊS AMIGOS de Mayke trabalham em Cabinda há três anos, contratados pela Concessionária Australiana de Exploração Rock Oil na On-Clore Cabindense. Mayke é chefe de setor no Poço Cevada I, zona leste do Bloco Cabinda Sul. Está no setor há cinco anos. O petróleo dessa zona é cinco vezes mais valorizado por ser do tipo pesado e viscoso. Mayke veio para Angola em 2007, pela empresa Onde A. Brecha, para trabalhar como engenheiro no mercado de biocombustível, em que a empreiteira Onde A. Brecha se faz pioneira. Transferiu-se em 2008 para a Rock Oil, empresa australiana, aceitando um convite irresistível. Mas não perdeu o vínculo com a Onde A. Brecha.

******

MAYKE RODRIGUES de Sá, um brasileiro, nascido em Santa Catarina, no município de Palhoça, é filho de Rodrigues Napoleão de Sá. Seu pai é paulista, médico na especialidade de Cardiologia, muito conceituado profissionalmente. Mayke não quis seguir a profissão do pai.

Resolveu, após completar seus estudos básicos, com a colaboração de seu pai, fazer vestibular e ingressar na faculdade na Universidade de São Paulo (USP). Mayke queria cursar Engenharia de Minas. Seus estudos, desde o primário, foram financiados pelo seu pai, até o diploma final.

Mayke, incentivado pela família, principalmente seu pai, foi para São Paulo muito jovem. Garoto dedicado, não teve dúvidas sobre a escolha de sua carreira. Orientado pelos familiares de seu pai, em São Paulo, Mayke aprofundou-se nos estudos e logrou êxito no curso que almejava. Além de dedicar-se aos estudos, Mayke trabalhava de vigia durante a noite, em turnos, uma noite sim, outra não, para engordar a pequena mesada recebida de seu pai.

NA QUITINETE DO ROMÁRIO, que Mayke alugou para realizar seus estudos na Universidade, conheceu Angélica, a diarista que semanalmente arrumava sua quitinete. Moça muito bonita, cabelos negros e longos que iam até a cintura, olhos grandes e castanhos cativantes, rosto cheio, de um contorno singelo, nariz torneado e orbital, boca bem desenhada, lábios carnudos, vermelhos e atraentes, queixo num enquadramento perfeito. De estatura alta, corpo esbelto com curvas bem detalhadas.

A diarista era algo além do padrão. Mayke a contratara para fazer limpeza em sua quitinete uma vez por semana. Era o tempo que ela tinha disponível. Sua agenda já se encontrava cheia, pois trabalhava em outras casas e apartamentos.

NUMA TARDE DE VERÃO, Mayke chegava da faculdade, abraçado em livros, cadernos e diversos materiais de trabalho. Eram mais ou menos 19h, do dia 01 de abril, do ano de 1985. Mayke tinha apenas 21 anos de idade. Sem olhar para o degrau da escada, colocou o pé fora dele e caiu, derrubando todo o material que carregava.

Angélica aguardava sua chegada para entregar o serviço e receber seu pagamento. Vendo Mayke no chão, desceu a escada para ajudá-lo e juntar o material que estava jogado no chão. Na pressa de descer a escada, que não era muito alta, apenas com seis degraus, traída pela sua sandália, já no penúltimo degrau, desequilibrou e se juntou a Mayke, que ainda se encontrava de forma desconfortável, tentando se levantar. Olhares se encontraram.

Ele há muito já a olhava com ímpetos de desejos, mas por inibição ou medo do assédio, jamais deu a entender que a admirava. Naquele dia, Mayke foi transpassado pela flecha do cupido, pois ela, também flechada, deixou entender e transparecer a aceitação daquele olhar, mostrando-se disposta a recepcioná-lo e aceitar aquela paixão que saía de seus olhos. Alguns segundos foi o tempo suficiente para que aquele incidente os destinasse a um invólucro de paixões e amores.

Angélica detinha-se parada, esperando a iniciativa de Mayke, que, ao perceber a aceitação da moça, invadiu aquela privacidade sem a preocupação da impudicícia de serem flagrados. Não obstante beijos infindos deflagravam-se impetuosos e, sem escrúpulos, esbanjavam-se numa voracidade, como se estivessem cobrando um atraso escondido e que o tempo só agora lhes apresentava a oportunidade.

Mayke sentiu seus sensos vitais tocados pelo sagrado sentimento do amor. Em sua maratona mundana, jamais se sentira tão atacado pela sofreguidão do romantismo como estava sentindo naquele momento. Deduzia que todo aquele sentimento energizado de felicidade seria puro amor. Sem relutância, não se deteve em dúvidas. Não conseguiu controlar a força interior que impulsionava seus sistemas sensitivos e se rendeu perante aquela força abstrata.

Mayke estava abatido. Abatido pela força do sentimento, que agora estava pesando em seu coração. Sentia que todo esforço empregado não seria suficiente para afastar tão vasto campo emocional, mas, por outro lado, não desejava que esse grande sentimento fosse afastado. A grande sensação por ter sido correspondido impediu Mayke de titubear. E foi, então, o grande começo de um romance, e só a tirania do destino, um dia, podia colocar fim a tamanha felicidade.

DOIS

LEMBRANÇAS SAUDOSAS

NA EMPRESA AÉREA TAAG, em que Mayke viajava, já ultrapassando o Oceano Atlântico, somente a suavidade do ronco do avião quebrava a monotonia daquele silêncio tangido de mistérios e incertezas. Da sua poltrona 32c já avistava, emocionado, mas com muita clareza, a costa brasileira, depois de mais de sete horas de viagem.

Com certo vestígio de remorso e tristeza, Mayke meteu a mão no bolso interno do paletó e retirou uma carta, um tanto surrada, pelo uso contínuo de leitura e releitura. Carta esta, enviada pelo seu amigo Biovaldo Carlos Aguiar, o Bica, um velho amigo da família.

Quando Mayke saiu do Brasil, somente Bica sabia seu paradeiro, pois Mayke lhe escreveu e pediu segredo, que não contasse a ninguém onde se encontrava.

"Se você não é capaz de ser feliz com sua família, dificilmente será feliz com você mesmo".
(Luiza Gosuen)

MAYKE SAIU DO BRASIL para fugir de grandes problemas familiares. Seus filhos penderam para o lado da marginalidade, com exceções escassas. Abandonou sua esposa e filhos, num ato dito irresponsável, dizendo não ter tempo suficiente para estar junto de sua família e acompanhar mais de perto o desenvolvimento de seus filhos durante a adolescência. O estudo e o trabalho consumiam todo o seu tempo.

O descaminho tomou conta da garotada e a desobediência predominou. A mãe, sozinha com os cincos filhos, não conseguiu levá-los sob rédeas curtas. Soltos no covil da pilantragem, foram presas fáceis de traficantes e marginais de todas as espécies.

Mayke era um homem feliz ao lado de sua esposa Angélica, quando seus filhos eram pequenos e ainda não conheciam o dissabor da marginalidade. Mayke estudava durante o dia e trabalhava à noite, e não dispunha de tempo suficiente para melhor educar seus filhos. Acreditava que essa era tarefa da esposa, confiava nisso. Infelizmente, a maioria deles pendeu para o lado da marginalidade e aquela família exemplar sucumbiu ao abismo e se perdeu no mundo do crime.

Mayke sentia-se envergonhado de ver seus entes queridos sendo autuados de vez em quando pela polícia, sendo personagens frequentes nas páginas policiais. Tinha vergonha de escutar comentários desairosos sobre seus filhos e dificuldade de andar nas ruas, pois era fisgado por olhares acusatórios ou condenatórios. Sua esposa, para não o deixar perturbado, escondia a maioria das safadezas que seus filhos cometiam.

MAYKE FORMOU-SE NO ANO DE 1989, com vinte e quatro anos de idade. Mudou-se para Palhoça - SC com a família, onde seu pai morava. Logo em seguida foi trabalhar no Rio de Janeiro, em poços petrolíferos, e depois resolveu aceitar o convite de um amigo para trabalhar numa empresa que havia ampliado seus negócios fora do Brasil. Estava aí uma boa oportunidade para abandonar tudo que tinha no Brasil, inclusive sua família. Confiou a seu amigo Bica a incumbência de olhar sua família, informando tudo que acontecesse, dando-lhe notícias da mulher e filhos através de cartas.

Mayke olhou aquele envelope, ficou um pouco pensativo e, meio indeciso, tirou de dentro a carta e a leu novamente.

Palhoça, 20 de agosto de 2013.

Caro Mayke.

Estou te escrevendo mais uma vez, apesar de não receber resposta da penúltima carta. Senti necessidade de escrever novamente porque a coisa realmente é séria. Vou direto ao assunto. O dinheiro que você está mandando não está mais dando para pagar os gastos do hospital de sua esposa. Já existe uma dívida relevante, o hospital está me cobrando, estão começando a negar os tratamentos, exames e os serviços médicos. Ela se encontra internada no Hospital Governador Celso Ramos (HGCR), está em estado terminal de um tumor maligno no cérebro. Consegui conversar alguns minutos com ela. Ela falou que está muito magoada, sabe que vai morrer. Se ainda quiser vê-la com vida, por favor, venha logo. Apesar de tudo, ela ainda fala muito em você. Ainda não conseguiu entender porque você os abandonou. Já se passaram sete anos, e durante esse tempo, só tormentos e decepções com seus filhos. Não vou falar de seus filhos nesta carta, porque esse assunto terá que ser conversado pessoalmente. Seus pais, desde que se mudaram para São Paulo, nunca mais apareceram aqui. Foram-se em 2008, como já relatei em outra carta. Tenho uma leve impressão de que o motivo da mudança deles foram os netos. Eu acho que ele tentou intervir para ajudar Angélica e foi ameaçado pelas gangues. Mas você, como filho único, deve ter se comunicado com eles, ou não. Aqui vai o número do meu telefone. Se você resolver vir, comunique-me que esperarei você no aeroporto. Tenho uma infinidade de assuntos para conversar. Nesta carta o assunto fica por aqui.

Abraço do teu amigo Bica.

"Atenção senhoras e senhores, aqui quem fala é o comandante desta aeronave. Estamos entrando no espaço aéreo da região do aeroporto do Galeão-Tom Jobim, no Rio de Janeiro. Dentro de poucos instantes estaremos aterrissando –(sonorização da cabine de comando).Permaneçam com o cinto de segurança afivelado até o final da aterrissagem".

MAYKE OLHAVA A LINDA PAISAGEM do litoral carioca, sem nuvens para bloquear a visão. Admirado, contemplava quão maravilhoso é seu país. Parecia que o fato de estar longe do país natal por muito tempo aumentava o poder de contemplação ao fitar repentinamente a paisagem. A saudade ou nostalgia, não se sabe qual das duas se apresenta mais eloquente, emerge com mais sagacidade, a aflição se apresentando em grande comoção.

A carta de seu amigo Bica e aquela família faminta, desamparada pelo Estado, aparecendo no restaurante Banda, na praia de Malembo, em Cabinda, fizeram com que Mayke se enternecesse e voltasse a pensar na família que havia deixado havia sete anos, desde a morte de Augusto, seu filho, em um lugar qualquer na cidade de Palhoça, SC, Brasil.

Esses dois assuntos não deram chance para Mayke retroceder e deram origem àquela viagem repentina, para tentar acabar com o massacre que sua consciência vinha sofrendo durante todo esse tempo. Foi, então, que, sem pestanejar, resolvera partir imediatamente para o Brasil para resolver algo que há muito estava a martelar em seu cérebro.

Seu coração estava pesado demais, pois tinha convicção de que deixara alguém em "maus lençóis" e isso o cutucava diariamente e roubava sua paz. Aquela família desamparada, em Cabinda, mostrava a realidade de uma família sobrevivendo sem o chefe, sem o pai, sem o marido. Mostrava a real situação do desamparo, do descaso, e o resquício do sofrimento. Como poderia levar sua vida adiante sabendo que parte dos seus estava vivendo na masmorra do destino? Para viver com mais alegria e resgatar um pouco de felicidade, decidiu, tinha chegado a hora e nada o deteria.

E foi com esse pensamento que Mayke chegou ao aeroporto do Galeão. O avião aterrissou na mais absoluta segurança, Mayke desembarcou e esperou mais três horas para uma conexão. O embarque na linha GOL, no terminal um, foi anunciado. Mayke se dirigiu ao portão número doze, conforme o chamado.

No interior do avião pediu para trocar de lugar com alguém que estava sentado na janela. Mayke queria observar, lá de cima, as terras brasileiras. A ocasião oferecia um belo panorama. Blocos de nuvens esporádicas atrapalhavam a vista lá de cima, dos nove mil e quinhentos metros de altitude. Simplesmente, o que lhe agradava era observar a silhueta de uma imensidão com detalhes, dada as circunstâncias da altura. O que Mayke queria era contemplar a costa brasileira. Como era linda sua terra natal, apesar de não ter uma visão perfeita da paisagem, devido nuvens esparsas.

O avião contornava a costa leste do Brasil. Ao penetrar no espaço aéreo de cada estado, Mayke ia imaginando a grandiosidade de cada região. Seu país era mesmo formidável. Não sabia se aquela perplexidade toda era devido ao tempo em que estivera fora ou se realmente era notório e ele ainda não havia percebido. Estava atento ao momento de entrar em seu estado, Santa Catarina. Uma ansiedade crucial massacrava Mayke. Pensava na hora de aterrissar, na hora de desembarcar do avião. Se suas pernas iriam corresponder, se não iam travar com aquele festival de ansiedade. Pensava no primeiro contato com seu amigo Bica. O que iria falar para o amigo? Preferia pensar que a alegria de o ver comandasse todo o enredo da situação. Mayke não se continha, tocado por fortes sensações, não parava de se mexer. Não tinha certeza do que iria encontrar ao abordar.

Em todo o tempo da trajetória, Mayke não parava de pensar o quanto havia sido feliz durante o tempo de faculdade, tempo em que conviveu com Angélica. O amor e a atração física compartilhavam-se num só invólucro. O mundo eram só eles. Tudo girava em torno de Mayke e Angélica. Os dois formavam um só. Quando nasceu seu primeiro filho, a união compactou-se ainda mais. Cegos pelo amor, não o cultivaram, não previram que o tempo poderia ser responsável pela fatídica saturação.

Mayke casou-se com Angélica somente no cartório, sem pompas. Não tinha tempo nem dinheiro para deleitar-se em festas. No início, na quitinete, depois Mayke, sua esposa e seus dois filhos, Rodrigo, com três anos de idade, e Augusto, com apenas um mês, mudaram-se para uma casa no município de Palhoça (SC), no mês de novembro de 1989.

Lá nasceram mais três filhos: Mary, Maycon e Thiago. Mayke já estava formado, mas não conseguia um emprego digno que correspondesse à sua faculdade e que lhe desse o privilégio de ficar mais tempo junto de sua mulher e seus filhos. Trabalhava em um subemprego, como vendedor ambulante, para que, com a mesada de seu pai, pudesse dar sustento à sua família.

Apesar da vida difícil, sentia-se feliz. Mas não era a vida que ele desejava. Tinha que fazer jus à sua formação. Queria ser um profissional da área. Mayke era exigente consigo mesmo. Não admitia fraqueza, era impaciente, queria trabalhar em sua área e, para isso, teria que se afastar de sua família.

COM O TEMPO, MAYKE sentiu que a continuidade daquela felicidade não era duradoura. Percebeu o flagelo que se abatera sobre sua família, causado pelas drogas. Ficou desiludido quando descobriu que sua filha, de apenas 11 anos, não dormia mais em casa. Ela e mais um irmão também estavam perdidos nas drogas. Foi seu filho mais velho, com apenas 13 anos de idade, que lhes mostrou esse caminho. Ele já estava aliciado, pertencia a uma gangue. Eram traficantes de drogas.

Mayke tentou ajudá-los, orientando-os, mas não logrou êxito. Seu filho, o mais velho, foi internado e fugiu várias vezes do centro para drogados, situado no município de Paulo Lopes. Mayke abandonou seu emprego de vendedor ambulante para tentar educar melhor seus filhos, mas isso foi por pouco tempo.

Em seguida, foi apresentado a ele um emprego na perfuração de poços de petróleo na bacia do Rio de Janeiro. Esse emprego foi um trampolim para ir trabalhar no continente africano. Ele pensava em tudo isso, imaginava-se fraco na educação de seus filhos, e deixou por conta da mulher, que, com o excesso de mimos, não foi capaz de enxergar que os estava conduzindo por caminhos não condizentes com os preceitos da ética e da moral. Não acreditava quando alguém comentava sobre o descaminho de seus filhos. Quando Angélica tirou a venda dos olhos já estava tudo perdido. Começou a colocar a culpa no pai. Mas a desgraça já estava feita.

APÓS UMA HORA E MEIA de voo, Mayke escuta aquela mensagem recitada pelo comandante da aeronave.

"Senhores passageiros, estamos nas imediações do Aeroporto Hercílio Luz, em Florianópolis. Dentro de poucos instantes estaremos aterrissando. Só desafivelem o cinto de segurança quando a aeronave estiver completamente parada".

Mayke olhava pela janela do avião, revendo a paisagem que há sete anos tinha deixado para trás. Agora sentia uma sensação de que aquela paisagem não mais lhe pertencia, como se tivesse que pedir licença para entrar. Parece que estava sendo observado em silêncio e esse silêncio estava lhe cobrando algo, deixando-o meio amedrontado.

Um sentimento de culpa lhe invadia a alma, jamais se sentira assim em outras circunstâncias. A sensação que sentia, não sabia explicar, era como se estivesse com medo do inesperado. Seu instinto era de relutância no momento de sair do avião. Mas impulsionado pela obrigação de resolver seus compromissos, não podia mais voltar atrás. Agora era uma questão de honra resolver tudo que estivesse ao seu alcance. Queria voltar para Angola com a maioria dos problemas resolvidos ou encaminhados aqui no Brasil. Principalmente, tudo que dizia respeito à sua família.

TRÊS

CHEGADA EM FLORIANÓPOLIS, SANTA CATARINA

BICA ESTÁ NO AEROPORTO, aguardando o desembarque de seu amigo.

Mayke aguarda a chegada de sua mala. Ao resgatá-la, encaminha-se ao corredor de saída e lá se encontra com seu amigo Bica. Ambos se abraçam, indagam-se e seguem rumo ao estacionamento, onde estava o carro de Bica.

Bica faz questão de carregar a mala de Mayke. Ao chegar ao estacionamento, a mala é colocada no porta-malas do carro e eles embarcam. Bica começa a contar tudo que estava guardado em sua memória.

> *"Numa família de aventureiros, quase*
> *Nunca desponta um líbio de inocência".*
> *(Paolo Mantegaza)*

— QUANDO VOCÊ resolveu abandonar tudo aqui para trabalhar na África, em Angola, em 2007, — falou Bica, — logo em seguida seu filho mais velho, o Rodrigo, foi preso pela segunda vez, dessa vez por assassinato, tráfico de drogas e formação de quadrilha.

No assalto ao posto de gasolina em São José, ele e mais dois comparsas obrigaram o gerente a entregar a maleta com toda arrecadação do dia que iria depositar. Houve reação por parte do gerente.

Um cidadão da polícia civil de folga estava abastecendo seu carro e presenciou a reação do gerente ao lutar com o assaltante, gritando desesperadamente. O policial puxou uma pistola, que estava no lado de trás de sua cintura, e tentou alvejar o meliante, mas já era tarde.

O gerente já havia sido alvejado pelo assaltante e, mesmo socorrido, faleceu mais tarde, no Hospital Governador Celso Ramos (HGCR), em Florianópolis. O policial civil ainda conseguiu acertar o assaltante, mas ele conseguiu fugir com a maleta do gerente.

Na margem da estrada, um pouco adiante do posto, estava um carro estacionado com o motor ligado e dois indivíduos membros da quadrilha dentro. O assaltante, mesmo baleado, conseguiu embarcar no carro. O carro seguiu pela BR 101, rumo ao sul do estado, em alta velocidade.

O carro, um Siena de cor branca, da Fiat, foi encontrado mais tarde em uma rua, na Fazenda do Max, no município de São José. Tratava-se de um carro roubado para praticar o assalto. O assaltante baleado encontrava-se no interior do carro, com um projétil alojado na virilha, quase morto devido ao estado avançado da hemorragia.

A Polícia Militar foi acionada em seguida. Uma guarnição que fazia ronda por perto atendeu a ocorrência e, logo em seguida, veio reforço do Batalhão de Operações Especiais (BOPE), e a perseguição aos envolvidos começou.

O assaltante baleado, de nome Maximiliano José Pereira (Pereirinha), bandido bastante conhecido pelos policiais devido à extensão de sua folha criminal, foi socorrido e encaminhado a um hospital em Florianópolis.

Pelas informações de populares foi possível detectar os outros dois envolvidos, e após uma troca de tiros dos bandidos com a polícia, eles foram presos, em um matagal próximo à margem do Rio Maruim, e encaminhados à delegacia de polícia, em Palhoça. Na delegacia foi lavrado o termo de flagrante delito, e após uma longa conversa pacífica com o delegado, eles confessaram o assalto e onde tinham escondido a maleta com o dinheiro.

— E onde é que meu filho entra nessa história? — perguntou Mayke.

— Na delegacia, após a averiguação dos documentos — falou Bica —, o delegado descobriu que o motorista do veículo Siena era Rodrigo Mayke de Sá, seu filho, vulgo Rude. Rude foi o nome que ganhou na primeira vez em que foi preso, para ser reconhecido como membro da facção a que se submetera para ter regalias perante os presos no presídio de Florianópolis, na rua Lauro Linhares, Trindade. Só estava solto porque fora presenteado com o indulto de Natal, mas jamais se apresentou de regresso.

Bica continuou:

— Rodrigo, acuado pelo desconforto em que a guarnição e o delegado o haviam colocado, confessou ter roubado o veículo no município de Biguaçu, um dia antes, e o escondido, destinando-o ao assalto do posto de gasolina. O desfecho da ação já havia sido premeditado. Só não contavam com o impasse final, o cliente policial que lá estava. E tudo deu errado. Dentro do Siena, após uma busca minuciosa, foram encontrados pacotes de cocaína, tudo embalado em pequenos pacotes de 100 gramas.

A pretensão de Rodrigo e seus comparsas era, após o assalto ao posto de gasolina, levar as drogas e o produto do assalto à sua facção para serem distribuídos. Ganhariam, perante a facção, além da comissão, aumento de regalias e subida de postos na escala hierárquica.

A FILA ESTAVA enorme e totalmente parada, por se tratar de ser uma sexta-feira à tarde, por volta das dezesseis horas. O movimento de saída da ilha era grande, o final da fila já se encontrava a quase um quilômetro antes do túnel Antonieta de Barros. Então Bica tinha todo o tempo do mundo para relatar a situação da família de Mayke, que incluía a mulher e cinco filhos.

Bica reinicia, mas ainda falando de Rodrigo:

— Eu soube por intermédio de um funcionário da penitenciária, que Rodrigo não irá sair da prisão tão cedo. Ainda não foi julgado por nenhum crime e pelo que o funcionário falou, ele está comandando um esquema dentro da penitenciária. De lá ele comanda os assaltos, o controle das drogas, até mesmo os assassinatos na disputa por pontos de venda de drogas. Está sendo investigado e, com certeza, irá ser transferido para uma penitenciária de segurança máxima, não se sabe qual e onde. Parece até que está envolvido nos incêndios de ônibus que aconteceram pelo Brasil afora, inclusive aqui, em Santa Catarina, no início deste ano, dois mil e treze.

Rodrigo está totalmente envolvido com o crime organizado. E depois de se envolver com o crime organizado é impossível sair. Se tentar sair, será caçado pela organização até darem cabo dele. Ninguém sai de uma organização criminosa vivo. Porque os vivos os denunciam. Para ele, é melhor ficar trancafiado na penitenciária e colaborar com a facção para ter garantia de vida. A não ser que uma facção rival o pegue. Tem pretensão em visitar seu filho na penitenciária Mayke — perguntou Bica ao amigo.

— É claro que não — respondeu Mayke. — O que tinha de fazer, já fiz. No início, quando nós o internamos lá no sítio, em Paulo Lopes, numa casa de recuperação de drogados, ele teve a grande oportunidade de deixar a vida de delinquência, esquecer tudo e seguir uma vida normal. Eu e Angélica fizemos o impossível para que ele ficasse lá internado. E o que ele fez? Fugiu várias vezes. Tínhamos que colocar a polícia em seu encalço para recolocá-lo de volta no internato. Mas nada adiantou. Parece que lá ele aprendeu toda malandragem que um marginal necessita para melhor delinquir. Até que, quando atingiu a maioridade, não teve alternativa. Já era um marginal formado. E quando o pegaram, já foi direto para a penitenciária. E mesmo assim ele teve outra chance. E adiantou? Fugiu no indulto de Natal. E quando o pegaram, já tinha mais dois ou três crimes para responder.

E continuou Mayke:

— Aquele garoto, cuidado com tanto carinho, tanto amor! Esperado demais. Jamais imaginávamos que aquele bebê tão lindo, tão mimado, pudesse se transformar num marginal perigoso. Quando nascem, são todos filhotes de gatinhos, não oferecem nenhum tipo de perigo e os pais acreditam que será sempre assim. Jamais podíamos imaginar que ao se desenvolverem, virariam felinos indomáveis, indomesticáveis, a ponto de atacar aqueles que lhes deram a vida.

Porque tanta revolta com aqueles que mais querem, que fazem de tudo para os educarem de modo significativo dentro da sociedade? Que lhes deram todo o suporte para que vivessem e crescessem felizes, com alegria!

Mayke fez um desabafo, relembrando seus passos:

— Não consigo entender porque Deus foi tão ingrato com a gente. O que fiz, foi só para lhes oferecer mais conforto, uma qualidade de vida melhor. Agora estou pagando por um erro que cometi inconscientemente. Na ansiedade de oferecer uma vida melhor para a minha família, será que foi aí que errei? Então quer dizer que coloquei tudo a perder! O tempo que fiquei fora de casa foi o tempo necessário para se tornarem delinquentes? E eu não havia percebido a gravidade! Quando percebi, já era tarde demais, já estavam comprometidos com marginais, adotados por traficantes e amparados por facções.

Eu tinha que conciliar o estudo, o trabalho e a família. Conciliei o estudo e o trabalho, mas não conciliei a família. Em todo esse tempo não percebi o erro que estava cometendo. Chegava do trabalho só para fazer filho, como se ali funcionasse uma fábrica. E assim, sucessivamente, nasceram cinco filhos. Muito legal quando pequeninos. Muita alegria, muito amor, mas a partir do momento em que começaram a sair debaixo das asas da mãe, foram treinando seus voos, mas longe do ninho, sem controle. Foram formando novos ciclos, alcançando novos horizontes. Amanhã, 13 de setembro, Rodrigo completará 27 anos. Angélica e eu éramos o casal mais feliz do mundo quando ele nasceu. E no seu primeiro aniversário fizemos uma grande comemoração.

Vivemos momentos felizes no início de nosso casamento. Depois de me formar, vim para Santa Catarina, vivia da mesada de meu pai até me tornar um vendedor ambulante, pois ainda não tinha conseguido arrumar emprego no meu ramo. Então me obriguei a sair por aí vendendo roupas durante seis anos, com um fusca velho, para completar o sustento de nosso lar, juntando à pequena mesada que ganhava de meu pai. Comprava roupas em Brusque e em São

Paulo. Em Brusque, eu ia com meu fuscão vermelho, ano 1975, fazer as compras. Mas em São Paulo eu ia de ônibus. Nunca me arrisquei a viajar com o fusca para São Paulo. Era uma viagem muito longa e eu tinha medo que o velho fusca não aguentasse o tranco.

Em 1995, o emprego que sonhava apareceu. Só que esse emprego me afastou ainda mais da família, porque era para trabalhar como engenheiro de minas numa plataforma da Petrobras, no Rio de Janeiro. Não podia perder essa oportunidade e não tinha a menor ideia de que meu filho Rodrigo, com apenas 9 anos de idade, já se conectava com os membros da marginalidade. Aceitei o convite e lá fui trabalhar. Uma vez por mês vinha em casa. Minha mulher, apesar de muito amor e do esforço empregado, não captou o descaminho dos seus filhos, e quando percebeu a desgraça que estava se abatendo sobre nossa família, já era tarde demais. Já não era possível retomar as rédeas e colocar a carruagem na linha normal. Perdeu completamente a noção do tempo e do espaço. As consequências de seus atos nos surpreenderam com um futuro de reciprocidade negativa. E só notei a grande tragédia quando tudo já estava perdido.

Devido à cobrança do trabalho e à responsabilidade de me fazer um funcionário correto, com responsabilidade e de confiança, só vinha em casa esporadicamente. Trabalhava em plataforma de petróleo no Rio de Janeiro em alto-mar. Até que, em dois mil e sete, aceitei o convite de um amigo, que trabalhava na empresa Onde A. Brecha, para trabalhar no outro lado do Atlântico, em Angola.

Face aos problemas e à proposta recebida, optei por aceitar o convite. Agora estou voltando para tentar juntar os cacos que sobraram, mas estou percebendo que os cacos caíram afastados demais e se espalharam por lugares impenetráveis, impossíveis de serem catados. E deixá-los como antes é impossível. Se um dia conseguir unir os cacos, jamais ficarão perfeitos, vão faltar lascas e por mais que eu remende, nunca ficará igual a como era antes.

PRESOS NA FILA, impossível de retornar para mudar de itinerário, Mayke observou que abrindo caminho a qualquer custo, na mesma via, vinham viaturas policiais e uma ambulância com as sirenes, em alerta, por entre os carros, deixando claro que na frente existia algum tipo de acidente.

Após alguns minutos a fila andou alguns metros e Mayke percebeu que era um acidente envolvendo um caminhão e uma moto. E lá, rodeado por curiosos, estava um corpo estendido no asfalto. Uma moto espatifada na sarjeta demonstrava que o acidente era de grande monta. O motoqueiro havia invadido o sinal vermelho e colidido lateralmente com a carroceria do caminhão.

Biovaldo olhou para Mayke e deduziu o que o amigo estava pensando.

— Augusto teria hoje 25 anos — falou Mayke, com a voz tremendo, emitindo certo teor de tristeza e emoção.

— Aquele acidente, em dois mil e seis, é quem fez da minha Angélica uma mulher depressiva. Ela colocou na cabeça que não tinha mais motivo para viver depois da morte do filho. Augusto ia completar 18 anos, tinha aprendido a dirigir motos com 15 anos de idade, nas motos dos amigos. Ele também já se encontrava nas drogas, mas trabalhava, tinha responsabilidades, havia montado em casa uma pequena oficina de moto e, para testá-las antes ou após o conserto, tinha que experimentá-las. Um dia, um amigo dele levou uma moto grande, pesada, para ele consertar. Após o conserto, deveria testá-la. Augusto não possuía carteira para pilotar motos, pois ainda era menor de idade. Mas mesmo assim ele não pediu a ninguém para fazer o serviço, para sentir a moto. Achava que ele mesmo é quem deveria testá-la. Uma Honda CB 650F. Não tinha experiência em moto grande e, sem avisar a ninguém, resolveu sair com a moto. Após meia hora veio a notícia, por uma viatura da Polícia Militar, informando do acidente. Eu não estava em casa, mas depois conversei com o sargento que atendeu à ocorrência e ele me contou com todos os detalhes — falou Mayke, dando uma breve pausa, para continuar:

— Somente Angélica estava em casa. A princípio, não acreditou na notícia, e o sargento Alfonso a escutou dizer que não acreditava. Mas pela entonação da voz ele percebeu sua agitação e viu que uma cor pálida a dominara. O sargento pediu para o motorista da viatura, o soldado Aderbal, pegar um copo de água e fez Angélica se sentar em uma cadeira.

— Onde está Augusto? Meu filho está vivo? O que aconteceu com ele? — perguntou Angélica.

— Calma, senhora! — falou o sargento, tentando acalmá-la. Seu filho estava pilotando uma moto.

— Mas meu filho não tem moto! Não pode ser ele.

— Estava sem documentos da moto e sem documentos de habilitação, e pela identidade que ele portava descobrimos que ele é menor e, com certeza, não possui carteira para dirigir moto — falou o sargento.

— Meu filho morreu? — indagou Angélica.

— Não sei. Foi acionado o 192. Ele foi encaminhado pelo Serviço de Atendimento móvel de urgência (SAMU) ao hospital. Onde está seu marido? — perguntou o sargento.

— Meu marido não está em casa. Ele trabalha na Petrobras, lá no Rio de Janeiro. Só vem para casa esporadicamente. Às vezes, fica seis meses sem vir pra casa.

— Tem como entrar em contato com ele?

— Sim. Aqui tem o endereço de onde ele trabalha — respondeu Angélica.

— O ENDEREÇO referia-se ao campo de petróleo Espadarte, na bacia do Rio de Janeiro, localizado a cento e dez km da costa. Então o sargento, pela central, conseguiu entrar em contato comigo. O sargento simplesmente disse que meu filho Augusto tinha sofrido um acidente de moto e estava em coma, no hospital. Disse que não tinha conhecimento da gravidade do seu estado, mas falou que era muito importante a minha presença lá, porque não sabia se essa situação se estenderia por muito tempo. O sargento informou que Augusto tinha entrado embaixo de uma caçamba Alfa Romeo, um caminhão basculante carregado de aterro. Augusto, ao sair da rua secundária, entrou na BR sem observar o trânsito, ou não conseguiu parar a moto no momento, entrou direto na BR 101 e deu de cara com o caminhão. Augusto não foi esmagado pelos pneus. O choque com o veículo e o tombo no asfalto, deixaram-no em coma. Após essa conversa com o sargento, tive a certeza de que se Augusto ainda não tivesse morrido, o caso era realmente grave, e não tive outra alternativa, a não ser deixar tudo de lado, pegar um avião e vir com a maior urgência possível para Florianópolis.

— O comunicado se deu às dezesseis horas, do dia 13 de agosto do ano 2006, uma hora depois do acidente. Tudo aconteceu muito rápido. Então, com muita urgência, providenciei minha vinda para cá. O helicóptero da empresa me transportou para o continente às vinte e uma horas, peguei o avião e vim. Às vinte duas e trinta já me encontrava em Florianópolis. Peguei um táxi e fui para casa. Encontrei Angélica em estado deprimente. Não chorava, devido ao efeito dos remédios. Meu pai não estava em casa, somente minha mãe, que estava cuidando de Angélica e de Thiago. Os outros três filhos, para efeito de família, não existiam. Angélica estava completamente dopada. E numa conversa rara, Angélica me falou o seguinte:

— Esses filhos estão me matando aos poucos. Em casa, só tinha praticamente Augusto e Thiago. Augusto morreu, só sobrou junto de mim o Thiago. Os outros nunca tiveram pena de mim e você só tem tempo para o trabalho, enquanto sua família se detona. Então, Mayke, vou lhe pedir uma coisa: quando eu morrer, se você estiver por perto, não me enterre para não dar oportunidade de um desses filhos, que me ignoraram a vida inteira, ir ao cemitério me levar flores, acender velas e dizer: 'Quanta saudade, mãe. Como eu te amava', para fingir que eram bons filhos. Eu não quero servir de instrumento para filho nenhum se escorar na minha imagem e explorar uma falsa personalidade. Não importa a circunstância, quero ser cremada. Se não for possível me levar para o crematório, faça uma fogueira atrás de casa ou em qualquer lugar e me transforme em cinzas. Depois, pegue essas cinzas e jogue em algum lugar para não sobrar nenhum vestígio. Faça desaparecer completamente para que eles, principalmente os três ingratos, que se jogaram na vida do crime e não se lembram de que têm mãe, percam completamente o vínculo da família e nunca mais se lembrem de mim.

— Daí em diante Bica — continuou Mayke —, você sabe toda história. Fomos nós dois até ao hospital. Foi aí que deixei você encarregado de me escrever tudo que acontecia com minha família. E lhe fiz aquela procuração para você lidar com o dinheiro do banco e não deixar Angélica em má situação. Angélica estava sendo usurpada pelos filhos. Você sabe, se eu deixasse o dinheiro para ela administrar, os filhos iriam usar de chantagem e tomariam tudo. Você se lembra. Ao chegarmos ao Hospital Celso Ramos, fomos saber de Augusto, e tivemos aquela terrível notícia.

— Quem são vocês? — perguntou a enfermeira de plantão.

— Sou Mayke, pai de Augusto. E esse é meu amigo Biovaldo. Como está meu filho?

— Infelizmente, seu Mayke, não gostaria de dar tal notícia, mas lamento dizer que seu filho não resistiu aos ferimentos e foi a óbito. Além de vários membros esfacelados, ele teve traumatismo craniano — falou a enfermeira de plantão.

MAYKE FICOU TRASTORNADO. Não sabia o que fazer.

Bica convidou o amigo para sentar, acalmar-se e depois pensar no que fazer. Biovaldo disse para Mayke ficar sentado, que ele tomaria as providências necessárias.

Após declarada a morte de Augusto, foram tomadas todas as providências no hospital. Mayke foi consultado sobre doação de órgãos e concordou que os órgãos de seu filho podiam ser todos doados, para fazer a felicidade de alguém.

Augusto não ia mais precisar daqueles órgãos e se não fossem doados, iriam apodrecer debaixo da terra, e isso não era justo. Com certeza havia alguém esperando por algum órgão em algum lugar do Brasil. Sabe-se que a lista de espera é grande. Muita gente morre por não ter a oportunidade de transplantar o órgão que precisa, por exemplo: pulmão, pâncreas, intestinos, coração, córneas etc. O tempo de espera muitas vezes não é suficiente. Então era o mínimo que podia fazer. Augusto já havia morrido, não ia precisar de mais nada. Augusto não era egoísta. Com certeza, ele ficaria feliz, onde quer que estivesse.

NO DIA SEGUINTE, o corpo de Augusto, que se encontrava na casa funerária, no Cemitério do Passa Vinte, em Palhoça, foi velado e enterrado.

Daí em diante, Angélica não teve mais alegria. Incomodava-se demais com os filhos. A vergonha que sentia pela falta de escrúpulos dos três filhos marginais jogou-a em um isolamento dentro de sua casa. Foi definhando, acompanhada de uma depressão tão forte, que nem com a ingestão de remédios conseguiu eliminar.

Mary não tomava conhecimento da doença da mãe. Vivia sempre fora de casa. Rodrigo vivia o tempo todo preso. Maycon, um zumbi perambulante, sempre dopado, também pouco ia em casa, e quando ia, era para incomodar a coitada da mãe.

QUATRO

A SAÚDE DE ANGÉLICA E A DESILUSÃO DE BICA

— ANGÉLICA RECLAMAVA muito de dor de cabeça — falou Bica, com a voz angustiada. Depois que você partiu, após a morte de Augusto, ela não teve mais disposição para nada. Não saía mais de casa. Muito preocupada com Mary Angélica de Sá (a única filha mulher, terceira na contagem decrescente). Mais tarde começou a se queixar que sua visão estava turva, embaçada. Foi quando, em 2010, contratei Sueli como empregada para servir de companheira e cuidar melhor da casa, fazendo todos os serviços domésticos, conforme já relatei em cartas anteriores. Pois a dona Terezinha, sua mãe, também já andava adoentada e não podia mais ajudar Angélica. Há seis meses, ela começou a sentir náuseas, vomitava de vez em quando, começou a faltar o equilíbrio, se encontrava muito fraca, sonolenta, mal-humorada, apática etc. Sueli, muito preocupada, semanalmente me apresentava relatório de seu estado. Eu percebia a cada relatório que o problema se agravava, como relatei na penúltima carta.

O médico achava que era tudo depressão devido à morte de Augusto e dos grandes problemas que estava enfrentando com os outros filhos. Mas não era bem assim. Ao ficar completamente debilitada, Angélica foi levada a um neurologista e, após todos os exames realizados, foi constatado que algo de muito grave havia. Submetida a uma tomografia computadorizada no cérebro, foi constatado o que o médico já desconfiava: tumor no cérebro. O médico acha que ela desenvolveu o tumor durante a forte depressão e que ela se entregou a ponto de deixar seu sistema imunológico chegar a zero. Seu corpo debilitado facilitou o desenvolvimento da doença.

Hoje faz vinte e três dias que ela foi internada, mas não foi indicada a cirurgia, devido ao adiantado estado do tumor, que já tomou grande parte do cérebro, e por ela se encontrar muito fraca. Mas se fosse possível fazer a cirurgia, você teria que autorizar. A sua ausência dificultou muito. Um marido ao lado da mulher, quando ela mais necessita, deixa tudo mais fácil de resolver.

BIOVALDO PASSOU o bastão para Mayke. Talvez não seja por muito tempo.

Bica é um quarentão em quem Mayke deposita toda confiança e o considera seu melhor amigo. Homem sincero, de boa índole, muito prestativo, meio enigmático, mas compromissado e preocupado com as atividades diárias. De estatura alta, tem um metro e noventa e três, solteiro. Desiludido com o primeiro amor, nunca mais se viu o Bica de paparico com mulheres.

Trabalha em uma empresa de ônibus interurbano no terminal Rita Maria. Bica comanda um escritório com seis funcionários. Vai para o trabalho vestido em um terno preto, camisa branca, sapatos e meias pretas, veste que faz parte do uniforme da empresa. Anda sempre bem barbeado, cabelos penteados na base de gel, para que o vento não desmanche. Amigo de infância de Mayke, viveram juntos grande parte do tempo da infância, adolescência e, agora, com os problemas de Mayke, a amizade redobrou.

— BICA, porque você se desiludiu tanto com seu amor? — perguntou Mayke, tentando não ser o centro da atenção, como vinha acontecendo.

— Bom amigo, você sabe que um dia eu fui noivo, mas nunca te contei o motivo do término do noivado. Mas isso não é mais segredo — Bica continuou contando:

— Muitas pessoas já sabem, principalmente aquelas que trabalhavam na mesma clínica onde Luana trabalhava. Luana era técnica em enfermagem. Evangélica, pregava a religião com um sofisma de fanatismo. Qualquer ser humano se encantava com sua postura. Jamais demonstrou argumentos que me submetessem à desconfiança, era digna de confiança em tudo que demonstrava. Na minha concepção, uma garota pura, que jurava fidelidade. Não era uma princesa, mas tinha seu retoque de beleza, pelo qual me enamorei. Éramos apaixonados. Dizia ser virgem e queria casar-se de branco, com véu e grinalda.

Talvez toda essa conversa fosse para cobrir o rol de safadeza praticada por ela na clandestinidade. Um dia, alguém da clínica que me conhecia, ligou-me e disse que tinha um assunto de meu interesse e quando eu quisesse falar sobre esse assunto, era só ligar para seu telefone, naquele número. Disse que seu nome era Jonatas. Fiquei pensativo, tentando adivinhar o que aquele rapaz queria comigo. Era funcionário da clínica e, eu, funcionário de uma empresa de ônibus, nada tínhamos em comum.

Luana, além de trabalhar na clínica, dizia fazer plantão em hospitais, dizendo que era para aumentar a renda mensal, porque o que ganhava na clínica não era suficiente. Sustentava sua mãe e uma irmã menor idade, que ainda não trabalhava. Não imaginaria que o assunto fosse referente à Luana. Para mim, era uma moça perfeita, merecedora da minha confiança. Já estávamos noivos há nove meses e não havia suspeitas. E eu respeitava a posição dela, o direito de casar virgem. Dizia ela que era tradição de família.

Aquele telefonema não me saía mais da cabeça, então, depois de dois dias resolvi telefonar. Pensei que se tratava de algum negócio, como esse tal de marketing de rede ou coisa parecida. Marcamos um encontro no vão do mercado público, ao meio-dia, pois ali ao ar livre era um bom lugar para falarmos de negócios, ou até mesmo jogar conversa fora, mas não seria o caso, pois alguém sem uma intimidade aprofundada não iria me ligar para jogar conversa fora, no mercado público, em um dia útil da semana. Pensando nisso, fiquei com a "pulga atrás da orelha", como dizia a minha avó. E como dizia o meu avô, quando a coisa é assim, meio de supetão, "coloque a barba de molho" que pode não ser coisa boa. Mas ignorando esses maus pensamentos, parti para o mercado público aproveitando a oportunidade para tomar um chopp, acompanhado de frutos do mar.

Jonatas me conhecia, mas eu não o conhecia. Avisei-o que iria com o uniforme da empresa e que estaria lá ao meio-dia. Às 14h tinha que voltar a trabalhar. Expliquei o tipo de uniforme que estaria usando e marcamos no primeiro boxe, à direita. Ao chegar em frente ao box 14, fui reconhecido por Jonatas, que já estava tomando um chopp da BeerBoss (schornsten natural). Quando me viu, reconheceu-me de imediato. Cumprimentei-o.

— Bom dia.

Jonatas era um garoto. Em conversa fui saber que ele tinha apenas 21 anos de idade. Fizemos aquela apresentação de praxe, apertamos a mão um do outro, sentamos encostados na grade que divide o meio do vão do mercado público, com a intenção de presenciar o movimento externo.

— Então, o que tens para me apresentar?

Jonatas olhou-me de um jeito que logo imaginei que não era coisa boa. Pedi um chopp. Numa relação de seis nomes, escolhi o primeiro nome da tabela (Stella Artois), um chopp caseiro, muito gostoso, que já havia experimentado antes. Brindamos em nome da nova amizade. Foi, então, que Jonatas me falou:

— O que tenho para te falar não é digno de brinde algum. Não irá gostar nada do que vou te dizer.

Fiquei na expectativa.

— Fala, garoto. Não me deixe angustiado — retruquei. — Então não é sobre marketing de rede?

— Não tenho interesse por esses negócios — disse Jonatas.

— Então desembucha! — já me sentido desconfortável.

JONATAS PEGOU seu caneco de chopp de 300 ml, olhou o cardápio, mas não pediu nada. Deu uma golada, me olhou seriamente e falou:

— Prepare-se para não cair da cadeira. Pode ser que você já tenha conhecimento de causa, não sei.

— Conhecimento de que rapaz? O que está acontecendo?

— Biovaldo, eu o conheço há pouco tempo. Só vi você duas vezes na clínica, quando foi pegar Luana, no final do expediente, mas deduzi, pelo seu capricho, pelo seu jeito de tratar sua noiva e as outras pessoas, pelo seu cavalheirismo, que você é pessoa de boa estirpe e não merece ser passado para trás ou traído por qualquer pessoa, muito menos pela sua noiva.

— O que está me dizendo? — perguntei a ele.

— Quero lhe dizer que se você ainda não sabe, vai saber agora. Mas pelo amor de Deus, fique calmo e me escuta com atenção. O negócio é o seguinte: você está sendo traído pela sua noiva.

— Como traído? O que está me dizendo? Luana diz ser casta, estamos nos preparando para casar. Ela quer se casar inclusive na igreja, de véu e grinalda! Jura de pés juntos que nunca manteve relações sexuais com homem algum! Eu deposito toda confiança nela e respeito a vontade dela! Tento nunca transgredir as normas que ela determina para não causar intriga entre nós. Não posso acreditar que Luana me trai. Luana trabalha diariamente na clínica! Faz plantão em hospitais, noite sim, noite não, e aos sábados e domingos, quando é chamada! Luana é fiel ao trabalho dela. Ela tem uma mãe e uma irmã que precisam do trabalho dela para sobreviver. Aos finais de semana, quando não vai para o trabalho, vai para a igreja. Ela, a mãe e a irmã. Nunca escutei comentários sobre ela que a desabonassem! É uma mulher sem comentários desairosos.

— Você sabe em quais os hospitais Luana trabalha? — perguntou Jonatas.

— Não, mas são hospitais da grande Florianópolis! Quando precisam, telefonam para ela.

— Caro amigo, os hospitais não telefonam para ninguém fazer plantão aos finais de semana, que não seja seu funcionário efetivo, mesmo sendo profissionais da área. Não permitem troca de funcionários com funcionários que não sejam seus. Ela mente muito mal e você, na sua ingenuidade, acredita. Você já viu ou escutou os telefonemas que ela recebe?

— Não. Luana não deixa seu celular em qualquer lugar. Está sempre trancado dentro da bolsa e, quando atende, vai para um lugar retirado da presença de pessoas. Mas o que isso tem a ver com essa nossa conversa? — questionou Biovaldo, com certo grau de nervosismo.

— Calma, seu Biovaldo. Assim vai ficar difícil de explicar tudo que você deverá saber! Então está aí o problema, ela não permite que ninguém escute o que ela fala no celular — falou Jonatas. — Sabe, seu Biovaldo, eu descobri que Luana é garota de programa.

Em um ato involuntário, quase irracional, levantei-me da cadeira, derrubei a caneca de chopp e indaguei:

— Você tem prova do que está me dizendo, Jonatas? Como descobriu isso?

— Não, não tenho provas concretas, mas você mesmo poderá descobrir. Não tenho provas escritas e nem provas oculares. Descobri através de um paciente.

O garçom interveio, perguntando o que iriam pedir do cardápio.

— Não quero mais nada. Me traga um copo de conhaque — pediu Biovaldo ao garçom. Continue Jonatas, me conte tudo. Só vou te dizer uma coisa: levantar falso testemunho de quem quer que seja é crime. E eu não vou perdoar ninguém querendo aparecer inventando mentiras de alguém. Estou até imaginando que você está interessado em Luana e vem inventar essas coisas para me afastar dela. Cuidado, veja lá o que você vai me dizer.

— Se eu estivesse interessado em Luana, você acha que iria perder meu tempo para vir conversar com você? Para de pensar asneira e me escute. Quando ela estava em contato com o paciente, percebi o nervosismo dela e observei o constrangimento de ambos. Luana ficou muito nervosa, não se sentiu bem e foi para a cozinha, dizendo que iria tomar um comprimido, e pediu para alguém a substituir, que ela estava passando mal. Então eu fui substituí-la.

No contato com o paciente, ele me falou que o motivo do constrangimento é porque ele já conhecia Luana de outras paradas, que na semana anterior tinha estado com Luana no apartamento dele. Então ao vê-la tão tímida, não imaginava que aquela era a garota extrovertida e simpática que estivera na semana anterior, no apartamento dele, fazendo um programa com ele. Ela é uma garota de programa e cobra trezentos reais por sessão, uma hora de programa. Disse o paciente que ela é completa, que anula qualquer concorrente. Perguntei a ele como ele tinha feito para que Luana fosse a garota de programa dele naquele dia. E ele me falou:

— Através do jornal. Liguei para uma dessas casas que trabalham com esse tipo de coisa e marquei que mandassem uma garota ao meu apartamento. Ela apareceu lá dentro do horário combinado.

— Não me fale mais nada — eu disse. — Poupe-me dos detalhes.

"Aprendi... que a desilusão é uma das piores dores!... Pois ninguém se ilude com aqueles que conhece, mas, sim, com os que pensam que conhecem"!...
(Helbert Chin Ku Chon Choo)

BIOVALDO FICOU PENSANDO: "Como pude ser traído por uma garota que me jurava fidelidade?" Estava agora imaginando um jeito de ter uma prova e ter a certeza de que Jonatas estava falando a verdade. Jonatas chamou o garçom e pediu um escondidinho de camarão e outro de linguiça Blumenau. Eu, que não tinha o hábito de me embriagar, tomei um copo de conhaque e não comi nada. Deu-me um nó na garganta, resolvi pedir ajuda ao meu novo amigo, para me dar uma ideia de como eu iria ter a prova que necessitava.

— Você tem que comer alguma coisa — falou Jonatas. — Assim, com o estômago vazio, você vai se embriagar cada vez mais e pode colocar tudo a perder. E não vai conseguir trabalhar à tarde.

Então pensei melhor e resolvi beliscar alguma coisa do prato do Jonatas.

— Acho que já tenho ideia de como você vai ter a prova de tudo que estou lhe falando — falou Jonatas. — Você mesmo vai fazer um teste. Eu tenho um amigo que tem um apartamento no centro da cidade, mas ele não mora lá. O apartamento está fechado. Ele já me emprestou algumas vezes, quando eu precisei. Vamos fazer o seguinte: eu falo com ele para me emprestar o apartamento por uma noite e lhe dou a chave. Você vai no meu lugar, em uma noite desses finais de semana em que ela diz trabalhar no hospital. Telefonamos para o lugar e marcamos para que mande Luana, às 20h, no apartamento.

Eu pensei um pouco e perguntei:

— Será que isso vai dar certo?

— Bom, se não der certo, pelo menos você vai tentar. É melhor tentar do que permanecer na dúvida, ou ficar duvidando de mim.

Aceitei a ideia.

— Vamos colocar o plano em ação — disse. — Jonatas ligou para o amigo dele, ali mesmo, sendo atendido de imediato. Pediu o apartamento emprestado para sábado. Seu amigo falou que sábado não era possível, se poderia ser na quarta-feira da outra semana, ou no outro sábado. Pedi para Jonatas marcar para outro sábado, porque na quarta-feira ela trabalhava durante o dia e podia alegar que estava cansada. E, assim, Jonatas o fez.

Para garantir a presença de Luana, me certifiquei de que tudo estava certo naquele dia, e pedi para Jonatas ligar na sexta-feira, para a casa em que Luana trabalhava, e marcar o horário correto. A garota de programa tinha que ser Luana, se fosse outra, não aceitaria. E assim foi feito. Foi marcado para sábado, às 20h, no apartamento mencionado.

Às 13h20, solicitamos a presença do garçom e pedimos as contas. Paguei a quantia de vinte e seis reais e noventa centavos, no cartão de débito. Jonatas pagou a quantia de cinquenta e sete reais e vinte centavos, também no cartão, só que era de crédito. Jonatas ainda ficou sentado, terminando sua refeição.

Devido ao adiantado da hora, entediado e embriagado, mais de ódio do que com o efeito do conhaque, levantei-me, apertei a mão de meu novo amigo, agradeci e fui caminhando a pé até o Terminal Rita Maria, para reiniciar meu trabalho. Dá para imaginar como foi aquela tarde de trabalho.

No trajeto do mercado até o terminal, minha cabeça não parava de fornecer ideias macabras. Pensamentos que me levavam desde o ridículo do aceitamento à prática de homicídio. Pensamentos ridículos, que não serviam ou ultrapassavam os limites de reação.

Então vinha outro e outro, tudo era ridículo, tudo culminava com o pensamento de um ébrio no embriago da vingança. A ideia que tinha um acanhamento de validade já foi formada lá no vão do mercado público. Aquela tarde entorpecida foi embaciada e tediosa. Procurei não conversar com ninguém, pois parecia que todos tinham culpa da minha infelicidade. Trancado no escritório, não permiti a presença de quem quer que fosse, até para não desconfiarem do meu estado de embriaguez.

Com muita dificuldade, fiz todo o trabalho a mim confiado. Sentado na cadeira, com a porta trancada, após uma sessão de choro, solitário, cabeça cabisbaixa sobre a mesa, deixei rodar na imaginação o videoteipe da felicidade, desde o primeiro dia em que conheci Luana. Mas o trailer da infelicidade, da traição, cortava de tempos em tempos, como parada para os comerciais.

Torcia para que tudo aquilo fosse mentira de um cafajeste que queria se aproveitar de tal situação para roubar a joia mais preciosa, que me alegrava no presente. Imaginava voltar lá no mercado e brindá-lo com um soco no meio da cara, e lhe dizer todos os impropérios que me viessem à mente. E depois subir numa mesa e anunciar para todos os presentes que aquele cafajeste estava jogando sujo comigo, tentando me induzir a erros, para me fazer duvidar da fidelidade de minha noiva, só para nos separar e depois ficar com ela.

Não suportava a ideia de ser traído por alguém a quem tanto amava. Imaginava que se tudo aquilo fosse verdade, minha vida não teria mais sentido. De que vale tanto esforço para se ter uma vida regular, com um pouquinho de felicidade, se a traição praticada pela pessoa responsável pela sua felicidade, com um golpe certeiro, a destrói sem analisar o sentimento alheio, como se fosse uma coisa normal? Meu Deus! Será que ninguém mais tem sentimentos neste mundo? Quanta falta de caráter em uma pessoa em que você menos espera!

Nem era casado e já estava sendo traído! Bom, se tivesse que escolher, é melhor que fosse antes de casar. Tantas juras de amor, tantos projetos para o futuro. Estávamos construindo um castelo de amor. Vejo a tempestade desmoronando os sonhos. Não, não é tempestade. É apenas uma rajada estúpida. O castelo estava sendo construído com material instável, material de última categoria, um sopro qualquer e tudo desmoronaria.

Olho-me interiormente e só vejo fraqueza. Minha vontade, minha ideia, nada é vontade, nada é concreto. Tudo fraqueza, tudo de cristal.

Ao levantar a cabeça, Biovaldo percebeu que o efeito do conhaque ainda durava, pois já tinha terminado seu turno de trabalho e ele ainda não tinha se dado conta.

CINCO

PROVA DA TRAIÇÃO

NÃO DEIXEI A PORTA TRANCADA de modo que quando ela batesse na porta ou tocasse a campainha, não precisasse da minha presença para abri-la. Apaguei a luz do quarto, me deitei na cama, totalmente nu, cobri o rosto com uma toalha e fiquei esperando ali, no frescor do ar condicionado, com um lençol sobre o corpo.

De repente, escutei a campainha soar. Mandei que abrisse a porta e entrasse. Ao abrir a porta, com o reflexo da luz da sala avistei aquela linda boneca, toda maquiada. Coisa que não fazia para se encontrar comigo, porque sua religião não permitia. Estava indecisa ao entrar.

— Oi... — falou-me aquela moça bem-vestida, maquiada.

A procura de uma voz distante, não conseguia enxergar ninguém devido à penumbra proposital que dominava o quarto. Ao se ambientar, sentou-se, esperando algum tipo de convite.

Depois de eu tomar uns drinques de uísque, estava bem à vontade. Modifiquei a fala para dificultar o reconhecimento. Pedi que ela tirasse sua roupa e viesse para o quarto.

Com trejeito indeciso, observou os quatro cantos do apartamento, viu a garrafa de uísque sobre a mesa, pegou um copo que estava ao lado, colocou gelo, que também estava à disposição, ao lado da garrafa, e em um gole só, virou o copo. Ela, que jurava jamais ter colocado bebida alcoólica na boca.

Começou a tirar a roupa, olhando para o quarto de vez em quando. Então resolveu me chamar para tomarmos um drinque juntos. Falei que já havia tomado e já estava satisfeito.

Desconfiada e com uma dose de mistério, circundada em um invólucro de timidez, despiu-se completamente e foi entrando no quarto.

Pela habilidade demonstrada, percebi que a vadia já tinha alguma experiência no assunto. Ligou o interruptor para acender a luz, mas eu já havia destorcido a lâmpada para que não acendesse.

— Porque a lâmpada não acende? — perguntou ela, andando ao meu encontro.

— Nada — respondi.

Luana puxou o lençol que me cobria, passou a mão pela minha coxa, veio subindo, passando pelos limites. Percebendo que a "ferramenta de trabalho" não estava afiada, jogou-se sobre ela, e empregando sua técnica para fazê-lo funcionar, alisou-o suavemente com a mão, examinou-o por alguns segundos e, sem mais dúvidas, resolveu o problema, enchendo sua boca com a "ferramenta" responsável pela continuação daquele ato lucrativo.

A "ferramenta" relutou em obedecer ao curso normal de alguém que necessita de sexo e paga para que aconteça. Luana sentiu-se incomodada com a moleza do indivíduo e, em voz baixa, perguntou o que estava acontecendo. Com a voz bem rouca, falei que estava pagando, ela que cuidasse e com a responsabilidade de uma profissional bem-sucedida, que me proporcionasse prazer.

— Começa e não faça mais perguntas — disse.

Na ânsia de agradar ou na desconfiança, tentou puxar a toalha que cobria minha cabeça, mas não conseguiu. Além de amarrada eu estava segurando com uma das mãos.

Naquele momento de raiva, fechei-me completamente para que nada funcionasse. Permiti que a insensatez e o constrangimento tomassem conta do meu corpo, não permitindo o prazer tão desejado.

Mas Luana, com sua arte demoníaca e sua sensualidade ímpar, não permitiu a inércia do molenga se fingido de morto. O ser bajulado acordou e reagiu. Começou o trabalho, nem exigiu preservativo. Fiquei perplexo, não conseguia acreditar no que estava acontecendo.

Uma câmara estava filmando, pois já havia preparado para evitar que ela negasse o ocorrido se um dia eu precisasse provar alguma coisa. Antes que acontecesse a finalização, e para não proporcionar a ela qualquer tipo de prazer, joguei-a para o lado, tirei a toalha da cabeça e deixei que ela percebesse quem estava ali.

Após alguns segundos, ela levantou a cabeça e percebeu que quem estava ali não era alguém desconhecido. No momento, pulei da cama e ela me identificou.

Pensei no estrangulamento, peguei-a pelos cabelos e pensei em arrancar sua cabeça. Ela esmoreceu. Não teve reação, olhava para mim como se não estivesse acreditando no que estava acontecendo. Parecia uma cadela assustada após um banho de água fria no inverno.

Eu não quis dar uma de reacionário, resolvi soltá-la. Joguei sua roupa fora do quarto e mandei que se vestisse.

Na gana de vestir minha roupa com pressa, meti os dois pés em uma só perna da calça, me desequilibrei e levei um tombo, o que provocou um sorriso com uma pitada de vingança no rosto da vadia, que já se encontrava na claridade da sala. Vesti minha roupa e tranquei a porta, para que ela não saísse sem antes me dar uma explicação. Choramingando, vestiu sua roupa, bebeu mais um pouco de uísque com uma dose de ira, agora para tentar suportar a situação.

— Explica agora, vadia. Porque se submeter a essa vida de prostituição? Qual o motivo que te levou a tanta baixeza? Você me enganou esse tempo todo, quase um ano de noivado, e eu nem desconfiava de nada! É no apartamento dos homens que vai ao hospital? É nesses locais que trata de doentes? Com certeza são pacientes muito necessitados. Quantos homens atende por noite? Três, quatro? Me diga, quantos? Dá uma de evangélica para enganar as pessoas? Lá na igreja que frequenta, não te pesa na consciência, não tem medo da justiça divina? Como é que fica em frente ao pastor, jurando fidelidade a Deus? Puta velha! Casar de véu e grinalda! Moça virgem! Que decepção!

Luana, desesperada, queria sair do apartamento a qualquer custo, parecendo um gato encurralado, querendo avançar no seu agressor. E sem me dizer uma palavra. Eu não permiti que ela saísse assim, desse jeito, sem me dar uma explicação. Claro que explicação nenhuma iria justificar sua atitude.

— Só sairá daqui depois que me falar tudo a respeito dessa sacanagem.

Luana engoliu em seco, suspirou, deu um tapa na mesa e resolveu falar.

— Pois bem, seu palhaço, sovina, mão de vaca, jamais me ajudou quando necessitei de ajuda. Te falei que minha mãe é doente, sofre de um mal, uma doença rara que precisa de acompanhamento médico. De vez em quando tem que se consultar e não temos plano de saúde. Cada consulta é paga na hora, não fazem em prestação. Tenho que desembolsar todas às vezes quatrocentos reais, e isso é quase todos os meses, só os remédios que ela consome. Meu salário, como técnica de enfermagem, não cobre nem a metade. Além disso, tem o aluguel, a comida, a minha irmã menor, que estuda e precisa da minha ajuda. Minha mãe não é aposentada.

— Eu preferi entrar nessa vida — continuou Luana — do que deixar minha mãe e minha irmã morarem debaixo de um viaduto, passando por todas as privações. Não faço isso porque quero, seu idiota. Faço por necessidade. E eu até queria que você me flagrasse mesmo. Mais cedo ou mais tarde isso iria acontecer. Só assim eu me desvencilho de algo muito pesado, quase impossível de suportar, por saber que eu não sou sozinha na vida. Assim vou ficar livre do peso que carregava. Eu nunca ia ter coragem de te contar. Foi melhor assim.

— Você acha que com o salário que ganho eu tenho condições de ajudar alguém? — falei para ela. — Eu sou um mísero empregado de uma empresa de ônibus, explorado por todos os lados. Ganho uma merreca de salário, que mal dá para me manter. Estou envergonhado de você. Você me deixou em maus lençóis perante minha família e meus amigos. Mas pega aqui o dinheiro a que tem direito por esta noite, sua sem-vergonha. Pelo menos dá para pagar quase uma consulta.

Luana não quis saber de dinheiro, exigiu que eu abrisse a porta. E para me livrar de uma vez da ordinária, resolvi abrir a porta. Xingando-me, mandou-se escada abaixo, desceu a escadaria de cinco andares, esquecendo até que havia elevador.

DESOLADO, fiquei naquele apartamento, amargurado. Tudo ali era fétido, tudo tinha cheiro de sacanagem, traição. Enchi a cara com uísque e, numa tristeza profunda, liguei para Jonatas que, em poucos minutos, foi a meu encontro.

Contei a história, entreguei a chave e agradeci o que ele tinha feito por mim, até porque não nos conhecíamos anteriormente.

Jonatas, vendo-me naquela situação, não aceitou que eu fosse sozinho para casa. Sabendo que eu não tinha carro, ofereceu-me uma carona. Falei que morava em Palhoça, que poderia pegar o coletivo no terminal, como faço todos os dias para trabalhar. Jonatas disse que eu não estava em condições de ir para casa sozinho. Além de bêbado, estava sofrendo a dor de um homem desiludido. E um homem nessas condições, muitas vezes, não responde pelos seus atos.

— Tudo bem — falei. — Ajudo com a gasolina.

— Não — falou Jonatas. — Eu moro em São José, perto da Ponte do Maruim, antiga Fazenda do Max, então não custa nada dar um pulo até Palhoça e te deixar em casa.

— Valeu, amigo. Te devo essa — disse.

— Nunca mais vi Luana e também nunca quis me informar sobre seu paradeiro. Contaram-me que a mãe dela morreu no ano passado, em 2012.

Já vai fazer 12 anos, e parece que foi ontem. Jamais vou me esquecer dessa peça que o destino me pregou. Ainda tenho pesadelos, ainda não me refiz completamente. Esse fato aconteceu quando eu tinha 30 anos de idade, em dois mil e um.

— E MARY, como está se portando com a doença da mãe? — perguntou Mayke ao amigo.

— Mary talvez seja a maior preocupação de Angélica — respondeu Bica. — Mary nunca lhe deu sossego. Saiu de casa, como você já sabe, desapareceu por mais de um ano, e, quando descobrimos, ela já era uma adolescente completamente entregue às drogas e à prostituição. Em 2006, aos 15 anos de idade, fugiu com um caminhoneiro. Andou por todo esse Brasil nas boleias dos caminhões.

Mary não concluiu o ensino básico, abandonou a escola na sexta-série e se mandou. A convivência no lar, para ela, seus irmãos e sua mãe, já não era mais possível. Dizem até que ela ficou assim influenciada por Rodrigo, pois ele levava drogas para casa e obrigava Mary a vender nos pontos.

Acreditava que com a Mary, por ser menor de idade, o problema seria menor. Existe um tal de ECA (Estatuto da Criança e do Adolescente), que ampara menores. Mas, com estatuto ou não, Mary nunca foi amparada. Foi pega várias vezes, foi fichada, mas nunca ficou presa. Em 2006, quando você trabalhava no Rio de Janeiro, aos 15 anos de idade, antes de fugir de casa, ela foi submetida a depoimentos, ficou dois dias na delegacia, quando a pegaram com várias pedras de craque, no ponto de vendas de drogas, mas não ficou presa, pois a instituição que havia disponível para detenção de menores infratores era o São Lucas, localizado em São José, município da grande Florianópolis. E não sei por que motivo, o número de meninas detidas era pequeno. Dizem que havia somente oito meninas em regime fechado, e só eram detidas por crimes muito graves, como homicídio ou crimes semelhantes. Hoje, Mary está com 22 anos e ainda não se deu conta da porcaria que fez da vida dela. Não aceita conselhos de ninguém.

Angélica, se tivesse que voltar para casa hoje, não conseguiria mais. Sabe Mayke, a sua casa não é mais sua. Assim que Angélica foi internada, Mary assumiu a casa, juntamente com alguns amigos da droga. É um entra e sai de drogados que, na verdade, não se sabe ao certo quantas pessoas moram lá.

Se você não quiser se incomodar, acho melhor deixar como está. São marginais que pertencem ao crime organizado, de facções que agem a mando dos chefões do tráfico e por elas são protegidos, conforme sua obediência. Com certeza, Rodrigo está por trás de tudo isso. A polícia fardada só monitora de longe. Mas eles são espertos, não dão muita bobeira. Então enquanto não fazem muito barulho, a polícia faz questão de não os incomodar. Mary não quer saber de Angélica. Diz que a mãe é retrógrada, quadrada e que seus gênios não combinam. Diz que as paraibanas ainda não evoluíram o suficiente para lidar com jovens aqui do sul. Ela sabe que a mãe está doente, mas não tem ideia do tipo de doença que a martiriza.

Para não deixar Sueli em maus lençóis, e como estava precisando de alguém para cuidar da minha casa, levei-a para trabalhar para mim, pois Mary não queria a interferência de Sueli. Não queria que Sueli ficasse bisbilhotando o que ela andava fazendo. E com Sueli em casa, ficava comprometedora a presença dos seus amigos marginais.

QUARENTA E DOIS MINUTOS, a passos de tartaruga, a fila ainda massacrava os dois viajantes. Já haviam ultrapassado o túnel Antonieta de Barros quando Mayke olhou à direita e percebeu, no gramado, com algumas árvores servindo de sombra, pessoas entrando e saindo de um túnel sob a Avenida Paulo Fontes. Julgou ser alguma passagem de pedestre ou um esgoto de águas pluviais.

Aquelas pessoas mal trajadas, sem escrúpulos, batiam umas nas outras, como se estivessem pedindo algo, agradecendo ou se desculpando por qualquer motivo. Mayke não entendeu aquele movimento. Perguntou ao seu amigo Bica o que significava aquela aglomeração de pessoas suspeitas, indo e vindo, saindo e entrando naquele buraco.

Biovaldo olhou de soslaio para o amigo, não querendo perder o andamento da fila. Respondeu:

— Amigo; aquilo que você está vendo é uma contaminação perversa do sistema social ao qual pertencemos. Ali funciona um reduto de viciados em drogas. Naquele local formaram uma Cracolândia. Aquelas pessoas estão lá movidas pelo crack. Alguns ali vivem como verdadeiros zumbis. Dopados o dia inteiro, ali eles se drogam e vendem drogas. Com certeza, alguma facção domina o pedaço.

— É claro — continuou Bica — a Cracolândia daqui não se iguala àquelas que existem no centro da cidade de São Paulo, como na Avenida Duque de Caxias, Ipiranga, Estação Júlio Prestes, Rua Mauá e outras. Lá, com certeza, são dominadas por facções, traficantes de drogas, de armas etc. Lá, eles colocam os moradores para correr, aquele moradores menos favorecidos financeiramente, e dominam o pedaço. O comércio local diminui ou acaba. A polícia luta para acabar com esse tipo de coisa, mas não tem conseguido êxito. Quando eles são expulsos de um lugar, montam nova Cracolândia em outro lugar. Eles já são despojados, portanto, se a polícia reprime, afastando-os de uma praça ou uma rua, no outro dia eles tomam outra rua ou outra praça. Não existe um programa social que os ampare. O estado tem que fazer um trabalho mais minucioso, a custo de qualquer sacrifício. Não adianta usar somente o trabalho repressivo. Ali se dá a disseminação da Aids, de gravidez precoce etc. Um trabalho de assistência social de grande vulto seria o ideal para amenizar tamanha depreciação. Não seria a solução total, mas seria o material correto para apaziguar grande parte desse descaminho que transforma nossos jovens em lixos sociais.

BIOVALDO PERCEBEU que seu amigo emudeceu. De repente, observa lágrimas escorrendo no rosto de Mayke. Elas ultrapassaram as fronteiras do aro dos óculos de sol, misturaram-se por entre a barba que estava apontando e vieram unir-se no final do queixo, esfacelando-se em seus braços, que se encontravam cruzados, em frente ao seu estômago. Biovaldo tirou um lenço do porta-luvas e entregou ao seu amigo.

— Pegue, use.

Mayke limpou o rosto, os olhos, o queixo e seus braços.

— Já sei... Está pensando em Maycon — disse Bica, com a voz acusando ar de tristeza.

— Exatamente, meu amigo. Tem alguma notícia dele? — respondeu Mayke.

— Sim, mas não são notícias boas. Como já sabe, Maycon vivia mais na rua do que em casa. É um problema de difícil solução. Maycon está envolvido com o crack. Não respeitava mais a mãe, roubava dinheiro dela para comprar drogas, e quando ela negava dinheiro a ele, porque muitas vezes não tinha para dar, ele ficava furioso, quebrava tudo que via pela frente. Em algumas ocasiões, ela chamava a polícia para tentar contê-lo. Está desaparecido há seis meses.

Tive notícia de que ele está escondido na comunidade Chico Mendes, em um prédio apelidado de Carandiru. Lá, ele segue as normas que a facção determina e, em troca é protegido. Vive escondido, porque a polícia está em seu encalço. Existe um mandado de prisão contra ele. A polícia já esteve na sua casa várias vezes, tentando encontrá-lo. Maycon soube disso e não apareceu mais em casa.

— E o mandado de prisão é sobre o quê? — perguntou Mayke.

— Olha, não tenho certeza...Parece que nessa tal de Cracolândia, foi morto alguém do tráfico, usuário, assassinado a facadas, e o nome de Maycon foi envolvido. Talvez ele nem saiba que Angélica, a mãe, se encontra com doença em estado tão avançado.

— Bica, como é que minha família ficou desse jeito? Assim, tão podre? Eu sei que a minha presença foi pouca, mas não era motivo para uma depreciação familiar tão grande! Fiz tudo o que fiz para não deixar faltar nada em casa. Eram chances de empregos bons, que não podiam ser desperdiçados. Talvez, o meu grande erro foi não os carregar comigo, onde quer que fosse trabalhar. Mas nem tudo é possível. Tem coisas que não estão ao nosso alcance. E eu nunca consegui um bom trabalho perto de casa. Tempos felizes, foram aqueles cinco anos de faculdade. Trabalhava e estudava. Além de trabalhar de vigia, estava mais presente na vida dos meus dois filhos. Na época era feliz e pouco sabia disso...

Mayke deu uma breve pausa e continuou:

— Depois de me formar nasceram mais três filhos, quando nós já morávamos em Palhoça. Mary, Maycon e Thiago. Vivíamos momentos felizes, eu, Angélica e meus filhos. Com a mesada que ganhava de meu pai e com o pouco que ganhava com o meu trabalho de vendedor ambulante, sobrevivíamos e éramos felizes. Começou a desandar com a minha ausência. Não porque eu quisesse. Eu tinha como compromisso melhorar de vida. Fiz uma faculdade e para que meus esforços fossem compensados, acreditava que precisava trabalhar no ramo. Hoje, em vez de ver uma família formada, vejo farrapos humanos marginalizados, uma mãe dedicada no leito de um hospital à beira da morte e um solitário entrando na velhice, sem esperança, rogando a Deus que olhe por seus filhos marginalizados, para apaziguar o sofrimento de todos.

Um pai, que trabalha arduamente, não medindo esforços para formar uma família decente, ganhando seu dinheiro com o suor de seu rosto, enfrentando todos os riscos, todos os tipos de chefes, "engolindo sapos" para manter sua família ativa, sem passar necessidades, e o que ganhei com tudo isso? Não acho palavras para descrever. Decepção para mim é muito pouco. Desilusão! Também não serve...Palavras não conseguem designar tamanha ingratidão do destino.

O mesmo amor que me encheu de felicidade transformou--se em desgraça. De que me adianta uma vida monetariamente preenchida se o principal da vida de um ser humano (a família) é destroçado! De que adianta ter uma conta avantajada no banco se, em contrapartida, há uma família marginalizada! Tenho convicção de que nada é perfeito, mas não precisava ser assim, tão imperfeito. Só espero que sobre alguma coisa dessa família para formar uma nova geração. Ainda me nutro de esperança, botando fé na minguada sobra. Coloca-se fogo no mato para nascer broto novo, raízes e sementes, que sempre ficam camufladas para depois da refrega brotarem com força e vigor. Esse pensamento alimenta meu ego, me torna esperançoso.

— É, meu amigo, "quem não conduz bem sua boiada, perde bois pelo caminho" — falou Bica, usando um provérbio popular para melhor definir a família de Mayke. — Nesta vida somos acossados com diversas provações. Alguns deixam que o destino tome conta da situação e aceitam as coisas como elas são. Outros lutam insistentemente por uma solução. Cada qual carregando seu carma.

SEIS

REENCONTRO COM ANGÉLICA

MAYKE SE DEU CONTA de que não havia mais fila impedindo seu trajeto. Percebeu que já estavam na Avenida Rio Branco. Estavam chegando naquele mesmo hospital em que há sete anos ele teve aquela grande decepção, quando encontrou seu filho Augusto sem vida, naquela cama de hospital, em consequência do acidente de moto.

Não se sentia confortável de forma alguma, porque sabia que, pela segunda vez, iria ter aquela sensação terrível. Já tinha consciência, pelo seu amigo Bica, que o caso de Angélica era grave e que, segundo os médicos, não havia mais volta.

Depois de quase duas horas no trânsito, finalmente Bica encontra um local na zona azul para estacionar seu Gol. Partem rumo ao HGCR. Não era mais horário de visitas e, por esse motivo, houve certa demora para entrarem. Como ele tinha vindo de muito longe e devido ao estado grave de Angélica, foi permitido que entrassem, com a recomendação de que a visita não fosse muito demorada, mas, quem fez a recomendação, não tinha conhecimento de que Angélica já tinha se mudado para um apartamento.

Então ambos subiram até o quinto andar. No elevador, Mayke não se continha, revelava-se nervoso.

— Bica, como será que Angélica vai me receber? Ela deve estar muito triste comigo. Deve estar me odiando.

— Angélica não está em condições de odiar ninguém — respondeu Bica, em tom de apaziguamento. Nem a você, que a esqueceu por tanto tempo. Quando falar com ela, não a magoe mais, mesmo diante de uma reação negativa dela. Você tem que manter a calma o tempo todo e tentar persuadi-la. Você só tentou fazer o que achava certo. Isso acontece com a maioria dos pais de família quando se preocupam com os seus. Só que você teve grande azar. Seus filhos penderam para o lado errado e a culpa não é totalmente sua. O destino é traiçoeiro, você nunca sabe a razão. Você poderia estar o tempo todo em casa e acontecer a mesma coisa. A vida é uma incógnita, totalmente sem previsão do que irá acontecer. O que será, será. Temos vários exemplos de famílias em que pai e mãe vivem sempre juntos, mas os filhos, ao crescerem, se modificam completamente e pendem para o lado do mal. Não podemos prever o futuro. Existem muitas razões, inclusive as más companhias, que modificam completamente o comportamento dos jovens.

Hoje, os pais devem se considerar sortudos e agradecidos quando seus filhos não pendem para o lado do vício ou do tráfico de drogas. Não é mais como antigamente, que os filhos eram criados à vontade, brincavam fora de casa, os pais não se preocupavam, pois tinham certeza que sua ingenuidade não seria maculada pelas más companhias. O vício, essa desgraça maléfica, ainda não existia, pelo menos não se conhecia. Os perigos da época eram esporádicos e menos avassaladores. Esse produto indesejável um dia será considerado como o maior flagelo da humanidade. A juventude está se matando. O planeta já está contaminado.

A tendência da modernidade leva nossos filhos para fora da realidade. Nós, considerados os "quadrados" pelas gerações mais novas, não conseguimos mais implantar o regime educacional coerente. Todos somos vítimas da sociedade contemporânea. A globalização não só traz o progresso, também incorpora a uma rede social que nos enche de incertezas. Poliniza a sociedade e, por falta da correta interpretação, nos leva a rumos incertos e sem ideia de resultados. Iguala a sociedade, até nos mais longínquos rincões, unificando os conceitos culturais com os diversificados tipos de comunicação, deturpando toda a cultura de um povo. Somos reféns de uma sociedade e por falta de uma boa educação, de valores domésticos e até uma espiritualidade, podemos perder o ritmo a ser seguido e nos tornarmos membros obsoletos. Então, meu amigo, se acompanharmos esse desenvolvimento contemporâneo como se apresenta, podemos perder parte de nossa cultura ou descartá-la totalmente.

Mas se não acompanharmos, podemos ser obsoletos, como já disse antes. Precisamos estar em alerta e atuantes, buscando contribuir com o desenvolvimento saudável e coerente.

"O mais terrível dos sentimentos,
é o sentimento de ter a esperança perdida".
(Federico Garcia Lorca)

O ELEVADOR PAROU no quinto andar. Estavam somente os dois no elevador. Não houve parada em outros andares. A porta se abriu, Bica se adiantou, olhou para trás e se atrasou, na tentativa de andar ao lado de seu colega.

— Será que ela está acordada? — perguntou Mayke ao seu amigo.

— Só vamos saber quando chegarmos lá — disse Bica.

Alguém de branco estava saindo do quarto 506. Mayke se adiantou e perguntou à moça que estava passando na frente dele.

— É esse o quarto em que Angélica está internada?

— Sim — respondeu a moça. — Mas Angélica não se encontra no quarto. Ela foi fazer uma tomografia do crânio, deve demorar uns vinte minutos. Eu já fui informada de suas visitas. Por favor, entrem e esperem lá dentro.

— Só uma pergunta — falou Mayke. — Ela está em condições de conversar?

— Sim, mas tem que ser bem devagar porque seu estado é grave. Ela não pode ter emoções fortes, não pode ter preocupações e nem se incomodar com nada.

— Ela está acordada? — indagou Mayke,

— Sim, está acordada. Está sob efeito de remédios, mas está consciente. Tem algum problema no conversar, porque o tumor afetou sua voz, mas com paciência pode conversar um pouco com ela. Vou deixar vocês à vontade.

A SIMPÁTICA ENFERMEIRA, que carregava uma bandeja nas mãos, onde estavam dois frascos de soro vazios e mais alguma coisa não identificável, lançou-se em direção ao corredor até desaparecer. Mayke entrou no quarto, sutilmente, com o cuidado de não acordar ninguém, como se tivesse alguém ali. Bica, logo em seguida, seguiu os passos do amigo.

Eles encontraram uma cama vazia e desarrumada. Alguns aparelhos de medir o compasso do coração, fios e mangueiras que eles, por serem leigos, não entendiam bem a serventia.

Mayke observou que os dois frascos de soro que estavam pendurados encontravam-se cheios e deduziu o que aquela enfermeira tinha ido fazer no quarto. Aquele cômodo tinha uma cama, uma pequena mesa, uma cadeira, aqueles emaranhados de equipamentos e um banheiro.

Mayke concluiu que aquilo não era um simples quarto, não era uma enfermaria, aquilo se chamava apartamento.

— Bica — disse Mayke —, você internou Angélica em um apartamento e não me falou nada?

— Sim — falou Bica. — Você tem um plano de saúde, Angélica tem direito. Com a carteira dela foi possível enquadrá-la no seu plano. Ela não podia ser submetida a estar em uma sala qualquer com quatro ou cinco pacientes. Ela foi transferida para esse apartamento ontem. O caso dela não permite que façam barulho ou se escutem gemidos. Pior ainda se falecer alguém no quarto. Ela não pode se emocionar com nada. Por isso aceitei o conselho do médico que trata dela, Dr. Hercílio, um neurologista de grande prestígio aqui em Florianópolis. Ele também amenizou o pagamento em dinheiro vivo.

— Eu não estou me queixando, mas você poderia ter me avisado — resmungou Mayke.

— Avisaria se fosse para aumentar as despesas em dinheiro vivo, porque você teria que mandar uma cota muito mais alta. Mayke, eu sei que não é hora para falar sobre o assunto, mas tenho que te avisar que há uma dívida meio grande no Hospital. No início da internação, Angélica teve que pagar muitos exames, consultas e até mesmo uma internação antes desta, pois eu não sabia que ela tinha direito ao seu plano de saúde. Fez alguma coisa pelo SUS, mas não foi possível prosseguir. Havia muita demora e o caso dela não permitia esperar.

— Não se preocupe, amigo. Agradeço tudo que fez por Angélica. Ela não tem parentes aqui em Santa Catarina. Os parentes dela são lá da Paraíba e com os meus filhos não posso contar. Você foi a minha tábua de salvação. Não sou nenhum bilionário, mas também não sou um João Ninguém. Hoje eu sou um homem rico, tenho negócios em Luanda e Cabinda. Recebo um bom vencimento, diárias e os lucros nos negócios. Nos últimos anos economizei dinheiro suficiente, que dá para pagar essas despesas sem perceber desfalques na conta. Também tenho contas a ajustar com você. Não é justo você trabalhar todo esse tempo para mim e não receber nada pelo serviço.

— Só faço aquilo que está dentro de meu poder — disse Bica. — Todo gasto que pratiquei com os seus foi feito com seu dinheiro, aquele que você envia mensalmente, para cobrir os gastos de sua família. Portanto não me deve nada. Amigo é para essas coisas.

DE REPENTE aparece Angélica, na porta do apartamento, deitada em uma maca, com agulhas fixadas nos braços, envolvida em um lençol branco, sendo carregada por dois técnicos de enfermagem. Bica ajudou abrir a porta. Muito sensibilizado, tentou ser útil em todos os imprevistos que se apresentavam.

Mayke ficou surpreso ao ver aquela mulher careca, moribunda, que mal podia abrir os olhos.

Com todo cuidado, os técnicos passaram Angélica da maca para a cama. Colocaram os equipamentos ali presentes em funcionamento, embutiram as mangueiras no contato com as agulhas dos braços e se retiraram.

Em seguida, entrou a enfermeira, aquela, que eles haviam encontrado anteriormente, e aplicou na paciente algum tipo de remédio na mangueira que estava em contato com seu braço direito.

— Quem é o marido dela? — perguntou a enfermeira.

— Sou eu — respondeu Mayke.

— Senhor Mayke, a senhora Angélica agora está em um apartamento, então, ela tem mais direitos do que aqueles de quem se encontra em um quarto comum ou em uma enfermaria. A partir do momento em que ela foi transferida para o apartamento, não há horários proibidos, desde que sejam somente duas pessoas. Ela agora tem direito a acompanhante durante vinte e quatro horas por dia. Ela terá visita do Dr. Hercílio só amanhã de manhã. O Dr. Hercílio quer conversar com o senhor. Parece que ela tem uma chance de fazer uma cirurgia. Como está, não haverá nenhuma chance de sobreviver.

Mayke, que já estava ciente do estado de saúde de Angélica, não alimentava mais nenhuma esperança, mas com o que disse a enfermeira, brotou-lhe de imediato algo estimulador.

ANGÉLICA permanecia imóvel, em um processo vegetativo. Só se via o movimento de sua respiração. Estava sobre efeito de drogas lícitas, que tinham injetado em seu braço, na veia, para suportar o desconforto da execução da tomografia.

Mayke fitava sua esposa com um olhar de ternura, acariciava as costas de sua mão, com manchas rochas, picadas das agulhas. Pensava nos momentos de felicidade, quando jovens, quando se conheceram, na quitinete do Romário. Pensava no nascimento de seus filhos, esperados com tanto prazer e emoção. Meu Deus, por que tinha que acabar assim? Agora sozinho, sem mulher, praticamente sem filhos, e sem seus pais por perto.

MAYKE PENSAVA: "Se Angélica não morrer, prometerei a ela que nunca mais sairei de seu lado. Deixarei tudo que tenho lá fora e vou me dedicar inteiramente a ela". Com o dinheiro que tenho dá para montar algum tipo de negócio por aqui e trabalharmos juntos. Sei que nada justificará e apagará o que passou. Nada voltará ao normal, jamais vou desfazer o passado. Sei que nunca mais vou reverter a situação junto aos meus filhos, mas, pelo menos, vou tentar corrigir o que puder. É bom sonhar, mesmo quando a chance é mínima. Sonhando eu vejo aquele mar de ansiedade e desejos de quando estávamos juntos. Se pudéssemos desfrutar novamente de tal privacidade, iria sentir outra vez o sabor insaciável de momentos perfeitos, que pareciam sem fim. Ao lembrar-me daqueles tempos, posso sentir o calor de cada beijo. Imagino agora como seria se esse sonho se tornasse realidade.

A isenção da censura, cada toque, os beijos, a mão que acariciava seus seios, tudo tinha sabor de mel. Mas eu deixei o tempo passar. E relegado a um plano de trabalho, não percebi o tamanho do prejuízo. Preparei um terreno fértil, plantei flores, irriguei-as e deixei-as bonitas e frondosas. Flores que irradiavam perfume, que me enchiam de orgulho. Mas por me afastar do jardim, fui perdendo o afinco com elas. Não irrigava mais constantemente, não percebia que a irrigação esparsa causaria necessidades e inquietações. O terreno foi secando, precisava de muita irrigação, e, pouco irrigado, enfraqueceu. Com o terreno fraco, as flores foram perdendo o brilho, murcharam e secaram.

Só percebi quando nem a água conseguiria mais avivá-las. Pensei que, fugindo, iria me libertar. Engano meu. Sinto que estou mais preso ainda, carregando o peso da irresponsabilidade. *'Mas agora é só um sonho. Tudo já era, tudo já foi'.*

Existe um provérbio de autor desconhecido que me fez refletir: *"Somos o resultado de nossas escolhas e decisões. Em nossas mãos está a felicidade ou o sofrimento. É certo que não podemos voltar no tempo e apagar o que foi feito, mas sempre podemos começar de novo e fazer a diferença".*

BICA DEIXOU A MÃO CAIR sobre o ombro de Mayke, desfazendo sua concentração, e lhe falou.

— Mayke, já faz duas horas que estamos aqui com Angélica. Você está cansado. Vamos deixar Angélica aos cuidados dos profissionais da área e vamos para casa.

— Eu vou ficar no hotel — decidiu Mayke.

— De jeito nenhum. Vamos para a minha casa. Tem dois quartos, já está tudo preparado. Amanhã de manhã eu deixo você aqui no hospital e vou para o trabalho. Você passa o dia com Angélica, já resolve o problema da cirurgia com o médico, mas se certifique de que vale a pena fazer a operação. Se o médico não der nenhum aval, não aumente o sofrimento dela, deixe como está. Amanhã Angélica está fora dos sedativos e você poderá até conversar com ela. Mas com muita calma. Não a deixe nervosa.

MAYKE APERTOU A CAMPANHIA, a enfermeira apareceu. Não era a mesma enfermeira, já havia trocado o turno de serviço. Era uma moça afrodescendente, estatura mediana, pesando mais ou menos uns sessenta quilos e mostrando simpatia. Mayke perguntou à nova enfermeira.

— Por favor, qual é o seu nome?

— Meu nome é Isabel.

— Você vai ficar aqui durante toda noite?

— Sim — disse Isabel, encarando Mayke. — Meu turno termina às 8h. Até lá, Angélica estará aos meus cuidados. O senhor tem alguma recomendação?

— Não — falou Mayke. — Sei que Angélica está em boas mãos. Só quero saber uma coisa. Que horas o Dr. Hercílio faz visita nos apartamentos?

— Bom, os médicos costumam fazer visitas aos pacientes no momento em que chegam ao hospital. Eles começam às 8h. Depois, eles vão para os consultórios ou para a sala de cirurgias, quando é o caso. Vai ficar alguém aqui com Angélica?

— Gostaria de ficar — respondeu Mayke. — Mas cheguei de viagem agora há pouco. Viajei mais de dez horas de avião, vindo da África, e vim diretamente para cá. Ainda pegamos uma fila de duas horas do aeroporto até aqui. Tenho que descansar. Mas amanhã, antes das 8h, estarei aqui. Angélica já ficou tanto tempo sozinha, só mais uma noite não vai fazer diferença.

— Tudo bem. Com ou sem alguém aqui, o tratamento será o mesmo. Com certeza, ela não irá se acordar hoje à noite — disse Isabel.

APÓS ALGUNS MINUTOS no apartamento onde estava internada Angélica, os dois amigos resolveram sair. Mayke deu um beijo de despedida na testa de Angélica e ambos desceram as escadarias do hospital rumo ao estacionamento.

Bica acionou o sistema de interface do carro e liberou as portas de seu Gol 2010, e ambos se posicionaram em seus assentos para mais uma viagem de trinta minutos até Palhoça, rumo à casa de Bica. Durante o trajeto, eles conversaram.

"As drogas transformam seu filho num
Cadáver ambulante e sua filha numa prostituta
mercantil".
(Luiz Carlos Alborguetti)

— SABE, BICA, eu sempre cuidei para que meus filhos não trabalhassem enquanto eram menores. Para isso dei duro no trabalho, para não faltarem os mantimentos que eles precisassem. Cada filho que nascia, fazíamos uma festa. Angélica se preocupava em batizá-los, faz parte do catolicismo. Cada aniversário era comemorado, nada passava despercebido — comentou Mayke.

— Mayke, vou lhe falar uma coisa. Seus filhos nunca trabalharam. Vocês não permitiam nenhuma forma de trabalho. Esse pode ter sido o grande erro — falou Bica.

— Mas o Estatuto da Criança e do Adolescente (ECA) não permite trabalhos aos menores de dezoito anos! — disse Mayke

— Não, não é bem assim — asseverou Bica.— O estatuto é mal interpretado. Refere-se a trabalho remunerado, sustento. Aposto que você nunca leu o Estatuto. Eu nunca me preocupei em ler porque não tenho filhos. Mas você, Mayke, deveria ter lido pelo menos uma vez. Mas isso agora já não interessa mais, já passou.

E Bica acrescentou:

— As crianças têm seus direitos, mas também têm seus deveres. Se você não dá oportunidade a uma criança de fazer algo, não a deixa trabalhar em hipótese alguma durante seu desenvolvimento, a falta de conhecimento sobre o que fazer, e como fazer gera uma apatia que pode ser irreversível, ficando impregnada em sua mente a fobia pelo trabalho. Aí, quando ela entra na maioridade, está totalmente desmotivada. Não precisa castigá-las com o trabalho, mas educá-las com coisas que a levem a criar responsabilidades. Ensine-as, começando pelas tarefas caseiras, estimulando-as para terem responsabilidade com a própria vida, atendendo às suas próprias necessidades, ao mesmo tempo, aprendendo a dividir e a colaborar uns com os outros. Suas crianças foram criadas sem um trabalho de sustentação na formação do cognitivo em prol da educação. Além disso, não foram oferecidas a eles, práticas de esporte, como tarefa ocupacional. Não foram alertados para perceber a importância desses valores. A ausência da afeição paterna despejou-os na vala da tolerância. Sabe, Maykon, a maioria das crianças de hoje vive num mundo de fantasia, incentivadas pelas telas de televisões, computadores e celulares. Vivem a mazela da sorte, ficam o tempo inteiro fixadas na frente desses incentivadores tecnológicos descomunais, responsáveis pelo progresso e pela falência dessa inexperiente juventude. Esquecem seus deveres em virtude desses dispositivos de fácil acesso. Seu desenvolvimento fica em torno da alienação. Elas acreditam em tudo que essas telas apresentam e por causa dessas ignomínias, não escutam mais ninguém. Se não tiver um braço forte para colocar fim a essa maléfica e desenfreada tirania, que os ensine a dividirem o tempo, a saberem como e quando usar os recursos tecnológicos, acontece isso, que estamos vendo e vivenciando. E, assim, vão perdendo o valor disciplinar e a moralidade. E com isso surge a perda da responsabilidade. Hoje, se você não tiver discernimento certo do que é uma família, trocá-la pelo trabalho ou deixar a "Deus dará", você pode ganhar o pão, mas pode perder a família. Trabalho e família têm que ser bem conciliados. O perigo de largar sua família é real. Largue-a e os marginais a adotarão. Eles estão à espreita. Se perceberem que estão soltos, eles atacam rapidamente e tratam de adotá-los. Usam uma comunicação de fácil entendimento entre eles. Você sabe disso. Meu amigo, os jovens querem mudanças. E numa promessa de vida fácil, a maioria desses adolescentes não pensa duas vezes. Antigamente, as coisas eram diferentes, não existia essa parafernália de tecnologia que deseduca. A garotada obedecia, porque, se fosse ao contrário, levava um corretivo. Hoje, o corretivo é proibido por lei, pelos malefícios e traumas que provocam. Hoje, permanecem dúvidas sobre o caminho a seguir, já existem orientações neste sentido. O número de menores meliantes superou todas as expectativas e com mais rancor. Antes, era briguinha de rua, com raras exceções, cuja causa era porque um colega chamava o outro de feio. Ninguém usava armas, ninguém recorria a gangues de delinquentes para atraiçoar o amigo. Hoje, a coisa é diferente. É disputa por pontos de drogas, é cobrança de dívidas de drogas, é uso de armas de fogo, armas brancas etc. E o saldo de tudo isso são mortes. É desespero para as famílias. Estamos à mercê de leis e estatutos, que promovem cada vez mais a impunidade. É um dilema. Aonde vamos chegar movidos por tanta violência promovida por esses menores infratores? É necessário que eles entendam que a dádiva da existência humana é resultado de trabalhos, que só se vive porque alguém trabalha ou trabalhou. Que a dignidade do ser humano se dá através do conhecimento dos direitos e deveres, do desenvolvimento pessoal, do trabalho, da comunicação, da troca de experiências, do querer ser útil, do querer ser alguém. Mas, meu caro, você nunca estava em casa para essa reunião em família. O seu trabalho o afastou de ensiná-los a trabalhar. Então optaram pelo mais fácil. Descobriram que a propagação de seus instintos seria facilitada com a adesão do uso das drogas. Com a facilidade que encontraram, tiveram a liberdade de se esparramar em um mundo desprovido de educação e conselhos. Conquistaram um mundo para eles, gostoso, porque era proibido. E com o uso contínuo veio o vício. Uma vez no vício, se apresentaram os negócios ilícitos. A prática da compra e venda de drogas foi só uma continuidade. E a associação com gangues e facções foi inevitável. Cresceram rodeados de viciados e marginais. Você não estava em casa na hora em que mais necessitaram. No período em que eles mais precisaram de um pai ao lado deles, eles não acharam. Qual foi o resultado? Utilizaram o brinquedo disponível no momento. Brinquedo apresentado espontaneamente por quem está a espreitá-los. Angélica tentava educar, mas não tinha voz ativa para contê-los. Ela não conseguia fazer mais com que eles frequentassem a escola. Mentiam que iam para a aula e se misturavam com as gangues locais para praticarem delinquências. Ela não tinha a quem recorrer. Por várias vezes a polícia se fazia presente, queixas que surgiam por parte de outras pessoas, que se sentiam ultrajadas pelas gangues que agiam na região, e alguns de seus filhos estavam presentes. Eram chamados de maconheiros. Diziam: "Os maconheiros estão fazendo baderna novamente". Com exceção de Thiago, que por ser o mais novo, não possuía a maldade dos demais.

— Amigo Bica, como é que Thiago, com a mesma educação dos demais, não se meteu com essas gangues e nem entrou nas drogas? Porque os outros tiveram que entrar na delinquência, serem viciados, se a educação foi igual para todos?

— Acontece, camarada, que Thiago é o mais moço e o mais inteligente de todos. Tudo que ele assistiu por parte de seus irmãos, não o agradou. Ele detectava as coisas erradas, ele via a polícia invadir a casa de vez em quando, escutava os vizinhos falarem mal dos irmãos, via sua mãe massacrada por eles, escutava-a chorar porque os irmãos tinham sido detidos ou porque faltava o dinheiro reservado para pagar as contas, que algum dos irmãos tinha roubado para comprar drogas.

Bica prossegue com seus comentários:

— Ele via, com seus próprios olhos, o inferno em que eles transformavam seu lar. Thiago gostava da escola, gostava de estudar. Não caiu na armadilha dos irmãos. Apanhou muitas vezes do pessoal da gangue para participar do vício. Chegaram a colocar maconha na mochila dele, para ser acusado na escola, mas Thiago resistiu a tudo. Quando foi acusado na escola de portar maconha, foi entregue ao Conselho Tutelar e providências foram tomadas. Só mais tarde foi descoberta sua inocência. Acuado, um aluno que fazia parte das gangues confessou que ele tinha colocado a droga na mochila de Thiago para incriminá-lo. Thiago estava indo para a sexta série e já tivera aula sobre drogas e outros tipos de violência. Quando estava na quinta série, a Polícia Militar ministrou um programa esclarecendo o assunto, orientando as crianças em relação às drogas e à violência. Ele absorveu isso com muita responsabilidade e levou por capricho.

Já era um adolescente de12 anos quando tentaram incriminá-lo. Era o único companheiro de Angélica — acrescentou Bica. — Era o defensor da mãe quando a via ser agredida verbalmente pelos irmãos. O queridinho da mamãe, como era chamado pelos seus irmãos, despertava ciúmes neles, por acharem que a mãe gostava mais dele do que dos outros. Thiago era machucado de todos os lados. Sofria bullying por parte de seus irmãos e de seus comparsas. Em 2008, quando o avô foi morar em São Paulo, Thiago foi com ele.

SETE

O PAI DE MAYKE

RODRIGUES NAPOLEÃO DE SÁ, pai de Mayke, avô de Thiago, foi convidado para chefiar uma clínica do coração em Santo Amaro, São Paulo. Por ser um médico de renome, caiu nas graças do chefe do grupo de lá. Rodrigues vivia em Palhoça, trabalhando em clínicas particulares, mas aceitou o convite e partiu com a esposa e o neto.

Rodrigues, ao intervir em ocorrências que envolviam seus netos, várias vezes foi ameaçado por meliantes das gangues para que não se metesse com eles, pois a vingança viria em contrapartida. A esposa do Dr. Rodrigues, dona Terezinha, tinha medo de ficar sozinha em casa, pois era constantemente ameaçada. Por esses motivos, Rodrigues aceitou o convite sem nenhuma dúvida e convidou Thiago e Angélica para se mudarem também.

Sem relutância, Thiago aceitou o convite, mas Angélica não aceitou. Avô, avó e neto tentaram explicar para Angélica sobre tudo que estava acontecendo, que ela também estava na zona de risco. Principalmente ela.

— Mas a senhora Angélica, com o pretexto de tentar trazer seus filhos para o seio da família, não aceitou o convite. Inclusive, eu dei conselhos para que ela viajasse também, mas ela foi enfática e não aceitou de jeito nenhum — afirmou Bica.

— Coloque-se no meu lugar — disse Angélica para Bica. — Como é que vou deixar meus filhos sozinhos, às soltas, com essa turma de marginais sem ninguém para contê-los? Comigo aqui já é difícil, imagina na minha ausência! Não, não vou sair daqui para lugar nenhum. E você, Thiago, vai me deixar sozinha?

"Mãe, você é que quer ficar sozinha. Eu não tenho mais ambiente aqui nesta casa e nem neste lugar. Vamos aproveitar a mudança de vovô e vamos com eles. A senhora não vai mais conseguir trazer meus irmãos de volta para o convívio do lar. Deixem eles se virarem aqui. Eles ainda vão acabar matando a senhora. Veja como está a senhora! Com 46 anos de idade, parece que tem 60! De tanto se incomodar com eles. Mãe! Tenho quinze anos! Se eu ficar aqui, não vou ter muito futuro. Não consigo mais suportar tanta barbaridade. Vou para São Paulo, com o vovô, para estudar Medicina, enquanto, aqui, não vou ter essa oportunidade. Nossa casa virou um antro de drogados e prostituição. Mary só vem em casa para peitar a senhora. Você não tem nenhum controle sobre ela. Maycon está foragido, aparece uma vez ou outra às escondidas, e sempre que aparece é para pedir dinheiro e ameaçá-la. É um viciado sem escrúpulos e a senhora ainda vai acabar sendo presa por conivência".

— Nem com todas essas insistências Angélica aceitou o convite — completou Bica. — Angélica não admitia sair de casa e deixar de estar próxima de seus três filhos. Mesmo sabendo que Rodrigo era um caso perdido, ainda alimentava esperanças em Maycon e Mary. Thiago e seus avós seguiram para São Paulo. O Dr. Rodrigues pegou o número do meu telefone e me disse que mandaria o número do telefone dele assim que chegasse lá, pois iria trocar de número. Pediu-me para não mencionar o endereço dele por questão de segurança. E pediu também para não avisar nada a você. Ele dizia que sua ausência não justificava o menosprezo por sua família, que não justificava tanto tempo fora de casa, mesmo que estivesse trabalhando fora do Brasil. A última vez que você veio pra casa foi quando Augusto faleceu em 2006. Ainda trabalhava no Rio de Janeiro.

OS DOIS AMIGOS já estavam quase chegando à casa de Bica, no Jardim Eldorado, em Palhoça, quando Mayke olhou para o lado esquerdo e viu sua casa, nos fundos do terreno de seu pai. Uma casa em estado de abandono, o terreiro cheio de mato. Mayke sentiu uma dor no coração, sabendo que ali tinha sido o seu ninho de felicidades, que ali tinha desfrutado os sentimentos de um amor muito profundo e que ali tinha nascido três filhos seu.

A casa desprezada foi um açoite na consciência. Aquele desprezo descrevia toda a irresponsabilidade de uma ausência. A casa desprezada agredia, insultava, responsabilizava-o pelo seu devaneio. Aquela casa lhe feria a alma.

— Está olhando a sua casa? — perguntou Bica. — Ainda abriga dois filhos seus e alguns amigos do vício. É uma casa fantasma, as portas permanecem mais fechadas que abertas. Mary, de vez em quando, aparece com dois ou três amigos. Mas não dão muito as caras. Ficam trancados lá dentro alguns dias e depois desaparecem.

MAYKE, EM SILÊNCIO, alimentava uma tristeza profunda. Seu sentimentalismo aflorou e duas lágrimas representaram seu estado angustioso. Aquela paisagem macabra, na penumbra, iluminada somente por uma lâmpada de cor amarela acesa em um poste na frente da casa, unia-se à sua tristeza e mostrava o quadro da sua vida.

Às 22h do dia doze de outubro de 2013. Mayke olhava de perto o retrato falido de uma família, na carcaça de uma casa estrangulada pelo tempo, com o desbotamento de uma pintura de dúbia coloração e uma paisagem de capins amassados e raras arvorezinhas, que se supõe mais ser abrigo de cachorros e acolhida de insetos.

Nem as estrelas fascinavam mais ali, com aquele contraste paisagístico. Nem os vagalumes que ali cintilavam ofereciam comoção. O som dos insetos transmitia tristeza, aquele coral onomatopaico melodiava uma canção fúnebre e solitária.

As luzes refletidas dos olhos de um gato que ali pousava cravavam farpas na alma. Era como se fosse o inimigo a lhe espreitar. Era a desolação? Ali, a tristeza tinha uma conotação de dramaticidade. Tudo era rude e opaco. A paisagem em volta, as casas, tudo ficou invisível em seu foco.

Mayke só enxergava o símbolo da destruição e da desgraça. Assim vislumbrou o lar que algum tempo afagou sua família. Aquela casa, da Rua Juazeiros, fundos, fez com que ele refletisse um tempo, pois até então não tinha parado para pensar. Ali se deu conta do estrago causado por um capricho, e que para não sofrer o peso da inconsequência, tinha colocado toda a responsabilidade na obrigação do trabalho.

"Amigo é aquele que sabe tudo a seu respeito...
E mesmo assim ainda gosta de você".

DUAS QUADRAS depois, os dois amigos chegaram à casa de Biovaldo. Uma casa de madeira que Biovaldo construíra há alguns anos, quando era noivo de Luana. Havia uma garagem ao lado da casa, onde o amigo guardou o carro.

Os dois desembarcaram. Bica pegou uns pacotes de compras, abriu a porta da casa, acendeu a luz e convidou Mayke a entrar, dizendo:

— Depois retiramos as malas. É uma casa de madeira, modesta, tem dois quartos, cozinha, sala, banheiro e uma área na frente. Sueli faz faxina aqui duas vezes por semana. Amanhã é dia de faxina.

Após tudo preparado, fizeram um lanche, que Bica preparou com as compras que levara, conversaram na sala assistindo televisão e foram para o quarto, para dormirem.

Bica havia preparado o quarto do amigo e indicou-o com um gesto, dizendo:

— Boa noite, amigo. Já é quase meia-noite e amanhã teremos que levantar cedo. Você tem que chegar lá no hospital antes das 8h, para falar com o Dr. Hercílio durante o período de visitas que ele faz a seus pacientes. Depois é muito difícil, ele vai estar ocupado o tempo todo com consultas ou pode participar de alguma cirurgia.

— Obrigado, amigo — agradeceu Mayke. — Boa noite. Vou colocar o celular para despertar às 6h. Se sairmos às 6h30 é suficiente para chegarmos a tempo.

— Tudo depende do trânsito. Mas nesse horário, o congestionamento na via expressa ainda é pequeno.

DURANTE O SONO, Mayke teve pesadelos que o fizeram acordar várias vezes. Um deles foi a interferência de dois garotos, com vestes sujas, usando bermudas e blusas de moletom com capuz. Apresentavam aspecto duvidoso. Um dos garotos tinha uma pochete na cintura, o outro carregava um porrete na mão.

Mayke estava no centro da cidade de Florianópolis, vestido a rigor, de terno e gravata. Ia para uma reunião de executivos empresariais, não sabe qual repartição, com uma maleta na mão tipo 007. A maleta não continha documentos, mas vários pacotes de dólares para entregar a alguém.

Não sabe se ia liquidar alguma dívida ou ia pagar propina a algum político. No sonho tudo era nebuloso, as ideias não se formavam corretamente. Só sabia que deveria entregar a maleta a uma determinada pessoa. Era um pesadelo conturbado. Fato é que esses dois garotos tinham conhecimento de que Mayke levava dinheiro na maleta. Ele, inclusive, confundia as silhuetas dos garotos com seus dois filhos, Rodrigo e Maycon, quando eram adolescentes. Mayke calculava 13 e 11 anos, respectivamente.

Os dois garotos se posicionaram na frente dele e obstruíram sua passagem. O garoto do porrete tinha o tamanho de Mayke. Ele ergueu o porrete e falou:

"Ou nos entrega a maleta ou leva porretada".

O homem não acreditou no que estava acontecendo, não deu importância ao fato, até porque, identificou-os como seus filhos e tentou caminhar. Ao continuar andando, levou uma porretada na cabeça. Ficou desacordado por alguns minutos. Quando se deu conta, não tinha ninguém no local a quem pedir socorro. A rua se encontrava deserta, com um vento soprando do sul, determinando um clima abaixo do desejado.

Viu os dois garotos abrindo a maleta, jogando o dinheiro dentro de um carro preto, numa distância de dez metros, mais ou menos. Jogaram a maleta fora e pularam dentro do carro. Mayke se apavorou quando viu quem estava dirigindo o carro. Era Mary, sua filha, que o olhou, deu uma risada satânica e disse.

"Não estou fazendo nada demais. Só estou cobrando a minha parte. Mas não te preocupa, porque ainda venho buscar a parte do

Rodrigo e do Maycon. Vai velho, vai te matar no trabalho para pagar tua dívida conosco", falou Mary. E o carro preto partiu em disparada, deixando uma nuvem de fumaça e desaparecendo.

MAYKE ACORDOU encharcado em suor. Aquele meio sonho, meio pesadelo, deixou-o muito inquieto. Ele levantou, foi na cozinha, tomou um copo de água, abriu a porta, foi até a rua, e deu vontade de ir até a casa onde Mary passa o tempo com seus comparsas. Mas não quis se arriscar naquelas altas horas da madrugada, pois não sabia o que poderia encontrar por lá. Já passavam das 3h quando Mayke resolveu se deitar novamente. Mal adormeceu, veio outro pesadelo.

Em um campo gramado, com algumas árvores, ele estava fazendo um piquenique com uma namorada. Essa namorada era uma moça que Mayke idealizara na vida real, mas não tinha certeza de quem era ela. Talvez fosse a mulher com quem poderia se casar se Angélica não tivesse aparecido em seu caminho. E quando estava num clima de paz, num clima de amor, tentando sintonizar a descendência da moça, a tarde escureceu, não deu tempo para recolherem seus pertences.

Desabou um temporal, com chuva forte de granizo e um vento avassalador, que carregou tudo que eles tinham colocado no gramado. Agarrou-se à namorada imaginária, mas o corpo dela estava muito liso. Seu vestido, ao molhar, tinha se tornado tão transparente e liso que derretia em suas mãos. Depois, lembrou que sua namorada estava com traje de banho. Uma rajada de vento provocou um solavanco forte e sua amada foi arrancada de seus braços e arremessada para bem longe, onde sua visão não conseguia mais alcançar.

Chicoteado pela ação do vento e da chuva, Mayke se agarrou no tronco de uma árvore que o vento já havia quebrado ao meio e se manteve por alguns minutos, até pressentir que havia algum vestígio de calmaria. Ao se dar conta dessa calmaria, tentou se aprumar para começar a procurar sua namorada. Mas ao largar a árvore à qual se encontrava agarrado, virando-se para trás, não foi possível dar nem mais um passo.

Uma lança de ponta mortal encontrava-se encostada em sua cabeça. E em toda sua volta, guerreiros montados em cavalos ferozes, todos de lanças em punho, voltadas para seu corpo já debilitado pela tempestade.

Alguns cavaleiros estavam vestidos com capas pretas, outros de ternos pretos. O comandante tinha uma máscara no rosto, somente os olhos de fora. Os cavaleiros de terno, em número de sete, colocaram suas lanças em pé. Os de capa preta, em número de três, continuavam com as lanças apontadas para Mayke. E o chefe, todo vestido de preto, como um samurai, estava com a lança apontada para sua cabeça.

"Tua hora chegou, esse é o castigo para quem foge da responsabilidade familiar, falou o chefe dos cavaleiros".

Mayke teve a sensação de que aquela voz não era desconhecida. Era uma voz feminina. Com a vontade que estava de ver quem estava por trás da máscara, ela foi se derretendo e ele novamente viu o rosto de sua filha Mary. Transmitia tanto ódio em sua expressão, que o rancor conseguiu deformar toda a meiguice de um rosto feminino.

"Este vai ser o teu destino — falou a chefe". E com um golpe de mestre cravou-lhe a lança na fronte, atravessando seu crânio até a metade da lança. O susto fez com que Mayke acordasse aos gritos e encharcado em suor.

Com o grito, Bica deu um pulo de sua cama, saltando em pé e logo chegando ao lado da cama do amigo. Mayke contou-lhe sobre os pesadelos e Bica lhe disse:

— Cuidado, isso pode ser um aviso. Essa furiosa reação de Mary pode ser um mau presságio. Tome cuidado com tudo que envolver Mary. Ela pode estar tramando alguma coisa contra você.

— O que Mary poderia tramar contra mim? — perguntou Mayke. — Nunca fiz mal a ela. O que fiz foi tentar trazê-la de volta para casa! Só que foi tudo em vão.

— Nunca se sabe amigo. Tome cuidado.

Quase 6h, dormir não era mais possível.

ALERTA. O celular de Mayke despertou. Nem precisava mais. O café já estava preparado na garrafa térmica. Após a higiene matinal, os amigos se prepararam para tomar o café da manhã. Um café simples: pão integral, queijo branco, um presunto magro, bananas, dois ovos quebrados e cozidos na água, leite ninho em pó e café.

Na preocupação de sair no horário marcado, às 6h30, quase não conversaram durante o café. O dia estava nublado, com uma chuva fina e um vento soprando do sul, numa média de vinte quilômetros por hora.

Aquela manhã nebulosa já fazia parte do seu panorama diário. Identificava-se com o diálogo que iria manter com Angélica. Seu pensamento já englobava aquela aurora triste e sombria, no quadro que se desenrolaria naquele dia.

PARA AUMENTAR SUA INQUIETUDE, Bica liga o rádio do carro e naquela faixa CBN Diário 740 AM, escutava-se o giro da notícia, que dizia mais ou menos assim: "O preso Aldori Secundino Vieira (Vieirinha), tempos atrás foi atacado por outro detento no presídio masculino de Florianópolis, no bairro de Agronômica. Não resistiu aos ferimentos e morreu ontem. Um grupo de familiares fez protesto na porta do presídio.

Ele era um dos fundadores e líder da facção Primeiro Grupo Catarinense (PGC). A confirmação da morte foi dada à reportagem pela gerência penal nesta quinta-feira. Vieirinha havia sido hospitalizado por ter recebido um golpe no pescoço e ser estocado várias vezes no abdômen, dentro da cadeia. Isso aconteceu no final de 2011. A versão oficial é que o assassinato está ligado a um desentendimento pessoal entre a vítima e o autor do crime, identificado como Rodrigo Mayke de Sá (Rude), de outra gangue. O homicídio foi investigado pela Polícia Civil do município de Florianópolis.

Rude foi autuado em flagrante e teve a prisão preventiva decretada pela Justiça. Consta na decisão judicial os relatos de agentes apontando que Rude confessou o ataque a Vieirinha, iniciando com golpes no pescoço e depois vários no abdômen.

Vieirinha agia dentro da penitenciária, na facção PGC, com outros comparsas. Em virtude desse episódio, Rude foi transferido para a penitenciária federal de segurança máxima de Mossoró, no Rio Grande do Norte, onde ficou por seis meses. Depois, retornou à penitenciária de Florianópolis e permaneceu alguns meses isolado em uma cela por garantia de vida.

MAYKE FICOU DESOLADO. Não acreditava no que acabara de escutar. Nas últimas horas tinham sido só "pauladas". Primeiro, os pesadelos; depois, a insônia; agora, esse noticiário avassalador. Como é que ele não sabia de tudo isso?

— Bica você sabia que Rodrigo tinha assassinado alguém na cadeia? — indagou Mayke ao amigo.

— Eu não tinha conhecimento dos detalhes, mas sabia da tentativa de homicídio — respondeu Bica. Agora é que está se confirmando a morte desse tal de Vieirinha. Você não vai contar essa história a Angélica. Respeite o estado dela.

— Não, eu não vou contar as falcatruas dos meus filhos a Angélica. O que nós vamos conversar, se é que vai ter diálogo, será somente sobre nós dois, a não ser que aconteça de entrarem em pauta os filhos. Mas nada de detalhes, pois poderá prejudicar mais ainda seu estado de saúde. Eu até tinha pensado em visitar Rodrigo na penitenciária, mas depois dessa, não é possível. Com certeza, Rodrigo está incomunicável. Jamais irão permitir visitas, nem mesmo de seu pai.

OITO

PARECER E RECOMENDAÇÕES DO MÉDICO

SEM FILA PARA ATRASAR, os dois já estão passando pela via expressa na região do Morro da Caixa, em Coqueiros, quando uma pedra, surgida não se sabe de onde, bateu no capô do carro, provocando estrago de pequena monta.

Biovaldo encostou o carro no acostamento, observou o estrago, olhou para todos os lados e não viu nada que considerasse suspeito. Ligar para o nº 190 não iria adiantar, a PM não iria disponibilizar uma viatura para averiguar uma ocorrência de tão pouca importância. Iriam alegar o número pequeno de efetivo ou viaturas ocupadas em outras ocorrências de maior porte.

Biovaldo ficou com o estrago, retornou ao leito do asfalto e seguiu adiante. O trânsito já estava congestionado, mas andava. Ele teria que assumir o expediente na empresa de ônibus às oito horas, mas calculava que o tempo seria suficiente.

Chegaram às sete e meia no hospital. Biovaldo deixou seu amigo na entrada, desejou-lhe boa sorte e seguiu seu destino.

"QUE ARGUMENTO TEREI para encarar Angélica sem alterar seu estado de espírito?", pensava Mayke. Com certeza, Angélica só vai me acusar. Vai depositar sobre meus ombros todas as irresponsabilidades dos filhos. Vai me incriminar e me julgar indigno de perdão. Vai me culpar pela derrota do nosso casamento, e eu não vou poder dizer muita coisa, em respeito ao seu estado de saúde.

O ELEVADOR ESTAVA FECHADO. Mayke apertou o botão de subir, esperou alguns segundos até o elevador parar e abrir a porta.

— Bom dia. — Foram as palavras que ele usou para a ascensorista ao adentrar no elevador. Ela olhou com um sorriso de início de expediente e respondeu ao cumprimento.

Quinto andar. O elevador para, a porta se abre. Mayke agradece à ascensorista e sai do elevador. Antes de entrar no apartamento onde Angélica se encontra internada, procura uma toalete, faz suas necessidades, passa a mão molhada sobre o rosto e depois no cabelo, penteia, pega um papel toalha, passa no rosto e nas mãos e sai procurando um bebedouro com água para apaziguar sua sede.

Acha-o e toma um copo de água na ânsia de acalmar seu coração que já bate descompassado. Após sete anos sem conversar um com o outro, Mayke não pode esperar ser recebido com flores e louvores. Na verdade, ele não tem muito argumento para se defender, se tal prenúncio for confirmado.

MAYKE PASSA PELA RECEPÇÃO, cumprimenta os dois atendentes sem ser interrompido, segue rumo ao apartamento quinhentos e seis. Receoso ao entrar, dá uma parada na porta, tenta identificar tudo que está dentro do apartamento e, enfim, vai seguindo seu instinto com passos compassados e sutis, rumo à cama de Angélica.

Angélica não percebe a chegada do marido, pois ainda não se recuperou completamente dos efeitos dos remédios que usou durante a noite. Ele, com toda a paciência do mundo, observa tudo ao seu redor. Olha as garrafas de soros penduradas em seus pedestais, percorre as mangueiras com os olhos sem mexer a cabeça, examina as mãos dela, observa as marcas roxas espalhadas pelos seus braços, conta as agulhas nas costas de suas mãos, puxa o lençol um pouco para cima e com um olhar cheio de ternura fita seu semblante desgastado pela doença e se enche de consternação.

Olha fixamente os aparelhos detectadores das batidas do coração, analisa sua respiração em torno de seu ventre e, finalmente, vê uma cadeira, que se encontra à disposição, ao lado da cama de Angélica. Senta-se.

A HORA SE FAZ PASSAR, quando o Dr. Hercílio adentra naquele apartamento acompanhado de uma enfermeira, que carregava em suas mãos uma prancheta com muitos papéis e uma caneta.

Mayke se levanta e para na frente do doutor. Com um olhar expressivo, indaga:

— Bom dia. O que me conta, Dr. Hercílio? Qual é a situação de Angélica? Vejo-a tão pra baixo. Vai ter chance de ser operada?

— Calma, vamos conversar. Como já percebeu, o estado de saúde dela é grave. Nós, especialistas, partimos para exames complementares. Primeiro, fiz um eletroencefalograma, depois, uma tomografia computadorizada e uma ressonância magnética. Antes de tudo, fiz uma radiografia simples do crânio, em que tive claras evidências de que seu caso não permitia uma cirurgia, por se tratar de um tumor muito profundo.

Dr. Hercílio continuou:

— Eu sou médico neurologista, cirurgião, especializado em sistema nervoso. Mesmo após os exames detectores da doença, fiz mais alguns exames complementares, bem detalhados englobando todo o sistema nervoso, para detectar mais algumas complicações. Na ressonância magnética realizada para tornar o diagnóstico mais preciso, foi localizado o tamanho e o local do tumor e presença de metástases no cérebro. A ressonância magnética nos forneceu detalhes importantes, como tamanho do cérebro e visualização da medula espinhal, mas não forneceu a imagem dos ossos do crânio. Por esse motivo, realizamos todos os exames ao nosso alcance. Seu tumor disseminou dentro do sistema nervoso central (SNC), interferindo nas funções essenciais do cérebro. Devido ao estado avançado do câncer, não foi possível tratamento com quimioterapia. Quando comecei a tratá-la, já estava em estado muito avançado.

Mayke arremeteu:

— Mas doutor, a quimioterapia não é feita só depois da cirurgia?

— Há muitos casos em que se faz antes da cirurgia. A quimioterapia neoadjuvante.

— Mas essa quimioterapia é tão importante assim?

— Bom, a finalidade da cirurgia seria extrair o tumor, ou parte dele, quando se torna muito extenso, mas nem sempre é possível, como é o caso de Angélica. A quimioterapia é um dos principais tratamentos contra essa doença, conhecida como câncer. Os medicamentos serão introduzidos por via oral, intramuscular ou endovenosa. Não vou entrar em detalhes técnicos para não complicar mais o seu entendimento. A função desses medicamentos é matar as células doentes, e com frequência provoca náuseas e vômitos, além de provocar queda de cabelos, lesões na mucosa da boca e alterações no sangue. Essa é a quimioterapia.

O DOUTOR HERCÍLIO dá uma olhada em Angélica. Olha os aparelhos ligados a ela, examina tudo, pega seu pulso e verifica seus olhos. Nesse momento, a paciente respira com mais vigor, mexe com os braços e abre os olhos.

O médico continua examinando, toca em seu rosto com as costas da mão direita, verifica sua respiração e pergunta como está se sentindo.

— Estou morrendo doutor — responde Angélica, com alguma dificuldade.

O médico olha para Mayke e pergunta:

— Você vai sair ou vai ficar aqui com ela?

— Eu vou ficar para tentar conversar um pouco — disse Mayke.

— Então procura não deixar a paciente muito emocionada para não ter surpresas desagradáveis. Angélica não está em condições de se alongar muito com conversas, seja breve. Não a deixe nervosa, nem ansiosa. Seu sistema emocional não pode ser alterado. Estarei no hospital até meio-dia. Depois só virei à noite, sem horário de plantão, para verificar meus pacientes. Se houver necessidade da minha presença, a recepcionista sabe como me encontrar.

A enfermeira anotou todos os detalhes, observou os frascos de soros que se encontravam pendurados, aplicou algum medicamento na mangueira perto da agulha no braço direito, juntou-se ao médico e saíram da sala.

MAYKE, DESOLADO, ficou olhando para a esposa. Há sete anos não se viam assim, um olhando para o outro. Alguns minutos se passaram, trocaram olhares sem dizer palavras.

Angélica, sem vontade de abrir a boca, a doença que a castigava não oferecia o fôlego necessário para conversação. De repente, Mayke fala:

— Bom dia, Angélica.

Ela, que estava de frente, sem virar a cabeça, olha de soslaio e com dificuldade responde:

— O que estás fazendo aqui? Veio me ver morrer? Não era preciso. Deixa que o Bica cuida disso! Não é ele que cuida dos seus negócios?

— Angélica, não se altere. Fique calma. Eu não quero que você se emocione.

— Está com medo que eu morra com você? Não se preocupe! Sabe que estou à beira da morte, qualquer hora eu viajo, então não perde tempo comigo. Segue os seus negócios e me deixa em paz. Eu não vou fazer falta para ninguém. Até agora ninguém se interessou por mim. Você me abandonou, meu filho Thiago foi morar com o avô, bem longe de mim. Os outros filhos, nem vou comentar.

NESSE INSTANTE, Mayke afastou-se da cadeira em que estava sentado, foi até a porta, limpou os olhos, que estavam cheios de lágrimas, respirou fundo e voltou a sentar-se na cadeira, ao lado da esposa.

— Angélica, está tudo bem?

Mayke percebia que Angélica mal abria os olhos, ainda tonta pelos efeitos dos remédios. Naquela ocasião, mais parecia um pesadelo para ele. Ele estendeu suas mãos e pegou a mão direita dela, aquela mão arroxeada pelas picadas das agulhas.

Angélica não fez nenhuma objeção nem retirou sua mão. Afinal de contas, não estava em condições de oferecer nenhuma resistência. Embora escutando, não estava aceitando aquela situação. De repente, puxou sua mão, de leve, com um gesto negativo e um trejeito de indignação no rosto, mas não conseguiu dizer nada.

O marido já imaginava essa reação. Com suavidade, recolocou suas mãos na mão dela e esperou nova reação. Ouve-se um murmúrio trêmulo por parte de Angélica, como uma voz no fundo de um poço. Com a visão e a mente em estado crítico, murmurou:

— É você, Mayke?!

Com essa pergunta, já sabendo que ele estava ali, ele constatou que realmente seu estado era muito grave.

— Descanse. Você não deve se esforçar para falar — sussurrou Mayke, com meiguice na voz.

— Não, agora eu quero dizer tudo que tenho para dizer, mesmo estando morrendo — disse Angélica. Com a voz trêmula e cansada, com alguma dificuldade, começou a falar.

— Você nunca deu educação, como um pai responsável a seus filhos. Jogou tudo sob minha responsabilidade, sempre fugindo de casa. Nunca foi um pai presente e ainda me abandonou por sete anos consecutivos, sem sequer fazer uma visita, com todos aqueles horrores familiares acontecendo. Como é que uma mulher vai aceitar com amor e carinho um homem que a abandonou?

— Angélica, eu só queria que nunca faltasse em casa o pão nosso de cada dia. Não iria me sentir feliz se escutasse vocês reclamando por falta de comida, vestimenta, estudo e outras necessidades que um lar precisa para permanecer em condições sociais de sobrevivência. Tenho convicção de que isso foi o meu pecado. No início, eu não tinha outra opção. Se fizesse o contrário, eu acho que seria bem pior. Agora, no final, eu lhe dou razão. Desejava sumir, por não suportar tanta vergonha que sentia por causa dos meus filhos. Para não me submeter mais a constrangimentos perante a vizinhança e a sociedade, aceitei um trabalho bem longe de casa. Mas isso não quer dizer que abandonei você.

— Sete anos sem dar as caras, não é abandono? — murmurou Angélica.

— Se você não quiser entender, pode considerar abandono. Tudo depende do ponto de vista.

— Mayke, você é um homem orgulhoso. Não tinha a intenção de dar só o pão para a família. Você é um homem ambicioso.

Sua usura não permitia se contentar com pouco, queria sempre mais. Por isso nos abandonou. Com a família desestruturada que tínhamos, a sua obrigação era estar por perto. Um pai tem que respeitar sua família em todas as suas formas e concepções. Eles não encontraram o pai atuante para adquirirem os valores necessários. Você não garantiu o respeito dentro da família, por isso, a falta de estrutura delineou a falta de formação.

Angélica fez uma pausa e continuou:

— Uma família para se contemplar com afeto, todos têm que estar juntos. Eles não tiveram um ambiente familiar bom. Ficaram sem munição para se apresentarem para a vida. Até se entende que você queria fugir dos filhos, mas porque se afastou de mim? Se não consegui colocar os filhos na linha, é porque não fui competente. Nem toda pessoa é ungida com a competência que deseja. O seu orgulho não permitiu em você o desenvolvimento de um pai dentro de um sistema normal. Seu sonho era ficar rico, queria ser igual ou melhor que seu pai. Só que seu pai não saiu do seio da família. Sempre trabalhou com a família ao lado dele. Não abandonou você por aí, às soltas e à mercê dos marginais. Seu pai é um homem religioso, tem Deus no coração. Seu pai é o exemplo de uma família tradicional.

— Então... — disse Mayke. — Pelo que sei, família tradicional é aquela em que o pai é o provedor. Foi o que sempre fui. É aquela em que a mãe cuida dos filhos, alimentando e disciplinando. Era o que você teria que fazer. Você deveria desenvolver em seus filhos formação de caráter e valores.

— Seu pai — falou Angélica —, encaminhou sua família dentro de um comportamento, educando seu filho com boas influências para o meio social. Bem diferente de você, que trocou a espiritualidade por excesso de serviço. E você, como filho único, desviou-se de Deus em prol da garimpagem do dinheiro. Não seguiu seus pais no caminho da espiritualidade. Está escrito na Bíblia sagrada,

"Nem só de pão vive o homem, mas de toda palavra que procede da boca de Deus".
(Mateus 4:4).

E continuou ela:

— Só que você é tão cego no que diz respeito à espiritualidade que, com certeza, vai interpretar como melhor lhe convém. Você não conquistou maturidade espiritual, Mayke. Eu não queria que você fosse um homem perfeito, sei que a perfeição é impossível. Ela não nos pertence. O que temos a fazer é seguir o único ser perfeito que surgiu neste mundo, Jesus Cristo. E cabe ao homem que tem alguma espiritualidade seguir suas atitudes. Com um pouco de responsabilidade e devoção, podemos acatar seus ensinamentos.

— Cara Angélica — respondeu Mayke —, maturidade espiritual não é algo que se possa adquirir facilmente! Não é algo com o que podemos ser agraciados da noite para o dia! Na época, quando comecei a trabalhar, eu era muito jovem, com a responsabilidade do incremento do lar, e muitos problemas. Fui impedindo de conquistar essa tal maturidade que você imagina. Você fala tanto nessa maturidade espiritual. Eu não faço ideia do que você quer dizer com isso.

— Você jamais vai aceitar a maturidade espiritual, Mayke. Você tem que deixar de querer ser igual aos outros, seja você mesmo. Tem que aceitar as pessoas como elas são. Você tem que entender que todas as pessoas estão certas dentro de suas perspectivas. Aprenda a deixar acontecer. É viver por livre e espontânea vontade. É trabalhar em prol da sua própria paz. É deixar de mostrar para os outros que você é poderoso, inteligente, importante etc. Não se importar com que os outros pensam de você. Parar de querer ser igual ou melhor que os outros. Maturidade espiritual é acabar com teu conflito interno e usar a paz como escudo. Mas você se agarrou nas coisas materiais e abandonou o essencial. E, assim. foi se perdendo pelo caminho. É você decidir entre o ser e o querer e conquistar a naturalidade. Não abandonar seus entes queridos por coisas materiais.

Mayke, você foi feliz longe da família? Somente as coisas materiais o deixaram feliz? Você gozava de paz longe da família? — questionou ela. — Suas atitudes forjadas pela cegueira da ganância, o desejo de ser rico, fez você esquecer a família e Deus. Só olhou o seu lado, só pensou em seu conforto, em se dar bem na vida. E como já está observando, tudo tem um preço. É o preço que irá pagar no futuro. Você fez de sua família o seu obstáculo, não cumprindo a proposta divina. Você não acha que está um pouco tarde para reunir a tropa? Não acha que estão longe demais os cacos das louças quebradas? Você é um homem sem fé, Mayke! Sua descrença em Deus pode levá-lo ao abismo. Um marido tem que estar junto à família, oferecendo proteção. Você não cativou a família para seu lado. Você se gaba da provisão, mas não protegeu e apoiou quando mais se necessitava. Agora eu tenho até dúvida do nosso amor. Eu esperei por você todo esse tempo, nunca me passou pela cabeça traí-lo. Mas, com certeza, você não fez o mesmo.

"Quanta ingenuidade", pensou Mayke. "Será que Angélica pensa mesmo que fiquei todo esse tempo fora de casa, sem contato nenhum com ela, sem praticar sexo com outra mulher? Imaginem! Praticamente toda minha juventude foi fora de casa! Será que existe na face da Terra algum homem que pratique essa magnanimidade em prol de um casamento? Que mesmo amando a esposa, teve que se afastar de casa, movido pela força do emprego e pelo acabrunhamento em relação aos seus filhos marginais? Não consigo acreditar em tanta ingenuidade. Será que ela não sabe que o homem contém mais testosterona que a mulher? Esse hormônio da masculinidade tem que ser equilibrado. A testosterona aumenta o desejo sexual no ser masculino. E o sexo é praticado para o equilíbrio do nível desse hormônio".

"Ah, Angélica...", continuou a pensar, "com tantas mulheres bonitas 'dando sopa' por aí, você queria que eu, um homem sadio, de boa aparência, com testosterona sobrando, sobrevivesse de masturbação? Valer-se desse método para saciar a vontade sexual?".

— Você, Angélica, não está sendo coerente — disse ele. — Está se valendo de uma situação, permitindo que seu egoísmo aflore, deixando você em uma situação de cegueira. Em parte, sua ingenuidade levou seus filhos à falência moral. Não percebia que seus filhos eram frutos de uma sociedade que se julga construtiva, embora habitem nela a perversidade e a destruição do mais puro ser humano. Como mãe, usou somente o afago, esqueceu a correção. Não acreditava que seus filhos pudessem seguir o caminho da libertinagem se não fossem corrigidos. Ficou completamente em relação aos seus filhos, só via erro nos filhos dos outros. O excesso de carinho e afago formou uma barreira, que obstruiu toda capacidade e sensibilidade de detectar qualquer comportamento defeituoso em seus filhos.

— Se você me amasse de verdade — disse ela. — Teria me ajudado a criar nossos filhos em seu desenvolvimento físico, intelectual e espiritual. O homem casado tem que viver com integridade, com sua família, dando o seu melhor em tudo que for possível. Em Timóteo 5:8 está escrito:

> **"Se alguém não cuida de seus parentes e**
> **especialmente de sua própria família,**
> **negou a fé e é pior que um descrente".**

— Você não foi sábio no convívio com a família —, acrescentou Angélica — Você me deixou em um rio de amarguras. Depositou grande responsabilidade na fragilidade de uma mulher para combater as intempéries de seus filhos rebeldes. Mayke, se você tivesse Deus no coração, agiria com sabedoria e teria arranjado trabalho junto à família.

— Mas, então, por que você não deu jeito em seus filhos, se tem Deus no coração? — indagou Mayke.

Angélica retrucou, demonstrando cansaço:

— Mulher, principalmente quando é mãe, age com o coração, com emoção. Mas o homem não. O homem tem voz ativa, age com a razão. Deus não deixou as mulheres só para responderem aos caprichos dos homens. Homens e mulheres foram abençoados por Deus. Somos melhores quando trabalhamos juntos, em harmonia, mulher e marido unidos para educar seus filhos e colocar ordem no ambiente. Mayke, a família é um lugar teológico, todos juntos aprendem a amar. Jesus nasceu em uma família, ela é o nosso maior patrimônio. Pena que você não teve a sensibilidade de enxergar isso. Tive cinco partos com pouco espaço um do outro, mas não reclamei de nenhum. Pois todos vieram com muito amor. *"Multiplicarei grandemente o seu sofrimento na gravidez; com sofrimento você dará à luz filhos. Seu desejo será para seu marido e ele a doomiiinaaaará..."* (Genesis 3:16).

> *"Os homens semeiam na terra o que colherão na vida espiritual: os frutos da sua coragem Ou da sua fraqueza".*
> *(Allan Kardec)*

NOVE

O FIM DE ANGÉLICA

— ENFERMEIRA! Enfermeira! Angélica não está bem! — gritou Mayke.

A enfermeira correu até o apartamento de Angélica e percebeu que os aparelhos não estavam na sua funcionalidade normal.

— Acalme-se, senhor. — disse a enfermeira. — Vou chamar o médico.

A enfermeira ligou imediatamente para o Dr. Hercílio, que se encontrava em seu consultório. Em menos de dois minutos, o doutor estava no apartamento de Angélica.

Mayke, agitado, sem saber o que fazer, foi perguntando ao médico o que estava acontecendo. O médico verificou o pulso e a respiração de sua paciente, olhou o aparelho, que já não detectava mais sinais vitais, olhou para Mayke e perguntou:

— Você já conversou tudo que tinha para conversar com ela?

— Na verdade, ainda faltam muitas coisas doutor. Escondi alguns assuntos, que eram problemas de família, devido ao seu estado de saúde precário.

— Pois não precisa dizer mais nada. Angélica não podia se emocionar nem um pouco. Não vou culpá-lo por isso, porque, de qualquer maneira, as horas dela estavam contadas. Mas acredito que com sua conversa, seu final acelerou. Ela está morta.

MAYKE colocou as duas mãos no rosto, queria gritar, mas percebendo o aviso de silêncio na parede, conteve-se e desatou num choro incontrolável, que culminou num carinho aconchegante do médico e da enfermeira. Desolado, pediu à enfermeira para ligar para seu amigo Bica, forneceu-lhe o número, e sem muita demora Bica apareceu.

TODAS AS TRATATIVAS ficaram por conta de Bica. As providências hospitalares foram tomadas. Angélica foi encaminhada ao necrotério.

Mayke se conscientizou do acontecido, pediu ao seu amigo para acompanhá-lo e foi ao serviço de cobrança para acertar as contas. Mayke quase desmaiou quando a contabilidade apresentou as contas. Apesar de mais da metade da internação ter sido por conta do Sistema Único de Saúde (SUS), foram realizados muitos exames e tratamentos particulares antes de ser acionado o plano de saúde.

Bica pagou alguma coisa antes, como exames de laboratório, radiografias etc. A conta de setenta e seis mil reais veio dividida em um feixe de notas promissórias e notas fiscais. Várias folhas A4 relacionavam os materiais gastos, serviços médicos, diárias do apartamento, alimentação, medicamentos etc. Isso fora o que ele iria pagar dali em diante com o translado do corpo e serviço de cremação.

O argumento que usou, no questionamento do valor, e a contestação por um preço mais baixo, não deram a Mayke o resultado ansiado, mas ele não se vexou, tirou seu cartão de dentro da carteira e com toda pompa, apresentou-o imponente, com galhardia e status de opulência.

— Não aceitamos cartão — falou a recepcionista responsável pela cobrança. — Somente dinheiro ou cheque.

Mayke, apesar da tristeza que carregava, não conseguiu conter-se e, sem querer, deixou escapar uma gargalhada. Gargalhada morta, seca, sem conteúdo, que só fez presença pela força do estardalhaço. Mayke começou a preencher o cheque. A moça viu o cheque e com aquela voz que pagador nenhum gosta de ouvir, balbuciou:

— Só recebemos cheque da praça.

— Pelo amor de Deus... — gemeu Mayke. — Eu venho lá de Angola, numa viagem atribulada, chego aqui encontro minha esposa morrendo, então, ela morre. Como um bom cidadão, submeto-me a pagar os gastos, que ultrapassaram os limites da minha aceitação, e você vem me dizer "Não aceito isso, não aceito aquilo". Faz favor!

O Dr. Hercílio, que já estava largando seu turno, ia passando no local e percebeu a agitação. Interveio na conversa e perguntou o que o importunava no momento. Mayke explicou a situação, a moça tentou falar, mas o Dr. Hercílio insistiu que ela permanecesse quieta, que ele resolveria a situação.

Bica adiantou-se ao ver que a norma do hospital não permitia aceitação de cheques que não fossem da praça e ofereceu a Mayke um cheque dele. Depois eles resolveriam o assunto.

— Mas você tem todo esse dinheiro, Bica? — perguntou Mayke.

— Na conta não, mas tenho aplicado na poupança. Segunda-feira eu irei ao banco e transfiro para a conta. Você só precisa dar uns cincos dias no cheque, para dar tempo de acontecer toda transação sem problemas. — Bica começou a preencher o cheque, quando escutou a voz novamente:

— Não aceitamos cheques de terceiros!

O Dr. Hercílio se adiantou e disse que ela podia aceitar o cheque, porque Biovaldo usava uma procuração de Mayke para resolver seus problemas quando fosse necessário. E podia dar cinco dias de prazo até o dinheiro entrar na conta.

✳✳✳✳✳✳

BICA FALOU A MAYKE:

— Deixa que cuido de tudo, meu amigo. Agora vamos para casa. Eu já pedi ao meu chefe uma dispensa hoje. Falei para ele que era caso de morte na família. Qualquer dificuldade no serviço, eu resolvo em casa, pelo computador. Assim, me dispensaram três dias. Mayke, ao chegarmos em casa, vou tratar do velório e do enterro de Angélica. O velório nós faremos na casa paroquial, ou na capela do Eldorado. O corpo será enterrado no município de Palhoça, no Cemitério Bom Jesus de Nazaré, Passa Vinte.

— Bica, não se precipite. Nada disso será necessário. Eu não quero velório nem enterro. Dizem que o velório é feito na esperança da pessoa morta acordar. Assim diziam os antigos. Mas no caso de Angélica, a certeza de ela estar morta não permite esse tipo de crendice. Já faz sete anos, mas lembro-me perfeitamente que quando Augusto morreu, ela, dentro de seu atormentado sentimento, pediu--me para ser cremada. Mesmo esse pedido não sendo feito dentro dos preceitos normais, eu vou atender. Sei aqui em Florianópolis ainda não existe o processo de cremação. Então pesquise na internet para ver o lugar mais próximo que haja esse processo. Sem velório e sem enterro.

BICA, DIRIGINDO O SEU VOLKSWAGEM Gol, seguia em direção à sua casa, em Palhoça, com o amigo Mayke, num clima fúnebre. Pouca foi a conversa. Na via expressa, com trânsito quase parado, Mayke olhava à direita, pensativo. Perguntou ao seu amigo o que significava aqueles prédios todos iguais. Tipo um chalé, que não se enquadrava com os prédios normais da cidade.

— Amigo, o que você está vendo é um pequeno aglomerado construído pela Prefeitura Municipal de Florianópolis, no período entre 1996 e 2004, pela prefeita da época. Projeto "Minha casa minha vida", para suprimir uma favela local. Foi empregado nesse local grande esforço, para oferecer abrigo a pessoas que vieram do interior do estado, tentando melhorar de vida aqui na capital. Mas nem tudo deu certo. O governo não deu conta do recado, devido ao grande número de pessoas que se instalaram no local e a favela foi inevitável. Antigamente, se chamava pasto do gado, quando ainda a população era escassa. Agora estão divididos em comunidades, Novo Horizonte e Chico Mendes. E temos aí um grande reduto de marginais. Tem morador decente, talvez a maioria. De vez em quando acontece disputa sangrenta, entre policiais e marginais. Ruas estreitas e emaranhadas, misturando-se à superpopulação, dificultam as ações policiais — respondeu Bica.

— Existe lá a grande movimentação do tráfico de drogas, execuções e tiroteios que deixam a população amedrontada. Assaltos a motorista aqui na via expressa não são raros acontecer. Já se presenciou, nesta BR, bandidos desfilando com fuzis e pistolas automáticas, praticando assaltos a motoristas, em plena luz do dia.

A maioria dos jovens pobres dessas comunidades é recrutada para o mundo do crime. Jovens semianalfabetos, que não chegam a completar o terceiro ano primário, abandonam a escola e se integram nas gangues como olheiros, mensageiros etc. E, assim, iniciam uma vida marginalizada e sem volta. A maioria desses jovens não chega a completar a maioridade. Os que não são mortos são presos em instituições destinadas a detenções de menores.

Aqui, os espaços do agrado dos marginais são utilizados para depósitos de entorpecentes e esconderijos de armas. Existe ali dentro um prédio que chamam de "Carandiru", com trinta apartamentos, que serve, atualmente, para esconderijo de bandidos. Um prédio inacabado que ficou à mercê dos bandidos. Dali, eles impõem terror aos moradores. E o pior, o que se observa, do jeito que estão levando a coisa, não se tem esperança de solução para, curto, médio e longo prazos. Vários chefes de tráfico que comandam os pontos de drogas e vendas de armas na comunidade de Novo Horizonte, dizem que pertencem ao Primeiro Comando da Capital (PCC), Grupo de São Paulo que, de vez em quando, entra em confronto com os traficantes da Comunidade Chico Mendes, controlada por rivais criminosos do Primeiro Grupo Catarinense (PGC). Esses traficantes, dos dois grupos, são muito cruéis. Ordenam toque de recolher, impõem o terror na comunidade. Chegam a ordenar execuções sumárias quando percebem que seus propósitos não foram realizados por negligência ou traição de algum membro do grupo ou de grupos rivais. Esse bairro se tornou esconderijo para homicidas, assaltantes e traficantes, daqui e de outros estados, protegidos pelas facções a que se submetem. É nesse antro de marginais que Maycon está escondido. E para ter essa proteção, tem que levar uma vida de crimes, sempre agradando à facção que se serve. Seu filho está num beco sem saída.

MAYKE, imaginando a vida dos seus três filhos marginais, não ofereceu resistência nem defendeu Maycon do comentário aversivo que Bica deixava fluir. Era a realidade de sua família. Um filho morto, três marginais e uma mulher falecida.

Só restava o filho mais moço, que também não o reconhecia como seu verdadeiro pai, adotando o avô como pai. Mayke não conseguia imaginar como uma família de sete membros havia se desintegrado de tal modo, que não podia contar com ninguém. Eram sete, agora era só ele.

Pensava Mayke: "De que me adiantou trabalhar tanto, pensando na família, para não a deixar em 'maus lençóis'? Eu acho que fiz a escolha errada. Não trabalhei para a família, trabalhei contra a família. Eu tinha que me integrar à família e ao trabalho. O pior é que não tem mais conserto. Eu acho que Angélica estava certa. Quando estava partindo para o além, numa despedida implausível, recitou aquele versículo bíblico, tocante, turbilhonando completamente minha capacidade de discernir. 'Nem só de pão vive o Homem...'. Eu não entendi muito bem, mas acho que ela queria dizer que eu deveria ser crente em Deus, para que Deus iluminasse minha cabeça, para que eu fosse sensato na conciliação entre família e trabalho. Com certeza, ela acreditava que se eu praticasse a espiritualidade, nossos filhos não seriam marginais, Augusto não teria se acidentado de moto, Thiago não teria ido com seu avô e, talvez, ela não adoecesse.

Será que foi a falta de espiritualidade que forçou o destino a me colocar neste imbróglio? Existem tantos mistérios entre o céu e a terra, de acordo com espiritualistas, que a mente do ser humano é incapaz de imaginar. Agora estou sozinho para viver esse dilema. Será que a espiritualidade é uma realidade que deve fazer parte do nosso dia a dia? Então não é prudente ser materialista e acreditar somente nas coisas concretas! Como posso deixar de acreditar nas coisas que posso apalpar, para acreditar no abstrato, naquilo que não vejo e nem conheço? Devo acreditar, então, nas coisas além das fronteiras da matéria? Que não sei como é percebido? Talvez por força de pensamento e sentido muito aguçado, ou como os que praticam a mediunidade? Só que eu não tenho essa força sutil, essa percepção tão sensível. E como posso ter certeza se é essa espiritualidade que me conduzirá ao caminho certo? Será que se sente alguma força superior nos guiando? Será que alguma energia extrafísica atuará como um comando em nossa mente? Será que essa energia nos movimentará com tamanha força espiritual, tornando-nos superiores e nos fazendo ver o mundo de uma maneira diferente? Vou parar com esses pensamentos esotéricos, senão acabo *maluco*".

BICA, COM SEU CUIDADO DE SEMPRE, acionou o controle remoto do portão e calmamente foi conduzindo seu veículo à garagem, ao lado de sua casa, dando tempo para que o cachorro saísse do caminho. Olhou para seu amigo, parecia que seu pensamento estava vagando pela imensidão. Deu um tapa na coxa do amigo, que se encontrava sentado ao lado, no banco do carona.

— Vamos, chegamos. Vou preparar uma comida para nós. Vou fazer dois bifes acebolados e uma salada. Isso é coisa de cinco minutos. Já tem arroz cozido na geladeira, é só dar uma esquentada no micro-ondas. Enquanto isso, amigão, você liga o computador e vê se descobre onde tem crematório no nosso estado — disse Bica.

— ALÔ, AQUI É MAYKE. Quem fala?

— Aqui é Janice, do Crematório Vaticano de Balneário Camboriú. Sim, seu Mayke, estamos à disposição. O que deseja?

— O caso é o seguinte: minha esposa faleceu hoje, às 10h, no Hospital Governador Celso Ramos, aqui em Florianópolis. O desejo dela era ser cremada. Tem condições de realizar uma cremação amanhã pela manhã?

— Vou averiguar — falou Janice.

— Hoje à tarde o corpo será liberado. Em caso positivo, quero saber se vocês fazem o translado. Eu não quero me incomodar com nada. Só irei aí para pegar as cinzas. Ou melhor, vocês trazem as cinzas aqui em Palhoça. Mais tarde, se tudo der certo, enviarei o endereço para entrega.

— Senhor, já tenho a resposta. É possível sim — respondeu Janice.

— Então, agora vou almoçar. Depois meu amigo Biovaldo, pode chamá-lo de Bica, entrará em contato com vocês e cuidará de todos os detalhes. Até logo.

— Até logo — disse Janice.

E COM A SOLUÇÃO sobre o problema de Angélica praticamente resolvido, Mayke, mais tranquilo, invocou seu amigo para iniciarem o almoço. Um bife acebolado, salada de tomate e alface, arroz e os ingredientes necessários para o complemento de suas refeições.

Antes de se sentar, Bica foi ao armário, pegou uma garrafa de vinho, um Salton Classic, vinho fino tinto seco, reserva especial 2012. Um vinho brasileiro fabricado em Bento Gonçalves, no Rio Grande do Sul.

— Mayke, mesmo estando nós em um clima de tristeza em razão dos acontecimentos, isso não impede que façamos um brinde a nossa velha amizade — falou Bica. — Pena que nosso encontro se realizou em tal circunstância. Brindemos a nossa saúde e por estarmos vivos e em atividade. Amigo Mayke, quando eu morrer, o meu desejo é ser cremado. O brinde que estamos fazendo é para isso também. Peço desculpa pela qualidade do vinho. Sei que sua posição lhe dá a oportunidade de tomar vinhos selecionados. Mas a qualidade do vinho que cada indivíduo usa no seu cotidiano é nada mais, nada menos, o que corresponda à posição em que ele se encontra, de acordo com sua classe social. Ao brindar, alguém bate à porta. Mayke olha e vê uma garota, que calculou uns vinte e oito anos. Bica também olha e diz.

— Entra, Sueli. Venha participar do nosso almoço. Dirige-se ao amigo: esta é Sueli, a moça que te falei, que trabalhava na casa de Angélica.

— Prazer, Sueli. Sou Mayke, o marido de Angélica. E o restante com certeza você já deve saber...

DEZ

ANGÉLICA: SUA HISTÓRIA E CREMAÇÃO

Sueli, uma garota alta, calcula-se um metro e oitenta e cinco de altura, um rosto apresentável, usava óculos de aro preto, lentes claras, provavelmente por algum problema de visão. Cabelos pretos esvoaçantes caídos sobre os ombros, que lhe deixavam uma aparência confiante. Lábios atraentes, carnudos e pequenos. Um conjunto facial de boa aparência, que transmitia simpatia.

Sueli trajava uma blusa estampada com flores, possivelmente rosas, sem mangas, e uma calça preta colada ao corpo, deixando transparecer um modelito com a perfeição de um manequim.

— Obrigado, Biovaldo. Eu já almocei — disse Sueli. — Eu vi o carro na garagem e a casa aberta, Vim saber se você precisa que faça alguma coisa na casa.

— Hoje não, mas amanhã sim. Tenho algumas roupas para colocar na máquina e outras para passar. E você já aproveita e faz uma geral na casa — falou Bica.

— Seu Mayke... — murmurou Sueli. — Meus sentimentos. Lamento o falecimento de sua esposa, mas ela descansou. Durante esses dois anos em que trabalhei para ela, ela só falava em você. A sua ausência foi para ela um verdadeiro tormento. Ela sofreu muito por causa dos filhos. Tanto sofrimento assim, além da doença, merecia descansar. Ela depositava tudo nas mãos de Deus. Dizia que Deus sabe o que faz. Nada acontece em vão. Nada acontece por acaso.

Sentindo a falta de intimidade, Sueli se despediu e os dois amigos, finalmente, foram ao que mais interessava no momento. Colocaram-se à mesa e saciaram toda a vontade que seus estômagos exigiam. O vinho não era de todo uma sumidade, mas seu néctar precioso não esperou para ser ingerido em outro momento. A garrafa, sem o líquido acompanhante, foi parar dentro do cesto de lixo.

BICA DISCOU O NÚMERO do crematório para acertar os detalhes da cremação de Angélica. Janice atendeu. Ele pediu explicação do que iria acontecer a partir de então.

— Como seu Mayke falou, nós já entramos em contato com os responsáveis no Hospital Celso Ramos. Dona Angélica será liberada às 16h30. Já estamos com um veículo de transporte de cadáveres no local para o translado. Temos acomodações para até trinta pessoas para passarem a noite no velório.

— Não, o meu amigo não quer velório. Não vai ninguém daqui. Coloque Angélica em uma urna biodegradável. Sem vídeos, sem fotos, sem homenagem de espécie alguma.

— E as cinzas? Vão querer que faça uma lembrança de parte das cinzas? Podemos fazer um cristal, tipo diamante, ou cristalizar fios de cabelos para serem guardados como lembrança.

— Não, As cinzas serão enterradas em um cemitério. Segundo a igreja, os restos mortais são públicos. Portanto ninguém é dono dos restos mortais de uma pessoa. E é o que Mayke vai fazer. Vai levar as cinzas em um pote e enterrar no cemitério de Cabinda, em Angola. Após a cremação, a empresa mandará as cinzas aqui?

— Sim. Você nos passa o endereço, que tudo será feito conforme o combinado — disse Janice. — Então, não vem ninguém aqui acompanhar a cremação de Angélica?

— Não. O endereço é rua do Juazeiro Jardim Eldorado, Palhoça - SC. CEP 88.133-519. E quando chega a encomenda?

— Até às 12h do dia 16 de setembro.

— Então vamos falar do preço de tudo isso.

— Bom, todos os preços estão em uma tabela — asseverou Janice. Tudo que se faz é cobrado separado. Como vocês resumiram o estágio da cremação, o preço não vai ser assustador. O translado fica em trezentos e vinte reais. Mais duzentos reais para levar as cinzas. Mais cem reais do pote. Hum mil e duzentos reais da urna biodegradável. E três mil e duzentos e cinquenta da cremação propriamente dita. Tudo sairá por cinco mil e vinte reais. Pode pagar em até dez vezes no cartão de crédito.

— Certo — assentiu Bica.— Traga a máquina e receberá aqui, quando nos entregar as cinzas.

— Não é possível — disse Janice. — Sem o pagamento antes da cremação não vai dar. É norma da casa. Eu acrescento mais cento e cinquenta reais e vou ao endereço hoje concretizar o recebimento. A quantia total será de cinco mil cento e setenta reais, correto? Às 19h estará alguém aí, devidamente identificado com o crachá da firma e com a máquina para fazer a cobrança no cartão.

— Vocês trabalham hoje normalmente? — perguntou Biovaldo. Hoje é dia 15 de setembro de 2013, domingo. Vocês trabalham normalmente?

— Sim, ninguém marca dia para morrer! As pessoas também morrem aos domingos e feriados.

— Então capricha em um preço melhor porque hoje é dia do cliente. E te enternece, também, neste dia de Nossa Senhora das Dores. A falecida era muito devota de Nossa Senhora.

— Infelizmente, não posso mexer em nada. Os preços não sou eu quem faz. Já vem tudo contabilizado. Se eu tirar algum centavo vai ser descontado do meu salário.

A conversa pelo telefone chega ao fim. Ficou tudo acertado entre Bica e Janice.

O RELÓGIO JÁ MARCAVA 17h06 quando Bica chamou Mayke, que estava a tirar uma soneca. Ele estava cansado depois de um dia exaustivo, cheio de problemas, e mentalmente esgotado de tanto pensar na sua família problemática, que, para ele, já não existia mais. E de imaginar os problemas que ainda estavam por vir. Levantou-se e falou para Bica que iria dar uma volta a pé para esticar as pernas:

— Lá em Cabinda, sempre que posso, faço uma caminhada de uma hora, no mínimo três vezes por semana, em volta do quarteirão de onde moro.

Mayke dirigiu-se à estrada, orientado pelo amigo para não ir muito longe, pois às 19h o funcionário do crematório chegaria para cobrar a dívida da cremação.

— Não se preocupe. Amigo. Às 18h10 estarei de volta.

Depois de uns dez minutos de caminhada, Mayke se depara com a casa de nº 226 - fundos. Dentro do mesmo lote, na frente, tinha um depósito de madeiras que seu pai havia alugado. Mas o depósito se encontrava nas mesmas condições que a casa, abandonado e com alguns restos de madeiras apodrecidas.

Mas o que Mayke tinha em mente era outra coisa, a caminhada era só uma desculpa. Na verdade, ele queria ver de perto a casa que, em alguma época, ele comandara. Queria sentir novamente o prazer que um dia sentira com seus filhos e sua amada.

— Quero idealizar os momentos bons daqueles tempos, desde o primeiro encontro que tive, com o chão da quitinete do Romário, lá em São Paulo, até o nascimento de meu último filho. Aqueles livros que se espalharam, aquela mulher desequilibrada por cima de mim. Ali nascia um amor, como uma labareda, que duraria até o final do combustível. Tão forte, e se apagou tão rapidamente, que faz as lembranças nostálgicas doerem como a fortaleza da labareda e passar com a mesma rapidez. Quero focalizar, como num videoteipe, Angélica preocupada com os pequenos, correndo atrás ora de um, ora de outro, obrigando-os a comer na hora do almoço e da janta. Preocupando-se com a hora das crianças dormirem, me chamando para ajudar a trocar a fralda do Rodrigo, pois não tinha experiência, por ser o primeiro. Tão feliz ao limpá-lo, as mãos sujas limpava nas fraldas usadas, então me olhava, sorria e me beijava.

A ternura ao dar de mamar, com a mão direita acariciava a cabeça de Rodrigo, e assim fez com os demais. Quero sentir um cadinho daqueles tempos, que, com uma minguada mesada de meu pai e alguns trocados que ganhava com o serviço de vigia, não se comparava tanta felicidade, a exemplo do alto salário e da boa reserva monetária que tenho hoje e nenhuma felicidade. Quando penso nisso, me recuso a tirar a razão de Angélica. Aquele terreiro, antes carpido todo final de semana, era uma recomendação de meu pai. Foi ele quem nos doou. Mandou erguer aquela casa de alvenaria e nos ofertou cheio de vontade, para ter o prazer de ver seus netos perto dele. Não é uma casa grande, mas era enorme o suficiente para abrigar uma família, que não tinha onde morar.

Hoje olho esta casa, toda desleixada, com uma pintura de cor quase irreconhecível, suas portas e janelas em estado deplorável, quase caindo. A pequena garagem ao lado da casa está metade destelhada. O mato está querendo entrar em casa. O pequeno lote, desprovido de cuidados, está dando oportunidade para animais nocivos, como ratos e baratas, se valerem do esconderijo para se abrigarem e aumentarem sua população. Não sei como está a regularização deste terreno perante a Prefeitura, pois ele ainda está em nome de meu pai.

Não tive coragem de prosseguir. Adentrá-la seria meu maior prazer, mas não tive vontade de rever o palco declinado e falido, onde um dia realizou-se a mais radiante comédia. O palco da felicidade é, hoje, o picadeiro da desilusão. As peças encenadas diariamente, sem prévios ensaios, que transcorriam normalmente dentro de uma euforia translúcida de felicidade, hoje representam um decadente coliseu da tragédia romana.

Um caminho por dentro do pequeno matagal enveredava até a porta da sala. Opaca fascinação me levava a olhá-la, ora com desdém, ora com tristeza. Esplêndidas lembranças surgiam, mas não vingavam. Eram interrompidas pela nostalgia dominante, que me torturava e me levava diretamente à realidade dos acontecimentos. Meu coração estava dividido em duas partes. Uma parte me obrigava a entrar, a outra parte me proibia.

Fiquei alguns minutos encostado ao moirão da cerca de arame farpado para ver se decidia o desempate do coração. A casa encontrava-se fechada, completamente despovoada, mas com sinais de vida

Alguém pisava por ali. Assim denunciava as marcas no mato amassado, as pegadas no estreito caminho e o guarda-chuva novo pendurado ao lado da porta. Esperei até por uma casualidade, mas não fui contemplado com isso.

— Mayke!

Com um susto, meio inibido, olhei para trás e percebi Bica acompanhado de um jovem, com um crachá pendurado no pescoço e alguns objetos nas mãos. Deduzi que era o cara do crematório. Com sutileza de empresário e gentileza de cobrador, apresentou-se como funcionário do Crematório Vaticano de Balneário Camboriú.

— Meu nome é Josimar. Estou encarregado de fazer a cobrança sobre todos os serviços de cremação de Dona Angélica Oliveira de Sá.

— Então vamos lá, na casa do Bica, para concretizarmos o acerto de contas — disse Mayke.

— Se não quiser ir até a casa dele, não é preciso — respondeu Josimar. — Eu tenho todo material aqui. Já trouxe a nota fiscal pronta e a máquina para passar o cartão também.

— Claro — falou Mayke. — Estou aqui com o cartão Master Card. Vou fazer o pagamento em débito e tudo ficará resolvido.

— Que mal lhe pergunte seu Mayke, não iria nenhum parente de dona Angélica no velório? — perguntou Josimar.

— Dona Angélica não tem parentes aqui. Por capricho ou por um motivo qualquer, Angélica nunca mencionou um nome de seu parente, nem mesmo de sua mãe ou de seu pai. Eu, para não a constranger, evitava fazer esse tipo de pergunta. Não sei qual a razão para tanto sigilo. E também nunca mencionou seu endereço. Sempre que perguntava, ela mudava de conversa. Só dizia que era da Paraíba. "Sou da Paraíba e ponto final", dizia Angélica.

NA CERTIDÃO DE NASCIMENTO, que ela só me mostrou porque foi obrigada, quando da realização do nosso casamento, é que li o nome de sua mãe, de seu pai e o município em que ela nasceu. Sua mãe é Mercedes Maria Oliveira. Seu pai, Januário Severino Oliveira. Angélica nasceu em Cabedelo, um município com apenas sessenta e seis mil habitantes, no dia 23 de março de 1962. Morreu com quarenta e seis anos de idade.

— Dona Angélica não tem filhos, seu Mayke?

— Meu caro amigo... — falou Mayke. — Só se tem filhos até uma certa idade. Criam-se os filhos e se entrega ao mundo. Não somos senhores de nada. Alguns voltam para ficar ou para oferecer a sua gratidão, que não é o meu caso. Outros fogem para o mundo, fazendo dele a sua escola, no qual positivamente ou negativamente aprenderão o suficiente, com opções para, mais tarde, se enaltecer ou se envergonhar. Meus filhos estão incluídos na segunda opção.

Cobrada a entediante dívida, Mayke lembra a Josimar sobre a entrega das cinzas, que não poderia atrasar, porque tinha viagem marcada para Angola no dia 17, terça-feira, com saída de Florianópolis às 9h, e com embarque no Rio de Janeiro para Angola ao meio-dia.

Josimar se despede de Mayke e de Bica e segue seu destino, dirigindo seu Renault Sandero, de cor prata.

OS DOIS AMIGOS seguem a pé rumo à casa de Bica. A intenção de Mayke, naquela caminhada, era encontrar-se com Mary, afinal, é sua filha, mas não foi contemplado com essa oportunidade.

— Que mal lhe pergunte, Mayke, como Angélica foi parar em São Paulo?

— Ah, meu amigo, aí tem uma história complicada. Sabia que Angélica era tão bonita quando era mais jovem que foi cotada para ser modelo? Lá em Cabedelo ela participou de vários desfiles locais. Em 1980, apareceu alguém num desses desfiles e ofereceu um contrato para Angélica desfilar em São Paulo e prosseguir carreira como modelo. Ela, que já tinha essa ideia de ser modelo, aceitou o convite. Angélica estava com 18 anos de idade. Seus pais, segundo ela, não se opuseram. Estavam vendo ali uma excelente oportunidade de amenizar sua pobreza. Então, ela não vacilou, resolveu partir sozinha para a cidade grande. Seu contratante pagou sua passagem e mandou que ela fosse de ônibus. Angélica viajou 42 horas de ônibus, da Paraíba a São Paulo. Ao chegar, tomou um táxi e foi para o hotel indicado por Paolo, o rapaz que a contratara. Quando ela entrou no hotel, já era para Paolo estar lhe esperando, mas não havia ninguém lá com esse nome. Angélica esperou algumas horas e nem sinal de Paolo. Desesperada, foi se informar com o recepcionista do hotel, contando-lhe toda história. Quando Angélica falou que ele iria a Florianópolis para pegar outra modelo, o recepcionista suspirou profundo e lhe perguntou;

"— Quando foi que ele viajou?

— Paolo viajou esta noite para Florianópolis, e retornaria agora de manhã para São Paulo — disse Angélica. Já são 13h30 e ele ainda não apareceu!

— Qual é o seu nome? — perguntou o recepcionista.

— Meu nome é Angélica Mercedes Oliveira.

— Você não está assistindo televisão no seu quarto, Angélica?

— Não. Estou tão ansiosa que não consigo nem assistir à televisão. Não liguei a televisão hoje.

— Você sabe qual foi o horário que Paolo saiu da Paraíba? — perguntou o recepcionista.

— Ele não saiu da Paraíba. Ele já estava aqui em São Paulo. Daqui, ele foi a Florianópolis ontem e voltaria hoje pela manhã para se encontrar comigo aqui no hotel.

— Você sabe qual foi o horário que ele saiu daqui para Floripa?

— A hora certa não sei, mas ele disse que sairia no final da tarde de ontem — respondeu Angélica.

— Angélica, não quero que você perca as esperanças, mas está passando na televisão, desde ontem à noite, que caiu um avião em Florianópolis, ontem, dia 12 de abril, sábado, às 20h37. Nesse horário desabava um grande temporal. O Boeing 727-100 PT-TYS, que saiu de São Paulo com destino a Florianópolis, estava aguardando a liberação do pouso, esperando a pista ser desocupada, quando se chocou com o Morro da Virginia em Ratones, no norte da ilha de Florianópolis. Havia 58 pessoas a bordo. Na última notícia, agora, ao meio-dia, foi noticiado que houve quatro sobreviventes".

"A vida não é sempre como queremos,
Porém não é por isso que devemos
perder a esperança".
(Anahí Portilla).

ANGÉLICA COMEÇOU A PERDER AS ESPERANÇAS.
Sem a relação dos mortos e sobreviventes, ela viveu um dilema crucial. Desesperou-se e não sabia o que fazer, pois não tinha dinheiro para pagar o hotel. Desatou a chorar e pedir para que alguém a ajudasse. Ninguém queria saber de sua história, somente o recepcionista, que sabia e acreditava em Angélica.

O recepcionista, sem saber o que fazer, chamou o gerente e contou-lhe a história. O gerente também não soube resolver o problema. Ligou para o dono do hotel, porque iria surgir diferença no dinheiro, na apresentação do relatório final. E ele não tinha nenhum interesse em bancar dívidas de desconhecidas que apareciam sem dinheiro e contavam uma história qualquer.

Então o dono do hotel, a convite do gerente, compareceu no local para resolver o problema. Conversou com Angélica e conforme os acontecimentos ocorridos naquela noite, passou a acreditar nela.

"— Aqui nada sai de graça — disse ele. — Com ou sem culpa, você vai ter que trabalhar para saldar a dívida. Hoje, você ajudará o pessoal na cozinha para pagar a dívida atual. Depois, posso arrumar alguma coisa para você, como fazer faxina em casas e apartamentos de amigos. Inclusive na minha. Com o dinheiro que ganhar, você poderá pagar um lugar para dormir, se não quiser ficar no hotel, devido ao alto custo".

— E, assim, Angélica se virou até eu a encontrar.

— Depois disso, Angélica não quis voltar a ser modelo? — perguntou Bica.

— Não, ela não procurou mais. Tirou a ideia da cabeça e se ateve a trabalhar somente de diarista.

— E como uma mulher tão bonita conseguiu permanecer somente como diarista? Será que ninguém viu nela algo acima do padrão?

— Caro amigo, dizia ela que foi cogitada várias vezes, mas nada concreto. Sua desconfiança colocava obstáculo em qualquer proposta que surgia. E não me pergunte mais nada sobre esse assunto. Eu nunca quis saber mais nada, além disso.

ONZE

O TRANSLADO

AQUELE POTE bem empacotado foi notado por alguém no avião, pois Mayke não o largava em lugar algum. Uma menina de, no máximo, nove anos, de curiosidade aguçada, observava atentamente o cuidado que Mayke tinha com aquele embrulho.

Não aguentando mais de curiosidade, levantou de seu assento, do lado de sua mãe, dirigiu-se ao assento número vinte e três, onde estava sentado Mayke, perguntando o que havia naquele pacote que ele segurava com tanto cuidado.

— Porque você não larga o pacote? Porque não coloca no guarda-volumes?

— Eu não posso me desvencilhar deste pacote — falou Mayke.

— O que há de tão importante dentro dele? — indagou a curiosa menina.

— Márcia, vem aqui. Deixe de importunar as pessoas — interferiu sua mãe.

— Não, Márcia não está importunando! Sem problemas! Márcia, você tem alguém que ama, longe da família? — perguntou Mayke.

— Sim — disse a menina. — Meu pai não mora com minha mãe, eles são separados. Há dois anos que não o vejo e sinto muita saudade dele. Mas a minha mãe não quer saber dele, ela diz que não o ama mais. Os dois viviam brigando, agora meu pai mora no Brasil e nós moramos em Luanda. Minha mãe foi ao Brasil a negócios. Ela trabalha em um escritório de advocacia em Luanda e de vez em quando tem que ir ao Brasil para resolver problemas de seus clientes. Ela é advogada da empresa Onde A. Brecha.

— E como é o nome dela? — perguntou Mayke.

— Porque você quer saber?

— É só curiosidade!

— Não sei se devo dizer. Vou consultá-la... O nome da minha mãe é Olívia Mendonça de Albuquerque. Você precisa dos serviços dela?

— Não, no momento não — respondeu Mayke. — Mas tenho negócios em Luanda e também sou ligado à empresa Onde A. Brecha! Um dia eu posso precisar, você não acha?

— Por quê? Você se meteu em alguma encrenca? Minha mãe é uma ótima advogada, ganha todas as questões que defende. Aqui está o cartão dela. Se precisar, é só ligar. Mas o senhor ainda não me falou o que está dentro desse pacote. Ou eu não posso saber o que é!

— Márcia, me perdoa, mas tem coisas que não se pode falar. Só posso lhe dizer que é algo que só a mim interessa. É algo que estava distante, por mim desprezado por muito tempo. Só agora eu pude trazê-lo. Tive que reduzir a pó para poder ficar com ele, para ter direito de tê-lo perto de mim, já que não era mais possível a essência do seu conteúdo. Quando estava inteiro, não dei muita importância, ignorei-o, só agora eu percebi que era o meu maior tesouro e tinha tanto valor para mim. Não é a mesma coisa, entende, mas é o único jeito de homenagear algo a que nesses últimos tempos não dei o devido valor. Só agora eu percebo que perdi grande parte do meu tesouro. Não sei se foi falta de caráter ou questão de birra. Este pó não é a mesma coisa, mas é o único objeto que me serve de consolo.

— Então isso aí é ouro. Você não quis trazer em barras e transformou em pó. Por isso não quer me falar. Adivinhei?

— Sim, não era ouro propriamente dito, mas o transformei em ouro, porque agora eu sinto o verdadeiro valor do tesouro que perdi.

— Você é alquimista?

— Não, não. É só força de expressão!

DOZE

NOTÍCIAS DE MARY E O ROMANCE DE BICA

— Mayke, vou lhe fazer uma confissão — falou Bica. — Eu não queria te dizer agora, porque ainda não tenho certeza e porque você já está sofrendo com o falecimento de Angélica. Mas pelo que vejo, eu acho que é verdade. Mary está muito diferente. Segunda-feira passada eu me encontrei com ela andando pela estrada, aqui nesta rua. Ela estava com vários amigos. Ela me viu e nem me cumprimentou, como se eu fosse um desconhecido. Seu corpo está diferente, está bem mais gorda, e pelo tamanho da barriga, deu a impressão de que está grávida. Eu tenho quase certeza de sua gravidez, porque naquele mesmo momento escutei a conversa dela com seus amigos. Todos com gozações, em tom de brincadeira, apontavam uns aos outros, acusando quem seria o pai da criança, sem conclusão nenhuma. Pareciam todos serem responsáveis por tal ato. E todos são viciados em drogas, irresponsáveis ao extremo. Não perguntei nada, porque aquela turma é perigosa, e qualquer conversa com eles tem que ser com muita diplomacia para não se complicar. Eu só os cumprimentei, com um "oi", para não me tornar um inimigo revelado e não ser visado por eles. E se ela estiver grávida, vai ser um grande problema, uma criança no meio daqueles marginais. E mexer com eles é comprar uma briga sem precedentes.

— Sabe Bica — disse Mayke —, eu queria encontrar-me com Mary, foi esse o motivo da minha caminhada. Mas, por outro lado, foi bom não a encontrar. Eu não sei qual seria sua reação, ou a minha. Já faz sete anos que não a vejo, e se ela está tão diferente como fala, talvez eu nem a reconheceria de imediato. Se Mary estiver grávida, vamos deixar nascer meu (minha) neto(a), e depois tomaremos as providências. Não faça nada agora para não a escorraçar. Deixa a criança nascer.

— Mas meu amigo, ela pode fazer um aborto, ou a criança pode nascer doente devido aos efeitos das drogas. A falta de um plano de gestação pode prejudicá-las. Sem um acompanhamento médico é muito difícil.

— É o risco que temos que correr — asseverou Mayke. — Mary não vai aceitar ajuda de ninguém da família e nem dos amigos da família. Ela me odeia e se souber que quero ajudá-la, aí mesmo é que ela pode fazer um aborto. Se vamos fazer alguma coisa, ela não poderá saber de nada. Tem que ser no mais absoluto segredo.

— Tá bom, meu amigo — falou Bica.— Vamos fazer de conta que não sabemos de nada e não dar nenhum motivo para que ela perceba que sabemos de sua gravidez. Ultimamente, Mary anda sumida. Antes, eu a via quase todos os dias, quando vinha do trabalho. Agora, se vejo uma vez por semana é muito. Ela deve estar parando em outro lugar com seus amigos. Pode ser na casa de algum deles.

— Bica, você tenta descobrir onde ela está parando, tenta seguir seus passos, dentro do possível. Se necessário, pague alguém para segui-la, sem que ela perceba. Existem essas agências de detetive particular. Procure uma de confiança, pague o que for necessário, pois vou continuar depositando dinheiro naquela mesma conta. E você pode gastar com todo serviço empregado nessa missão. Incluindo os seus. Só quero que faça uma contabilidade correta, para que eu saiba o que e quanto tenho que depositar. Mande-me um relatório mensal do serviço prestado e de tudo que está acontecendo. Só confio em você, em mais ninguém. Pede segredo aos homens que irá contratar. Tem que ser gente de confiança e que não tenham nenhum vínculo de amizade ou de parentesco com os envolvidos.

Quando chegarmos a sua casa, vamos acionar nossos telefones no WhatsApp para nos comunicarmos através dele. Podemos também nos comunicar por e-mail também. Não haverá necessidade de gastar com telefonemas. A comunicação por cartas está encerrada. Vamos usar a tecnologia a nosso favor. Com esses recursos, a comunicação é na hora, não precisamos mais esperar resposta de carta, que às vezes leva meses a chegar e, muitas vezes, não chega. Certifique-se se Mary está realmente grávida e me avise imediatamente.

Depois de quinze minutos, os amigos chegam à casa de Bica e, no aconchego do sofá, trocam conversas, tomam umas cervejas geladas, fazem o que haviam combinado no caminho de volta e vão dormir.

O celular foi acionado para despertar às 5h do dia 17, pois às 8h Mayke teria que embarcar para o Rio de Janeiro.

"É preciso sofrer depois de ter sofrido.
E amar, e mais amar depois de ter amado".
(Guimarães Rosa)

NAQUELE DIA, DEZESSETE de setembro do ano de dois mil e treze, aconteceu um grande envolvimento que mudaria para sempre a vida de Biovaldo. Uma solidão temperada de tristeza e amargura levou Biovaldo a reavaliar seus conceitos.

Não era sua radicalidade, sua intransigência, que iria transformá-lo em um novo ser. Resolveu apostar novamente no amor. Usando de prudência, resolve colocar em prática aquilo que já algum tempo vinha lhe fustigando os pensamentos.

"Mayke vai partir e eu vou ficar sozinho novamente, nesta casa, que não foi feita somente para uma pessoa", pensou Biovaldo.

Seus planos, em mente, já estavam preparados para esse tal dia 17, quando Mayke seguisse viagem.

— BOA TARDE, seu Biovaldo — falou Sueli, com aquela voz meiga, que Biovaldo sentia prazer em escutar.

Sueli já sabia do mistério da solidão de Biovaldo, da traição de Luana. Várias vezes ele havia tocado no assunto em conversa com ela.

— Você pode me chamar de Bica. Esse é o nome afável que só os meus amigos e as pessoas mais chegadas usam. Eu a considero como uma pessoa chegada.

NESSE DIA, Bica levou seu amigo Ao aeroporto, trabalhou até o meio-dia e foi para casa já com segundas intenções. Quando ele falou para Sueli ir trabalhar nesse dia, não foi somente por causa do serviço, mas para colocar seu plano em ação.

— Sueli, você é uma pessoa amável, eu a considero como alguém da família. Você já sabe do desgosto que sofri com a traição de minha ex-noiva, a Luana. Eu vivo uma desesperadora solidão. Não é que eu queira suprir essa solidão com um amor qualquer. Eu quero supri-la com um amor verdadeiro, um amor que corresponda não à minha necessidade de companhia, mas que seja completo, que se coadune num só desejo comigo, como se nada tivesse acontecido antes, como se fosse a primeira vez. Estou fazendo de conta que só tenho vinte anos e pela primeira vez estou tentando me juntar a alguém para tentar viver uma felicidade completa. Uma vez, um pensador brasileiro disse:

> *"Um dia alguém vai te abraçar tão forte que*
> *todos os pedaços quebrados dentro de você*
> *se juntarão novamente. Acredite".*
> *(Ricardo Jordão Rosa)*

E eu acredito.

BIOVALDO ESTUDOU SUELI desde o primeiro dia em que ela foi trabalhar na casa de Angélica. E após todo esse tempo, presumiu que Sueli era uma garota dentro dos parâmetros ideais para uma excelente dona de casa. Uma garota que tinha todos os requisitos para enfeitiçar e confundir a perspectiva de alguém.

Além da simpática era bonita e qualquer homem poderia sentir-se enamorado e enfeitiçado após um primeiro contato amigável.

Biovaldo enamorou-se daquela garota e ficou todo esse tempo observando, torcendo para não ser contemplado com desprazeres e dissabores. Em dois anos, pela observação de Biovaldo, só aconteceram pontos positivos, sem nenhuma mácula que o levasse a desconfianças.

Não teve dúvidas em tentar seduzir em sua própria casa, indo diretamente ao assunto. Biovaldo também já notava algum tipo de aceitação em Sueli, já percebia que, em suas brincadeiras no tocante a assuntos de namorados, casamentos, ela absorvia com uma aceitação sem incômodo. Na relutância para se encher de coragem e com medo da resposta negativa, Biovaldo se preparou quase um ano para esse momento.

— Seu Bica, você está querendo me dizer alguma coisa? — perguntou Sueli. — Eu tenho que trabalhar! Não ganho para ficar parada. E já estou aqui quase há meia hora, escutando-o. Suponho que você tenha alguma coisa para me dizer. Estou percebendo que, pelo tipo de conversa em que você está insistindo, só pode ser uma cantada.

— Sueli, um homem, quando quer cantar uma mulher, não precisa de tantos rodeios — falou Bica. — Se fosse essa a minha intenção, já teria te cantado há muito tempo e sem rodeios. O meu propósito é mais sério, vai mais além do que uma cantada. Eu quero me casar com você, Sueli. Sei que não tem ninguém no seu caminho, também sei que você já teve uma desilusão amorosa. Talvez esse seja o motivo de estar há tanto tempo sozinha. O mesmo que aconteceu comigo. Também não é necessário responder agora. Você pode me responder amanhã, mas eu preciso de uma resposta com justificativa. Mas eu acho que é uma injustiça nós dois, sozinhos, nos desejando, e uma casa pronta, só esperando a nossa união para ser ocupada. Se você quiser conversar com seus pais antes de dar a resposta, tudo bem, eu concordo.

— Até posso avisar a meus pais, mas eu já sou maior idade — retrucou Sueli. — Vivo do meu trabalho, já tenho 28 anos, portanto, sou uma mulher livre. Você sabe que meus pais não moram aqui. Quase não tenho contato com eles. O que eu faço ou deixo de fazer é problema meu. Sabe, Bica, eu também o admiro desde o primeiro momento em que o conheci, mas a minha frustração e a mágoa que tive com outro me inibia de chegar perto de qualquer homem e deixá-lo perceber o meu interesse amoroso. Agora tudo ficou mais fácil, você quebrou o tabu. Mas, primeiro, vamos namorar algum tempo, até para ver se é realmente isso que queremos.

— Tudo bem — falou Bica, já pegando na mão de Sueli. — Mas não podemos perder muito tempo, afinal, não somos mais tão jovens para perder tempo com namoricos. Você falou que tem 28, e eu tenho 42 de idade. Se esperarmos muito tempo, perderemos partes agradáveis que a vida há de nos oferecer.

— Com licença, Bica. Eu fui pega de surpresa. Jamais iria imaginar uma aliança de casamento com você, assim, tão de repente, então vamos devagar. Temos todo tempo do mundo para compartilhar nossas vontades e entendimentos. Você nem sabe se eu o amo!

— Se você aceitou sem titubear, presumo que você me ama! — disse Bica.

— Eu posso ter aceitado o pedido, por pura atração, e o amor pode acontecer depois — falou Sueli. — Nem todas as pessoas que se unem num ato sexual se amam. O amor é uma complexidade involuntária a qualquer ser humano, é um acontecimento casual, com direito a todos os mistérios imperceptíveis, em que o sabor e o dissabor se completam. O amor é paradoxal.

— Pelo sentimento de carinho, pela demonstração de afeto que você demonstra ter por mim, eu deduzo que você cultua grande desejo de me ter. Você deixa transparecer sentimentos de afeição — falou Bica. — O meu sentimento por você envolve uma afetividade e me deixa numa ansiedade de natureza sexual. Presumo que isso deve ser o amor. Eu sinto uma reação no corpo e o grande desejo de tê-la em meus braços. Segundo os psicólogos, isso é a química do amor. Eu sinto uma grande afinidade por você, quando a vejo tenho vontade de acariciá-la e beijá-la. Tenho uma atração que faz vibrar os pensamentos e, então, nasce aquele sentimento de afeto. É pura adrenalina, que chega a acelerar meu coração e proporcionar uma sensação de felicidade.

— Bica, o que você sente pode ser apenas uma atração carnal, são os desejos que predominam nos homens. Os homens não são tão sentimentais como as mulheres. O homem quer mais é garantir seu bocado de prazer. E tudo isso são coisas de momentos. Ele se demonstra muito afetuoso para conquistar a mulher desejada. O homem é um animal interesseiro. E emprega todos os truques para cativar a mulher, para que ela se mostre afetiva e apaixonada. E depois de alcançar seus objetivos, as coisas mudam. Durante o namoro ou noivado é uma coisa, depois que se casa é outra coisa. Durante a conquista, o homem se ilude, fica cego, enche-se de carinho, de afeto etc., muitas vezes involuntário, para garantir a atenção da mulher. E depois de casado, todo o carinho, o afeto, vai ficando viciado, é rotina, é mesmice, e por já se encontrar com direito à mulher, perde toda a graça de conquistá-la. Não se encontra mais na obrigação de conquistá-la e toda aquela atenção que havia durante o namoro desaparece. Sabe que a mulher, depois de casada, tem a obrigação de praticar sexo, mas se esquece de que a mulher tem outras necessidades.

TREZE

EM LUANDA

QUANDO O AVIÃO toca seus pneus no piso asfaltado do Aeroporto Quatro de Fevereiro, em Luanda, no horário de 00h22, horário de Luanda, no dia dezoito de setembro do ano de dois mil e treze, Mayke havia deixado para trás, por hora, seus problemas no Brasil, para encarar novos problemas em Angola.

Seus negócios em Luanda, com a empresa que o levou para a África em dois mil e sete, necessitava de sua presença para deixar suas transações em dia. Sabia-se que tinha negócios no ramo de imobiliária e biocombustível, mas matinha alguns segredos de seus amigos quando falava de negócios que tinha com a empresa Onde A. Brecha. Mas sabiam que seus negócios eram muito rentáveis.

Mayke fez sinal para um táxi parar, colocou sua mala no devido lugar e embarcou, falando ao taxista:

— Por favor, me leve ao Condomínio Belas Business Park.

O taxista seguiu pela Avenida Vinte e Um de Janeiro, e em vinte e cinco minutos estavam em frente à Torre Bengo, no endereço mencionado. Um silêncio total durante a viagem.

Mayke desembarcou do veículo, retirou sua mala e, em seguida, olhou o taxímetro e pagou sessenta e cinco reais, equivalentes a dois mil seiscentos e oito kuanza. O taxista não reclamou do tipo de moeda recebida, simplesmente encarou o passageiro, fez um sinal com a mão direita, deu uma risadinha e saiu a procurar novos destinos.

Naquele horário, 1h da madrugada, não existia comércio ou empresa trabalhando, mas Mayke já havia mantido contato com alguém da empresa e esse alguém o aguardaria naquele endereço, na Torre Bengo, 7º andar.

JAMIL CHEGOU ao endereço que Mayke havia mencionado pelo telefone quando chegou a Luanda. Eram 5h quando Jamil se fez presente, em frente à Torre Bengo, com o carro Toyota Rav4, alugado no aeroporto de Soyo. Esperou alguns minutos e Mayke apareceu trajando um terno preto e carregando uma mala somente, não muito grande.

— Porque não foi de avião? — perguntou Jamil. — São quatrocentos e setenta e quatro quilômetros de Luanda a Soyo. Levei onze horas e meia para chegar aqui. A estrada ruim, cento e cinquenta quilômetros de estrada de chão batido, de Nzeto a Soyo, atrasou quatro horas. Vamos levar mais de doze horas para chegar ao município de Soyo.

— Acontece, Jamil, que já estou saturado de andar de avião. Foi uma hora e meia de Florianópolis até o Rio de Janeiro, e oito horas do Rio até Luanda. Andar de carro agora é uma necessidade. Não se preocupe, eu vou te ajudar a dirigir.

— Isso é loucura.

— Não, não é loucura. Eu quero passar essas onze ou doze horas dentro do carro, parando de vez em quando, fazendo lanche, comprando algumas coisas etc. Depois teremos mais uma hora de avião de Soyo até Cabinda. Quero relaxar nesta viagem, porque não foi nada fácil o que passei lá no Brasil. São filhos problemáticos, morte da esposa, e o pior é que muitas coisas ficaram por resolver.

— O que é isso que carrega com tanto cuidado debaixo do braço? Parece ser algo muito frágil. Coloca aqui, embaixo do banco traseiro do carona. Ali fica mais fixo e não vai quebrar. É alguma joia para alguém especial?

— Não Jamil, não é, mas para mim vale muito mais que qualquer joia. Seu valor monetário não existe. Ninguém neste mundo pagará um centavo por isso, mas o valor intrínseco naquele interior contido é um grande marco na minha vida. Aqui está uma história que representa amor, vitórias e perdas, representa a saga de uma família, que só eu posso sentir e descrever.

— Então deve ser um documento de valor, que só serve para você. Um documento referente à sua família, com certeza.

— Sim, pode ser considerado como um documento, e que só serve para mim, mas não é nada registrado em papel ou pela tecnologia. É simplesmente tudo que restou de um ser humano ao término de uma vida. É o resultado do provérbio de Antoine Lavoisier. "Na natureza nada se cria, nada se perde, tudo se transforma". É a transformação que a natureza impõe a todos, milionários, mendigos, humildes, arrogantes etc. E não descartando a afirmação de Moisés, inspirado por Deus, em Gênesis 3-19: "Do pó vieste e ao pó retornarás". Não importa de que jeito vai ser a exterminação de cada componente vivo neste sistema natural. E pelo seu valor já mencionado, não vou colocar embaixo do banco, vou levar comigo, em minhas mãos.

— Já percebi o conteúdo do pacote. São as cinzas de sua esposa. Mas você vai enterrar a urna no cemitério? — perguntou Jamil. — Porque, de acordo com a religião católica, e pelo que você já me falou, sua esposa era uma católica fanática, as cinzas de uma pessoa cremada não pertencem somente a uma pessoa. Terão que ser depositadas em um cemitério, porque ela passa a ser coisa pública.

— Não vou enterrá-la, vou levá-la ao cemitério, mas vou mandar fazer um mini mausoléu, com porta de vidro à prova de choque, e lá depositá-la, para ser venerada como nunca foi em vida. Ela falava tanto em espiritualidade. Já que a minha negligência de não estarmos sempre juntos magoou-a tanto em vida, pelo menos agora, mesmo sendo só as cinzas, não quero mais causar o desgosto da ausência que a fez sofrer tanto. Quero que ela fique em paz onde estiver e perceba o meu arrependimento. Quero me tornar um ser com espiritualidade avançada, para tentar entender tamanho mistério. Quero desvendar o mistério da espiritualidade. Se isso for possível. O que Angélica me falou no hospital mexeu muito com minha cabeça. Ela morreu desgostosa. Não teve a oportunidade de ver seus filhos progredirem dentro de um conceito familiar natural. Não foi presenteada com formatura de um filho sequer, e teve tantos filhos. E acredito que a minha ausência a perturbou mais ainda. É, querida Angélica, se serve de consolo, vou te adorar desse jeito. É o meio mais autêntico que achei para não te abandonar nunca mais.

SEGUIAM PELA AUTO ESTRADA Nzeto Soyo. Mayke perguntou a Jamil como estava o andamento dos serviços na plataforma Espadarte e, necessariamente, no Poço Sevada I.

— Tudo dentro dos conformes, com exceção de alguns carros em terra firme, que apresentaram problemas de pequena monta, sem prejudicar o andamento do serviço. O restante correu normalmente. Houve informações de que os guerrilheiros iriam atacar a plataforma, mas as Forças Armadas Angolanas (FAA), sabendo do caso pelo seu serviço de informações, antecederam-se ao fato. Os guerrilheiros, pressentindo que foram descobertos, sentiram-se acuados. Seu estratagema fora descoberto e a missão guerrilheira foi abortada.

E Jamil continuou:

— No dia treze de setembro, um dia depois de você viajar para o Brasil, a FAA esteve aqui, perguntando pela família de Ramires Fulgêncio dos Passos. Eram seis elementos, estavam fardados e armados com fuzis. Eu estava no restaurante Banda, almoçando, na praia da Baia do Malembo, quando percebi uma guarnição da FAA na porta do restaurante. Um graduado, com divisas de sargento, estava conversando com aquele segurança que, no dia anterior, não permitiu aquela família de indigentes permanecer no recinto e nem nas imediações do restaurante. Eu desconfio que foi aquele segurança que comunicou a FAA, para tomar providências em relação àquela família.

Ele, o porteiro ou segurança, apontou para o lado da montanha, onde Magali falou para você que morava. Perguntei ao sargento qual era o motivo da patrulha e ele me falou que são famílias órfãs de guerrilheiros mortos em defesa da causa Cabinda, espalhadas pela cidade e arredores. Estão recolhendo essas famílias para colocarem em um abrigo decente, para evitar que andem por aí, vivendo como mendigos. Mas já se sabe que não é nada disso. Essas famílias são remanejadas para lugares longínquos e vivem em acampamentos, tratadas como presos de guerra. Mas a FAA não logrou êxito. Os guerrilheiros, sabendo que eles andavam recolhendo essas pessoas, adiantaram-se e levaram aquela família para a floresta.

— E como você sabe disso? — perguntou Mayke.

— Eu fiquei aquela tarde ali, nas imediações do restaurante, até a patrulha voltar da missão, para me inteirar dos acontecimentos. E soube disso através da própria patrulha da FAA. Depois de algumas horas, a patrulha voltou ao restaurante e o mesmo sargento interrogou novamente o segurança, e falou para ele que aquela família não se encontrava mais no local. Tudo estava incendiado, ainda tinha vestígio de brasas e fumaças em atividade. Isso significa que foi naquela noite que os guerrilheiros os capturaram.

— E como você sabe que foram os guerrilheiros que capturaram aquela família? — perguntou Mayke a Jamil.

— A marca que eles deixam é o fogo. Ateiam fogo em todos os pertences das vítimas e só deixam levar as coisas de primeira necessidade, como roupas, comidas, talheres etc. Eles precisam de gente para recrutá-las. Não deixam ninguém para trás. Os imprestáveis, aqueles que não oferecem o mínimo de condições aos serviços do acampamento ou às patrulhas, eles dão jeito de eliminar. Cabinda está sobre a mira da FAA. Eles estão apertando o cerco aos guerrilheiros.

— Eu estava com a ideia de adotar aquela família, dar educação àquelas crianças tão desprezadas... — disse Mayke, pensativo. — Arrumar um lar decente, para que possam viver dignamente. Estava até pensando em arrumar um emprego para Magali. Aquela pobre mulher, com cinco filhos menores, vivendo por aí, sem um abrigo decente, sem um marido para lhe dar amparo, passando fome, vendo seus filhos passarem fome, muitas vezes doentes, sem condições nenhuma de higiene, sem tratamento médico, sem escolas e sem convívio social. Como pode um ser humano passar por tantas humilhações? Vivendo escondidos, sendo caçados, como se fossem animais irracionais. Sofrendo a discriminação de qualquer um que se julgue mais importante, só porque tiveram a infelicidade de nascer em um país liderado por regime ditatorial, que sufoca os que tentam lutar em favor da liberdade. Um país que aplica a opressão aos seus patriotas, por quererem manifestar sua liberdade de expressão, que querem lutar pela democracia, contra a desigualdade econômica decorrente da má distribuição de renda, pela falta de investimento na área social etc. Esses países subdesenvolvidos, onde os recursos ficam à mercê de uma minoria, o que faz gerar as desigualdades sociais, tornando impraticável o desenvolvimento de uma educação de qualidade. Isso ocorre nos países não desenvolvidos.

— Você ia se meter numa enrascada — respondeu Jamil. — A FAA não perdoa quem ajuda familiares de guerrilheiros da FLEC. Com certeza, foi esse medo que levou aquele porteiro a entregar aquela família. Talvez, pensou que alguém pudesse tê-lo visto em contato com eles e o entregasse à FAA. A tensão aqui em Cabinda é grande. A FLEC anunciou mortes de soldados angolanos em ataques, emboscadas aos militares da (FAA), e a posse de armamentos, munições e outros equipamentos. Mas a FAA não confirma nenhum desses ataques. Diz a FLEC que os ataques se deram nas regiões de Necuto e Dinge. Em janeiro deste ano, um encontro casual, entre guerrilheiros da FLEC e patrulhas da FAA, provocou nove mortes. O chefe militar da guerrilha, Antônio Xavier, comentou que o encontro se deu a quarenta quilômetros de Dinge. Nesse inesperado encontro, os soldados da FAA abriram fogo contra os guerrilheiros da FLEC, matando dois deles. Os guerrilheiros revidaram ao tiroteio, matando cinco soldados angolanos e dois cidadãos chineses que trabalhavam em Cabinda. Xavier disse que a guerrilha não tem como objetivo matar civis, mas eles se encontravam na linha de fogo e surgiram no meio do tiroteio.

Jamil continuou:

— Este ano, a guerrilha em Cabinda completa 50 anos. Todo esse tempo lutando pela emancipação de Cabinda e, pelo jeito, ainda vai muito além. A FLEC é o único movimento de guerrilha que ainda existe na África lusófona. O governo angolano acredita que a guerrilha cabindense não tem capacidade de desestabilização do enclave. Acredita que seus métodos de agir estão totalmente falidos e desestabilizados. A sociedade cabindense, descontente com a radicalização da FLEC, já montou um movimento chamado Frente Social Cabindense (FSC). São órfãos e membros excluídos da FLEC, e os desiludidos com acordos malfeitos. O objetivo da FSC é negociar com Luanda para a desmobilização da guerrilha. A FLEC começou a entrar em falência após as empresas presentes em Cabinda deixarem de pagar o "imposto revolucionário" à guerrilha. Então estão fazendo emboscadas em patrulhas do governo para angariar armas e munições e tentando invadir empresas para obterem materiais necessários para sua sobrevivência. Além de estarem sequestrando autoridades do governo para trocar por dinheiro.

NESSAS ALTURAS, os dois amigos já estavam chegando em Caxito, capital da província de Bengo, a sessenta e dois quilômetros de Luanda, pela estrada. Mayke sugere a Jamil uma parada em algum lugar que sirva café da manhã. Já estava exausto devido às más condições das estradas. A guerra civil, além de detonar as estradas já asfaltadas, não permitiu que outras estradas fossem asfaltadas. Já tinham começado a asfaltar, mas o processo era lento. São cinquenta e seis mil quilômetros de estradas em Angola, mas somente vinte e cinco por cento delas estão asfaltadas.

— Mayke, você vai se arrepender de não querer viajar de avião — ponderou Jamil. — Daqui para frente tem muita estrada ruim. Estrada de terra batida, que a chuva dessa semana fez piorar. Falo porque passei por isso ontem.

— Não tem problema — disse Mayke. Um pouco de sacrifício é bom para dar mais valor à vida. É muito fácil viajar só de avião, primeira classe, ter tudo na mão. Vamos provar o lado mais difícil para podermos dar mais valor a tudo que nos rodeia. Temos que viver um pouco do outro lado para valorizar e entender mais os problemas das outras pessoas. O valor só aparece quando você se submete a uma cota de sacrifício, quando você sente o problema na sua própria carne. Para sermos mais humanos temos que passar por crivos de dificuldades.

Parada na vila de Caxito, para tomar um café. Sem muita demora, seguiram viagem rumo a Soyo, tentando sempre contornar o litoral, o que em muitos lugares era impossível. Tinham que desviar para o interior, em busca de melhores estradas.

Em doze horas de viagem, percorreram seiscentos e oitenta e seis quilômetros de boas e péssimas estradas. Passaram por vários lugares, como: Caxito, Mabuba, Catacanha, Capulo, Ambriz, Quimalongo e outros lugarejos, todos na província de Bengo. Em Ambriz, pararam para abastecer e visitar a toalete.

Entraram na província do Zaire, passaram por N'zeto. Chegando a Soyo, foram direto ao aeroporto que fica na vila de Santo Antônio do Zaire. O horário do voo era 12h35. Como não seria possível continuar a viagem naquele dia, pois chegaram ao aeroporto às 18h, foram obrigados a pernoitar no local.

Compraram passagens para viajar no outro dia, conforme o horário de embarque. Tiveram sorte, porque o transporte era somente uma vez por semana. Data: dezenove de setembro do ano de dois mil e treze. Jamil fez a entrega do carro que usou à locadora, acertando o aluguel. Com vinte e cinco minutos de viagem, chegaram ao Aeroporto Maria Mambo Café, em Cabinda, às 13h. Uma refeição no restaurante do aeroporto e seguiram viagem de táxi, seguindo pela Avenida Duque de Chiazi, indo até o Condomínio do Mangue Seco, onde Mayke tinha seu escritório e residia.

MAYKE CERTIFICOU-SE de que tudo estava em seu devido lugar. Nada de anormal, perante o serviço. Seu amigo engenheiro, que o substituíra até sua volta a Cabinda, ligou da plataforma, informando que tudo havia corrido normalmente, e estava deixando o serviço, cuja continuidade agora estava a cargo de Mayke. Jacson deixou os dados de sua conta bancária (Banco Bic), pedindo que o amigo depositasse a quantia que havia sido combinada.

QUATORZE

A NETA VITÓRIA E O PROCESSO JUDICIAL

Mayke estava no Poço Cevada l, quando seu telefone tocou. Retirou o aparelho do bolso e viu que a ligação era de São Paulo. Vinte e dois de março de 2014 era a data que marcava o calendário.

— Alô, aqui quem fala é teu amigo Bica. Se está em pé, senta para não cair duro.

— O que houve?

— Bem, que eu me casei com Sueli você já sabe, não é mais novidade, mas que eu vim para São Paulo você não sabia. Então, faz dois dias que estou aqui em São Paulo. Pedi demissão do meu emprego em Florianópolis e vim morar aqui, perto de seu pai. Ele arrumou tudo para mim. Inclusive emprego. Confirmei a gravidez de Mary, amigo. Tive a ajuda do detetive que contratei para acompanhar Mary, e ele também é advogado. Entrou com uma liminar na Justiça para que quando o filho de Mary nascesse, na maternidade, a criança seria adotada por mim e Sueli. Com o relato feito sobre Mary, na Vara da Infância e da Juventude, foi constatado que ela não tinha as mínimas condições de cuidar de um bebê recém-nascido, de acordo com a vida que ela leva. Não existia pai na jogada. Apesar da tediosa burocracia, deu tudo certo. Mary não fez questão nenhuma em brigar a favor dela. Não ofereceu nenhum obstáculo para dificultar a doação. Ela queria mesmo se desfazer da criança.

Mayke, a sua neta, adotada por nós, se chama Vitória. Nasceu com dois quilos e quinhentos gramas, no dia onze de março de 2014. Pegamos o bebê na maternidade e viemos direto para São Paulo, para evitar qualquer intriga ou discussão com Mary e seus amigos. Obriguei-me a sair de Palhoça. Era muito perigoso morar perto deles com Vitória. Aquele antro de drogados poderia tentar arrancar dinheiro, usando Vitória como objeto da chantagem. Mary poderia criar problemas em relação à filha. Foi contratada uma ama de leite para cuidar de Vitória. Agora, nós a chamamos nossa filha. Foi registrada com o nome de Vitória Sueli Aguiar. Estou lhe mandando pelo WhatsApp várias fotos da Vitória. Estamos morando em uma modesta casa de alvenaria, com três quartos e os outros cômodos necessários. A casa foi alugada pelo seu pai, que vai ajudar no aluguel e em outras necessidades que Vitória precisar. Ele pediu para não divulgar o endereço, por questão de segurança.

— Ok, amigo. Você sempre me impressionando... — disse Mayke. — Fico muito contente em saber que você e Sueli vão cuidar de minha neta. Gostei do nome Vitória, é muito sugestivo. E você fazendo tudo em segredo, sem me contar nada.

— A alma do negócio é o segredo.

— Mas entre amigos não há segredos.

******

"Pela presente carta de intimação, com aviso de recebimento (AR), fica o destinatário desta INTIMADO (A) a comparecer à audiência designada a seguir, na sala de audiência deste Juízo de Direito.

Requerente: Mary Angélica de Sá.

Requerido: Mayke Rodrigues de Sá.

Ação por Abandono de Lar.

AUDIÊNCIA: Conciliatória.

DATA: 25/06/2014, às 15h30mi, Sala de audiência da 2ª Vara da Família.

ADVERTÊNCIA: a parte deverá comparecer para prestar depoimento, sob pena de se presumirem confessados os fatos contra si alegados. A ausência da parte autora importará no arquivamento do processo. Já a ausência do réu importará em revelia e em confissão quanto à matéria de fato".

Mayke, quando leu a carta que estava sobre sua mesa, ficou estupefato. Não conseguia acreditar no que seus olhos estavam vendo. Jamais imaginaria que sua filha, mesmo estando do lado adverso, tivesse tal atitude. Com certeza, estaria sendo induzida por algum advogado qualquer, necessitado de honorários.

De início Mayke se encheu de resignação, muito angustiado, não conseguia pensar direito no modo de agir. Soube, então, que MARY, algum tempo antes, tinha o colocado na Justiça por Abandono de Lar. Instruída por um advogado, desses de porta de cadeia, que trabalha em prol da impunidade, não pensou duas vezes. Pediu na Justiça pensão e indenização para ela, para Rodrigo e para Maycon. O advogado seguira os passos de Mayke pelos lugares onde ele havia trabalhado e conseguiu achá-lo em Angola.

"Vou ter que pedir novamente dispensa do serviço para ir ao Brasil, a Florianópolis", pensou Mayke. "Isso poderia ser resolvido por carta precatória, mas não posso fazer isso. Tenho que estar junto para mostrar minha indignação e dizer-lhes que essa história está totalmente deturpada. Em todo o tempo em que estive fora trabalhando, eu mandei dinheiro para Mary, aos cuidados de Bica, e, pelo que sei, Bica cumpriu com todos os compromissos que foram determinados. Com certeza, isso não foi mencionado no processo. Nunca lhes faltou comida, sempre trabalhei em prol deles e nunca tive o desprazer de ver meus filhos passando fome. Agora, quanto à educação, eu não tenho culpa. Foram eles que optaram pelo caminho errado e escolheram o caminho do crime. E não foi por falta de conselhos. A mãe deles sempre prezou pela ética e pelos bons costumes. E o pouco tempo que eu ficava em casa, não me furtava em aconselhá-los a andarem pelo bom caminho. Nunca dei exemplos que os levassem à marginalidade. Meu exemplo prático de trabalho e honestidade deveria ser o suficiente para que eles seguissem".

Então ele se lembrou dos pesadelos que teve na casa de Bica. "Mary, chefiando uma quadrilha de menores, para me assaltar. E depois dizendo que eu iria pagar tudo o que devia a eles. Com certeza, naquela época, ela já havia me colocado na Justiça. Por isso ela não fez questão de dar as caras quando eu estava lá. Os pesadelos eram mensagens telepáticas que ela estava me enviando em forma de parábolas, para me deixar bem apavorado. De forma que eu só descobrisse a partir do momento que acontecesse o fato, ou que, de alguma forma, eu fosse avisado, como fui agora".

E concluiu Mayke: "O fato já está consumado. Rumarei a Florianópolis e protestarei contra cada palavra acusatória. Vou lutar contra todos os que quiserem me destruir. Isso é extorsão. Não vou permitir que uma filha dissimulada, que nunca fez nada em benefício do seu pai, da sua mãe, e que só fez coisas erradas na vida, me coloque *sub judice*, me incriminando com o intuito de se dar bem. Nunca trabalhou na vida. Não consigo entender como uma pessoa conseguiu sobreviver todo aquele tempo, enlameada nas drogas e na prostituição. Irei até lá e contestarei tudo. Não vou levar o advogado da empresa. Contratarei um advogado em Florianópolis. Com certeza, o juiz não sabe da procedência de Mary".

QUINZE

REAÇÕES AO PROCESSO JUDICIAL

— Alô, Bica. Aqui fala Mayke.

— Oi, Mayke. Tudo bem? Como está o clima por aí? Os negócios e a empresa? Está tudo bem?

— Sim, Bica. Os negócios e a empresa vai tudo bem, mas há problemas no ar.

— Que tipo de problemas fora dos negócios podem te afligir tanto?

— O primeiro problema: a mulher, que eu tinha em mente em morar com ela aqui em Cabinda, foi raptada pelos guerrilheiros da FLEC. Agora também estou na mira dos guerrilheiros, porque souberam que mantive contato com ela e seus filhos. E, com certeza, ela foi forçada a falar alguma coisa sobre minha pessoa. Estou escondido agora, não posso dar bobeira, pois os guerrilheiros estão disfarçados por toda parte, para não serem surpreendidos pelas patrulhas da FAA. Tenho também grande preocupação com as patrulhas da FAA, porque se eles souberem que mantive contato com Magali e seus filhos, eles podem querer me cobrar alguma coisa. Então, amigo, estou pisando em ovos aqui em Cabinda. E isso não é tudo. Ontem, 06 de maio de 2014, fui surpreendido com uma carta de intimação de Florianópolis, do juiz da 2ª Vara da Família! Você não imagina o tamanho do problema!

— Conte-me logo, homem! Já estou ansioso!

— Imagina você, que fui indiciado por abandono de lar por minha própria filha, que nunca quis nada com a família dela, que fez tudo na vida por conta própria, nunca permitiu a intromissão de nenhum membro da família em sua vida. Como é que agora ela vem com essa de me processar somente para tirar proveito?

— Calma, amigo. Isso não pode ser de todo um grande mal. Isso pode servir para o seu desencargo de consciência. Há males que vêm para bem. Tire proveito disso, não permita que esse pequeno problema macule sua existência. Na vida você sempre foi um homem digno, tudo que você fez foi em prol de sua família, portanto, não deixe se abalar, pense um pouco e faça disso o mural para mostrar toda sua dignidade e a boa intenção que tinha com sua família. Com isso, você pode lavar sua alma e mostrar que sempre esteve bem intencionado. Acho que chegou a hora de você colocar sua imaginação turbulenta em paz. De aplacar sua culpabilidade da consciência e até promover um clima de paz e a reconquista da conciliação de alguns de seus filhos indomáveis.

— Bica, porque você acha que isso é um bom presságio? Em que um processo registrado com tanto rancor vai me trazer alguma vantagem? Não vejo nada nesse processo que eu possa fazer valer a meu favor! Tudo que Mary quer é dinheiro! Não vejo outro motivo.

— Aí é que está a grande tacada — disse Bica. Ela quer dinheiro e isso não é problema para você! Pense bem, amigo, o dinheiro é a manícula que move as cabeças dos necessitados. É ele que resolve a maioria das questões. É ele que te enche de poderes. É ele que faz a paz, que provoca a guerra. Então, amigo, não pense duas vezes. Se é dinheiro que ela quer, dê-lhe dinheiro! Afinal de contas, você diz que trabalhou a vida inteira em prol da família! Está aí a grande oportunidade de provar o que você sustenta.

— Bica, eu não estou te entendendo. Eu não vejo outra saída a não ser protestar contra tudo isso que esse processo pode me causar. Faça-me o favor, contrate um bom advogado em Florianópolis, conte toda história e depois me mande um parecer para ver quais são as minhas chances.

— Mayke, faça como eu lhe falei. Traz esse processo para seu domínio, não deixe isso proliferar para um estupor maior. Se conselho fosse coisa boa não se dava, vendia-se. Mas vou me arriscar. Não vou contratar advogado algum. Não vai ser preciso. Com advogado em evidência, vai custar muito caro. E você, além de pagar as custa do processo e indenização, ainda vai ter que pagar os honorários do advogado. Em Florianópolis, um bom advogado é muito caro. Ainda mais se ele souber que você possui uma conta bancária abastada.

— Está insinuando alguma coisa sobre meu dinheiro, Bica?

— Não, pelo amor de Deus, não pense numa coisa dessas. Eu quero dizer que esses advogados vasculham tudo e descobrindo que você tem negócios com a empresa Onde A. Brecha em Luanda, podem julgá-lo pelas aparências. Você sabe, essa empresa está metida em rolos até o pescoço, por esse motivo andam loucos para pegar os envolvidos. Mas Mayke, deixe de bizarrice e escute o que vou falar: venha para a audiência, não precisa de advogado. Faça todo esforço para entrar em acordo. Entrando em acordo, o processo será arquivado, você não gastará mais seu tempo indo para Florianópolis para participar de audiências, e começa uma boa política com seus filhos. Aí pode estar a chave para um bom entendimento. Com certeza, o que você irá pagar não vai lhe fazer falta. Isso é o preço que se paga pelo tipo de besteira que se comete durante a vida.

Todo homem, quando não cumpre com amor suas obrigações, vê chegada a hora de pagar com a dor. Vou ver por aqui qual a chance de você sair desse processo ileso. Vou falar com meu advogado e depois mandarei o resultado. Fica calmo e não se precipite em nada. Deixe como está. Antes da audiência entrarei em contato.

DEZESSEIS

O SEQUESTRO DA FAMÍLIA RAMIRES

EIS QUE MAYKE se encontrava na porta do Restaurante Banda, na praia de Malembo. Estava indo almoçar, quando escutou seu nome sussurrado, vindo de dentro da mata. Era um sussurrar de adolescente, aquela voz saindo da infância e entrando na adolescência. Voz recheada de tons graves e agudos. Mayke não reconheceu de quem era a voz, mas não lhe era estranha. Já tinha escutado aquela voz em algum lugar. Parou, virou-se e escutou novamente alguém chamando seu nome. Mayke desceu as escadas e caminhou em direção de onde havia saído o som.

— Quem está aí — perguntou, com certo receio, pensando em armadilhas de guerrilheiros ou outro malfazejo qualquer. Seguiu com muita cautela para o lugar que supunha ter partido o som.

— É André. Meu nome é André Ramires dos Passos, filho de Magali, aquela família que você ajudou outro dia, neste mesmo restaurante.

André Ramires dos Passos, filho de Magali Regina dos Passos, e Ramires Fulgêncio dos Passos. É o que diz a certidão de nascimento. Nascido no dia 25 de maio do ano 2000, em Cabinda, Angola, fala o português fluente, pois toda sua família fala essa língua.

— Tudo bem, André. Pode sair da moita e vir aqui perto de mim. Você não estava em poder dos guerrilheiros?

— Já vou, mas não posso ser visto por ninguém, principalmente por aquele porteiro traidor. Sim, ainda estou em poder dos guerrilheiros. Eles souberam que o senhor nos deu comida, que nos tratou como seres humanos decentes. Eles acham que o senhor é um homem do governo, que trabalha nas plataformas de petróleos e tem muito dinheiro, e que pode ajudá-los. Por isso estou aqui.

Fui mandado por eles para conversar com o senhor. Só tome cuidado porque eles estão me seguindo de longe, com certeza eles já têm a estampa do seu rosto. Eles estão muito nervosos, devido à situação caótica que se abateu nos acampamentos de guerrilhas. Não estão mais sendo subsidiados, por isso estão fazendo qualquer coisa que lhes renda dinheiro.

— E o que eles querem de mim?

— Eu não posso falar aqui. O senhor tem que me levar para um lugar, onde eles possam nos observar. Eles querem ter certeza de que mais ninguém irá testemunhar.

— Tudo bem. Me espera aí meia hora, até que termine de comer, e pensarei num lugar seguro para conversarmos. Trarei um lanche para você.

Mayke teria que se livrar de dois amigos, que tinham ido almoçar com ele. Durante o almoço, antes de terminar, pediu licença aos amigos para dar uma saída. Não iria demorar. Era para eles ficarem aguardando ali, que ele já voltava. Improvisou um lanche às pressas e falou para o garçom que era para o seu cachorro, que estava amarrado no lado de fora, lá no mato. Logo voltaria para junto de seus amigos. Ele já conhecia Mayke e não fez nenhuma objeção.

— André — sussurrou Mayke, em tom sutil, para não demonstrar suspeita. — Vamos sair deste local para conversar. Vamos para um lugar viável.

— Tem que ser em uma clareira, para dar visibilidade a quem nos está observando — disse André.

Chegaram ao local desejado, certificando-se de que não havia ninguém por perto, e iniciaram a conversa.

— André, seu estado é deplorável. Você está um trapo.

— No mato não se tem muito que fazer — falou André. Além de não se ter nada, é impraticável cuidar de roupas e higiene. A apresentação pessoal cai a zero. Seu moral, a autoestima, praticamente não existem. A promiscuidade, a falta de respeito com as pessoas é reinante naqueles acampamentos. Cada qual cuida de si da melhor maneira que encontrar. É um clima de terror, tem gente doente, os médicos não têm equipamentos, nem remédios suficientes para tratamento das pessoas machucadas em combates, para os sequestrados, que ficam amarrados em árvores, sempre ameaçados pelos guerrilheiros, para as mulheres e crianças que lá estão, à mercê deles. A comida é escassa, a família passa fome. As prioridades são dos guerrilheiros em atividades. E pelo que eu escuto, enquanto houver um guerrilheiro em condições de reagir contra as tropas do governo federal, eles não irão desistir de lutar em favor da emancipação de Cabinda. Reclamam bastante do governo de Cabinda, que deixa muito a desejar. Dizem que a guerrilha já foi bem tratada por parte do governo local e de empresas que tinham seus negócios em Cabinda, mas não recebem mais subsídios das empresas e o governo de Cabinda parece estar com medo do governo federal.

MAYKE VIU EM ANDRÉ um garoto bem esperto, evoluído demais até pelo grau de estudo que tinha. Aos 14 anos de idade, aprendera muito na escola da vida. André logo lhe conquistou a simpatia.

— Vamos ao assunto, André. O que te fez vir até aqui e como sabia que eu estava naquele restaurante tão distante da cidade?

— Seu Mayke, os guerrilheiros controlam seus passos. Eles sabem que o senhor vai quase todos os domingos naquele restaurante e passa a maior parte do dia lá. E como o contato direto deles com o senhor pode não ser bom, eles me trouxeram até as imediações pela mata e me passaram tudo que deveria conversar com o senhor. O que eles querem é o seguinte: sabendo do contato naquele almoço, no dia dez de setembro de dois mil e treze, eles concluíram que o senhor tem algum vínculo conosco. Minha mãe é admoestada diariamente pelo chefe dos guerrilheiros, para que ela conte mais detalhes sobre você. E por não saber nada sobre você, ela apanha muito, e também sobra para mim e meus irmãos. Eles vasculharam sua vida e descobriram que o senhor é um homem rico, que tem várias contas em vários bancos de Luanda e Cabinda. Sabem quanto você ganha na Rock Oil e sabem de seus negócios rentáveis em Luanda, com a empresa Onde A. Brecha no ramo da imobiliária e do biocombustível. O que eles querem é o seguinte: para libertar nossa família, você terá que depositar nesta conta — tira do bolso um papel rabiscado e mostra para Mayke. Era o número de uma conta, em um banco de Cabinda, e uma negociação bem provocante. — Você tem que decorar os dados e o telefone para contato. Eu devo levar o papel de volta, com o número do seu telefone. Estava escrito no papel: "Cada membro dessa família está avaliado em 300 mil dólares. A mãe vale 500 mil dólares. Você tem sete dias para fazer o primeiro depósito. A cada depósito feito será libertado um membro da família, equivalente a cada depósito. Se for feito o depósito integral, serão liberados todos os membros. Se não for depositado tudo de uma só vez, terá que ser feito de sete em sete dias. Em caso de falha será eliminado um membro a cada falha. A cada depósito, escolha qual dos membros da família você quer que seja liberado. Se, por exemplo escolher a mãe, acrescente o número 10 no final da quantia depositada. Exemplo: depósito de 500.0010 (quinhentos mil e dez dólares), se for o primeiro filho; 300.005 dólares, segundo será o nº 04, o terceiro o nº 03 e, assim, sucessivamente na ordem decrescente. Acreditando que o acordo será cumprido, a organização agradece". E no final do papel, uma assinatura rasurada, com a marca da guerrilha, para provar a idoneidade.

Mayke ficou atônito. Na hora não sabia nem o que dizer a André, não sabia o que fazer.

— Eu não quero perder nenhum de meus irmãos — continuou o garoto. — E, principalmente, a minha mãe. Estamos em suas mãos. Se acha que temos alguma importância para você e para a sociedade, por favor, não deixe que um destino trágico nos interrompa em tão tenra idade. Os guerrilheiros não perdoam, não negociam e o que eles dizem é o que fazem. Eles já estão à margem da sociedade angolana, portanto, não há ninguém acima deles para determinar ordens. Eles mandam e desmandam, não permitem interferência de quem quer que seja. Não adianta você argumentar em qualquer tipo de negociação. Com certeza, eles sabem que o senhor dispõe desse dinheiro. Se não soubessem, eles não fariam essa proposta.

— E como você sabe de tudo isso? — perguntou Mayke.

— Eu escuto conversas deles durante a noite. Quando eles se reúnem, não têm tanto cuidado em conversar, porque acreditam que à noite e no lugar em que se encontram, não haverá ninguém para perturbá-los. Eles ficam bem à vontade e colocam todos os assuntos em dia. Está na hora de me retirar. Se eu não for agora, posso sofrer agressões pelo atraso. Quanto mais demorar, mais severo será o castigo.

— E como você sabe que está na hora de ir?

— Olhe a sua direita. Está vendo aquele reflexo de espelho a dois quilômetros daqui? São eles, avisando que está na hora de eu partir. Senhor Mayke, conto com sua benevolência. Faça esse favor a custo de um empréstimo, porque eu tenho fé que, se sairmos dessa, um dia, eu e minha família iremos trabalhar para pagar centavo por centavo o que o senhor irá fazer por nós. E prometo que seremos escudeiros fiéis até a eternidade.

ANDRÉ RAMIRES DOS PASSOS saiu em disparada mata adentro, rezando para que Mayke se compadecesse da situação em que sua família se encontrava. Esse dia 05 de junho iria custar dores de cabeça a Mayke. Era um domingo de sol do qual ele jamais iria esquecer se não cumprisse aquela negociação macabra. Colocado em xeque-mate pelos guerrilheiros da FLEC, se não atendesse aos guerrilheiros, iria perder a família que desejava ajudar. Se aceitasse a proposta, iria perder dois milhões de dólares. Sua cabeça estava turbilhonada, não conseguia pensar direito.

"É, Angélica, você tinha razão. Agora está aí a prova real", pensou. "Ou salvo uma família ou preservo o meu dinheiro. Depois do que ela falou sobre família, não posso dar as costas para essa, mesmo não sendo a minha família propriamente dita. Tenho que provar que eu gosto de família. Será que não é essa a prova de que Angélica necessita? 'Nem só de pão vive o homem'. Esse era o lema de Angélica".

— Mayke, o que houve? Procuramos você e não o encontramos! — gritou Guto, um de seus amigos que estavam com ele no restaurante. O outro amigo, J. Bernardes, como era chamado, também estava curioso para saber o que tinha acontecido.

— Porque demorou tanto? — perguntou J. Bernardes.

— Um dia eu contarei para vocês, mas agora não posso.

Os três amigos estavam de moto. Não é possível chegar ao restaurante de carro, pois existe uma trilha de dois quilômetros e meio que impossibilita o trânsito de automóveis.

Mayke exibe sua moto Honda CRF 250 X, ano 2013, própria para trilhas, e toma a frente do pelotão.

Os amigos não entenderam por que ele havia saído tão depressa do restaurante, pois domingo era dia de folga, e ele sempre ficava tomando uma cerveja até o cair da tarde. Mas sentiram que havia voltado transtornado para o almoço após a sua saída.

"O que mais me impressiona nos fracos é que
eles precisam humilhar os outros,
para sentirem-se fortes".
(Mahatma Gandhi)

MAYKE VAI PARA SEU ESCRITÓRIO e começa a refazer toda a conversa que tivera com André. Tomou ciência de que, realmente, estava nas mãos dos guerrilheiros. Era o que ele temia. Sem contar a ninguém, depois de pensar três dias, resolveu ligar para o número dos guerrilheiros e falar o que tinha resolvido.

— Alô, aqui quem fala é Mayke. Qual é o seu nome?

— Sem essa, cara, sem nomes. Diga o que resolveu.

— Resolvi que vou pagar, mas quero garantiadeque eles serão liberados.

— Amigo, se não fôssemos pessoas de palavra, não estaríamos oferecendo nossas vidas pela causa "da libertação de Cabinda", uma causa que toda população de Cabinda deveria apoiar. Mas não é assim. O resto da população não tem palavra e, sim, treme de medo. Querem a emancipação, mas não se declaram de medo da FAA.

NEM SÓ DE PÃO VIVE O HOMEM

Deixam-nos numa pior. É por isso que temos que usar os meios que nos aparecem para podermos sobreviver. E, nesse ponto, somos radicais ao extremo. Não nos subestimem, não temos nada a perder, pois o que tínhamos, já perdemos tudo. Só a independência de Cabinda para nos tirar dessa. Por isso lutamos até o último homem. Não acreditamos nas negociações do governo federal. É tudo uma farsa. O que eles querem é nos liquidar, porque somos o grande calo da FAA. Se entrarmos em acordo, com certeza, o ditador irá nos julgar por traição à pátria, por assassinato a soldados da FAA etc. Bom, já falei além do que deveria. Que tipo de garantia você quer?

— Que vocês deixem a família na mata, perto do lugar em que falei com André. Então depositarei o dinheiro na quantia estipulada.

— Sem essa, espertalhão. Está querendo morrer? Se depositar tudo de uma vez será a quantia de dois milhões de dólares, ou, seis milhões e quinhentos mil reais. A família será levada ao lugar marcado após a transa do dinheiro, mediante comprovante.

— E como vou comprovar? — perguntou Mayke.

— Mande o comprovante por WhatsApp, no mesmo número que você ligou — respondeu o guerrilheiro.

— E você acha que tenho todo esse dinheiro?

— Não acho, tenho certeza. Você tem dinheiro para sustentar nosso acampamento por muitos anos. Talvez até a próxima geração.

— E como vocês sabem disso?

— Isso não interessa — falou o guerrilheiro. — A nossa guerrilha não é só na mata. Estamos infiltrados nos serviços públicos. Nossa conversa está chegando ao final. Você ainda tem quatro dias. Se não acontecer, o primeiro a morrer será o filho mais novo, Raimundo Ramires dos Passos, e se usar a sovinice, será considerado culpado pelo desaparecimento de toda família. Mas se você cumprir com sua palavra, você e a família libertada nunca mais serão importunados por qualquer guerrilheiro da FLEC. Palavra de guerrilheiro. Mas tem um porém: se você quiser cumprir o trato, faça uma transferência de sua conta para a conta indicada no bilhete. Sem nenhum comentário com quem quer que seja. Não se esqueça de que você está sendo monitorado vinte e quatro horas por dia, portanto, não faça bobagens. Nós, guerrilheiros, não temos mais nada a perder, mas você tem tudo a perder.

Mayke não estava acreditando que esse pesadelo estava acontecendo com ele. Estava em um beco sem saída. O dinheiro que tinha entrado fácil ia sair fácil, mas, mesmo sendo obrigado, era por uma boa causa.

MAYKE começou a pensar em sua própria família.

"Será que isso é algum castigo? Será que é o preço que estou pagando por não ter cuidado direito da minha família? Será que é como disse Angélica em seu leito de morte: falta de espiritualidade, falta de credibilidade com Deus? E, por castigo, estou pagando caro por uma família que nem é minha? Será que aquela frase da Bíblia mencionada por Angélica está em funcionamento? 'Nem só de pão vive o homem'? Meu Deus, ilumina minha mente! Ainda tem a audiência no dia treze, lá em Florianópolis! Quanto mais terei de pagar para entrar em acordo? A mina de ouro da Onde A. Brecha secou. Aquela tal de Operação Leva-Jeito, que começou no Brasil há alguns anos, já se estendeu até aqui em Luanda! Agora está muito difícil continuar fazendo empréstimos para a ampliação dos negócios.

MAYKE RESOLVEU PAGAR a quantia total exigida pelo membro da guerrilha. Sabia que, se não pagasse, eles cumpririam a promessa que haviam feito. Eles são fiéis ao que dizem, para impor respeito e medo. Nunca fazem jogo impossível de cumprir para não caírem em desmoralização.

No dia onze de junho, penúltimo dia antes de esgotar o prazo, no período da manhã, Mayke fez três transferências, usando três bancos diferentes, totalizando seis milhões e quinhentos mil reais, e comprovou os depósitos pelo WhatsApp, no número que havia recebido de André.

Ficou aguardando impaciente o comunicado do guerrilheiro. Somente no outro dia, 12 de junho, às 8h, Mayke recebeu um comunicado do membro da guerrilha de que a família de Ramires se encontrava no lugar combinado. E pediu a Mayke para tirar aquele telefone da lista de contatos, apagar qualquer vestígio de ligações e WhatsApp. Daquela hora em diante, não existiria mais vínculo nenhum entre eles. E que Mayke não contasse a ninguém sobre o acontecido para evitar desgostos futuros. Mas ele ainda tinha outro grande problema: como iria explicar essas transferências para a Receita Federal de Angola? Bem, isso era coisa para o futuro.

ALUGOU UMA VAN (fandangueiro), de cor azul-claro e branca, equipou com água potável, comida e roupas. Saiu em busca daquela família antes que as patrulhas da FAA a encontrassem. A van não chegava até ao local porque a estrada terminava dois quilômetros e meio antes do restaurante Banda. Não tinha levado motorista ou ajudante porque a complexidade da missão não permitia.

Deixou o carro no final da estrada, em um estacionamento, e foi a pé até o local combinado. Chegou às 12h28. Após algum tempo de procura, não encontrou ninguém. Pensou ter levado um calote dos guerrilheiros. Então resolveu, com um pouco de cautela, chamar pelo nome de André. Após chamar pela terceira vez, escutou uma voz, que disse:

— Estamos aqui!

Mayke reconheceu a voz de André. Chegando ao local, deparou-se com uma situação calamitosa: um despejo em condições sub-humanas. Todos maltrapilhos, sujos, esqueléticos, em estado deplorável, com aparências fantasmagóricas.

Magali estava tão "pra baixo" que, ao perceber a presença de Mayke, nem levantou a cabeça. Estava sentada, alisando a cabeça de seu filho Anastácio, em seu colo e, com a outra mão, segurava o caçula, Raimundo, seminu, sentado em folhas de mato, cama que André havia preparado para aquele episódio. Anastácio estava com um dos pés enfaixado com panos muito sujos, propício a infecções. André estava em pé. Era o que se apresentava mais forte, cheio de esperança e ainda com forças para esbanjar um largo sorriso quando percebeu a presença de Mayke. Regina, com aquele olhar de "tenha piedade de mim", fixou um olhar de "me tira daqui" para Mayke, e levantou as duas mãos na direção dele, levantou-se, e ele a estimulou a dar-lhe um abraço. A fetidez acusava inequivocamente a existência do desamparo, do desafeto, do desalento e da discriminação. A fraqueza não a deixou abraçá-lo com força. O abraço frouxo delatou toda a história do seu sofrimento.

Antônio estava deitado. Alegou cansaço e levantou um braço para cumprimentar Mayke, que se ajoelhou perante aquele garoto de olhos arregalados, com a expressão de um náufrago, em último estágio, tentando sorrir por conseguir enxergar sua tábua de salvação. Aquela expressão de sofrimento foi como uma lança transpassando seu coração. Como poderia ele, um ser de formação religiosa, deixar passar despercebido tal episódio? Aquela não era qualquer cena. Uma angústia dominou Mayke e seu enternecimento na contemplação daquela tragédia chegou ao limite.

Ali percebeu que aquela família, para ter a chance de se equilibrar novamente, precisava de muita ajuda. Olhando aquele cenário teve a certeza de que não era nenhuma encenação, era a real apresentação de uma cena que, com certeza, ocorre constantemente em guerrilhas e confrontos. Era a situação constada que esse clima de guerra forma dentro de sua área de ação. A guerra, a guerrilha e outras pragas semelhantes, deterioram toda a dignidade dos seus partícipes. Tantos dos que promovem quanto dos que sofrem as consequências. Então ele não podia fugir desse compromisso.

QUEM SABE, de acordo com a espiritualidade pregada por Angélica, todo aquele dinheiro que lhe fora ofertado durante toda a vida de trabalho, que se fez sobrar mesmo com altos gastos, era uma dádiva divina para ajudar ao próximo em suas necessidades. Então não podia refutar tal presságio. Tudo isso podia ser uma provação. *"Amar a Deus sobre todas as coisas e ao próximo como a si mesmo"* (Mateus 22,34-40). Havia escutado várias vezes Angélica falar esse mandamento. Segundo Angélica, esse mandamento fora dividido em dois.

Então pensou: "Como não tenho uma espiritualidade para reconhecer que amo a Deus sobre todas as coisas, então vou ficar com a segunda parte, 'Amar o próximo como a ti mesmo' (Mateus 22-39). Essa parte do mandamento é mais concreta, vou ficar com ela. Angélica, se viva fosse, não sabendo que fui coagido a agir dessa maneira, diria que eu estaria adquirindo espiritualidade, que estaria me convertendo ou que tudo isso seria desencargo de consciência, já que não fiz quase nada por minha família. Com certeza, no intuito de ajudar o próximo, ela não iria se opor".

DEZESSETE

O RESGATE

— VAMOS LÁ, PESSOAL, vamos nos apressar. Ninguém pode nos ver juntos, senão teremos que enfrentar as tropas federais.

— Anastácio não pode andar. Alguém terá que levá-lo no colo — disse Magali.

— Vamos ver como está o pé dele.

E, com muito cuidado, Mayke foi desenrolando o trapo sujo de sangue que estava cobrindo o ferimento. Viu que Anastácio precisava de um médico com urgência. Seu pé estava muito inchado e com uma cor arroxeada. Leigo no assunto, deduziu que Anastácio estava com princípio de gangrena. Então Mayke perguntou:

— O que houve com o pé dele?

André se antecipou e respondeu:

— Anastácio desobedeceu a uma ordem do chefe do setor do acampamento a que pertencíamos e levou um tiro no pé. O chefe disse que não era para acertar o pé dele, que era só para assustá-lo, mas Anastácio deu uma passada na hora do disparo, a bala acertou em cima do pé e o atravessou.

— Mas o motivo que levou Anastácio à desobediência foi tão grave assim?

— Não, mas não importa o motivo. Qualquer desobediência tem um preço a pagar. Fazem isso para colocarem ordem na casa. Os castigos desferidos aos desobedientes, segundo eles, não são empregados com a intenção de inutilizar ou ferir alguém. Eles alegam que todos têm que estar em condições de ir e vir, prontos para o trabalho. Qualquer baixa é infortúnio. Além disso, também não dispõem de remédios suficientes para os que chamam de obsoletos.

Os remédios existentes, primeiro são para os guerreiros, o restante só tem direito às sobras. Assim como na alimentação, vestuário etc.

— E mais uma coisa, como vocês chegaram até aqui?

— Não viemos sozinhos. Um guerrilheiro veio armado com fuzil, na nossa frente, para averiguar se estava tudo em ordem, a uns cinquenta metros de distância. Dois vinham junto conosco, um deles carregava Anastácio, com revezamento, e outro vinha atrás, também a cinquenta metros de distância. Caminhamos a noite toda e parte da manhã. Os guerrilheiros só saíram daqui quando você deu sinal de presença. Lá de cima daquela árvore, um deles controlou sua chegada. E ao se aproximar, desceu e foram embora, desaparecendo na mata.

— E como vocês enxergaram o caminho à noite? Noite de lua nova é muito escuro — falou Mayke.

— Os guerrilheiros sabem como se locomover à noite — respondeu André. O que carregava Anastácio tinha uma lanterna pequenina, que servia só para iluminar o caminho, só virada para o chão, para que não fôssemos denunciados pelo seu foco. Com uma corda fina, nos amarraram pela cintura, um no outro, para que ninguém se extraviasse.

— ANDRÉ, você carrega Raimundo — disse Mayke. — Coloque-o em seu ombro, atrás de seu pescoço. Eu carrego Anastácio. Os outros, que podem caminhar, seguirão a pé. Temos que ir por outra trilha, para não termos o desprazer de encontrar alguém. São quase três quilômetros de caminhada, portanto, vamos devagar. Faremos quatro paradas. Estamos sem água e sem comida nesta caminhada, teremos que segurar a sede e a fome por algum tempo. No carro eu tenho água e lanche para todos.

NAQUELA TRILHA mais difícil, levaram quase quatro horas até chegarem ao local onde se encontrava a van. E em vez de quatro, fizeram onze paradas. André fez revezamento com sua mãe, no transporte de Raimundo. Rosilda Regina resmungava o tempo inteiro, alegando cansaço. Com muito esforço, às 16h15, do dia 12 de junho de 2014, todos chegaram ao objetivo.

Toda a família ficou escondida no mato até terem certeza de que não havia ninguém no estacionamento naquele momento. Exigindo pressa de todos, Mayke ordenou o embarque imediatamente.

NO INTERIOR DA VAN, enquanto dirigia, com muito cuidado para não ser pego por alguma patrulha da FAA, pediu para que trocassem as roupas, mesmo sem tomar banho, para que não fossem surpreendidos por patrulhas que faziam blitz em qualquer ponto da estrada. Em um saco de lixo preto, colocaram os trapos que estavam usando. A aparência deles, de longe, parecia normal. Como a van era carro usado como lotação normal em Cabinda, não houve interferência por parte das patrulhas. Tomaram água e comeram. Às 18h chegaram ao Condomínio Mangue Seco, onde Mayke morava.

— Magali, o banheiro fica ali. Tomem banho e se alimentem adequadamente. Não saiam para a rua, fiquem dentro de casa, não deixem que ninguém perceba a presença de vocês para evitar explicações. Aqui fica a geladeira, tem alguns sorvetes e iogurtes, podem pegar à vontade. Eu vou levar Anastácio em uma clínica. Se for constatado caso de gangrena, levarei ao Hospital Regional de Cabinda.

— O PÉ DE ANASTÁCIO está com início de gangrena — falou o Dr. Serafim, pediatra da Clínica Lubemed, no Bairro 1º de maio. O garoto terá que ser atendido com urgência na emergência de um hospital se não quiser amputar o pé. O processo de infecção está muito adiantado.

— Doutor, é gangrena mesmo? — perguntou Mayke.

— Gangrena nada mais é do que a morte dos tecidos — falou o Dr. Serafim. Ocorre devido à estagnação do fluxo sanguíneo. Ocorre com mais frequência nas extremidades do corpo, como o pé. A perfuração por um projétil no pé, sem um tratamento imediato, facilita esse tipo de infecção.

Mayke ficou em silêncio para não precisar dar muitas explicações. O médico apenas deduziu que era uma perfuração de projétil, mas não perguntou nada a Mayke.

O Dr. Serafim fez uma limpeza externa no pé de Anastácio e receitou um analgésico para tirar um pouco da dor. Aliás, ele deu os analgésicos que tinha em sua gaveta, amostra grátis que recebia dos representantes. Com certeza, para justificar a cobrança da consulta.

JÁ ERAM 23H EM CABINDA quando Mayke saiu da clínica para o Hospital Regional. Anastácio já estava delirando, suando muito, em um clima ameno. Mayke, preocupado com o estado de saúde de Anastácio, teve que acelerar mais seu veículo, uma camioneta Mitsubishi L 200 Triton 3.2 CD 4x4 diesel, para ganhar tempo.

Numa distância considerável, da clínica até ao hospital, ele pensava: "O que eu fui arrumar pra cabeça. Já estou há dois dias nessa agonia. Ainda bem que coincidiu com minhas férias. Já pensou se esse guri morre em minhas mãos! Imagina o tamanho da encrenca em que vou me meter! Como vou explicar essa situação? Angélica, com toda sua espiritualidade, só pode estar por trás de tudo isso. Talvez para me castigar, ou para eu sentir o peso de como é cuidar diretamente de uma família. Ela dizia que quando se quer ajudar alguém necessitado, pede-se a ajuda a Deus. Deus é pai, é a luz em que devemos nos guiar. É o caminho que devemos seguir. Enquanto vamos sentindo a ajuda de Deus, pressentimos que Ele está dentro de nós. Então tudo se acalma, tudo se alivia, e a solução é evidente.

Ela deve estar lá em cima, sorrindo e se vangloriando com toda essa situação. Observando-me para ver como vou me sair nessa. Só pode ser obra do além, pois não consigo me desvencilhar. Resolvo uma coisa, aparece outra mais grave. Estou praticamente dois dias nessa agonia e não tem como desistir. Ou será que estou pagando meus pecados em vida? Será que o inferno é aqui mesmo? Tolices. Mas vou recorrer a Deus. Vou achar um jeito de colocá-lo na jogada. Vou orar e pedir Sua ajuda".

PAROU SEU VEÍCULO em frente à emergência, desceu com rapidez e procurou ajuda com o segurança para retirar Anastácio do carro. Chamou um funcionário, talvez um técnico em enfermagem, que estava de jaleco branco, e pediu para priorizar seu atendimento. "O problema dele é no pé!", gritou, ao perceber que, ao colocarem Anastácio na cadeira, foram em disparada rumo ao interior da sala. Estacionou o carro, o que demorou um pouco, até achar uma vaga.

— O nome do paciente! — perguntou o atendente.

— Anastácio Ramires dos Passos — respondeu Mayke.

— Tem documento de identidade?

— O garoto é muito pobre — falou Mayke. A mãe dele me pediu para trazê-lo ao hospital. Na hora não se lembrou de documentos, talvez nem tenha. Ela estava apavorada vendo seu filho sofrer desse jeito, então, com a pressa não nos lembramos de documento algum.

— Não tem problema — falou o atendente. — O senhor sabe o endereço do paciente?

— Não, mas pode colocar meu endereço — respondeu Mayke. Eu fico responsável pelo menino.

— Certo. E qual é seu endereço?

— Rua da Missão 234, bloco C, apto. 126, Cabinda, Angola. — Mayke inventou um endereço.

MAYKE não se preocupou com o pagamento da emergência. O serviço médico no hospital regional era atendido por estagiários e estudantes da faculdade de Medicina, acompanhados por médicos. Isso faz com que o atendimento seja grátis a toda a população cabindense.

— Quem é o acompanhante de Anastácio? — perguntou alguém de jaleco branco, da porta da emergência.

— Sou eu, Mayke.

— O senhor pode entrar. O médico quer lhe falar.

Ao entrar no consultório Mayke percebeu que, sobre a mesa, existia uma plaquinha que exibia o nome "Dr. Aníbal Basquerotto".

— Prazer, sou Mayke.

— Prazer, Anibal. Seu Mayke, Anastácio é seu filho?

— Não, é um garoto que mora perto da minha casa. Ele não tem pai, a mãe dele suplicou-me para que trouxesse seu filho a um hospital, porque ele estava passando muito mal. Estava com febre alta e suava demais. Então eu fiz esse favor a ela.

— A mãe dele veio com o senhor, seu Mayke?

— Não, ela tem mais quatro filhos para cuidar.

— Pelo diagnóstico, tudo indica que Anastácio levou um tiro no pé.

— Não, doutor. Seu irmão mais velho estava brincando com uma barra de ferro pontuda, deuma construção, e ao tentar fincar no chão, usando muita força, Anastácio descuidadamente colocou o pé na frente e o espeto transpassou seu pé. Foi isso que sua mãe me contou.

— Não parece, mas deixa pra lá — falou Aníbal. O caso é o seguinte: o prognóstico de Anastácio é complicado. Seu pé necessita cuidados especiais. Ainda não é gangrena, portanto, ele vai ficar internado, pois terá que fazer uma limpeza no local da infecção, equivalente a uma cirurgia, e um tratamento com penicilina e antibióticos, com observações sistemáticas.

— Dr. Aníbal, desculpa a pergunta... — falou Mayke. — O senhor é a favor ou contra os guerrilheiros da FLEC?

— Desculpe, meu rapaz. Você, por acaso, é um guerrilheiro?

— Não, doutor! Não precisa se preocupar. Só queria saber se o senhor é a favor ou contra a guerrilha de Cabinda!

— Qualquer resposta pode me complicar — falou o doutor. — Você pode ser um agente do governo federal ou pode ser um membro da FLEC. Nunca se sabe.

— O senhor está certo — falou Mayke. — Nunca se sabe mesmo. Eu sou um funcionário da Rock Oil, uma firma australiana contratada para explorar petróleo em Cabinda. E apresentou seu documento do trabalho. Eu trabalho na plataforma petrolífera e sou o chefe geral do poço Cevada 1, e ligado a vários outros poços. Eu sou a favor da guerrilha doutor. Cabinda é um enclave. É separada geograficamente de Angola pela República Democrática do Congo. Não se desenvolve por ser uma província de Angola. Cabinda deveria ser um país soberano. O senhor não acha doutor?

— Bom, pela situação geográfica, eu acho complicado, porque suas vias de acesso se fazem pelo mar ou pelo ar. Tem que se desenvolver mais. Também pelo tamanho geográfico e pela densidade demográfica, não consigo ver em Cabinda uma nação — falou Aníbal. — Cabinda tem apenas 7.283 quilômetros quadrados. Uma população com pouco mais de 400 mil habitantes. Não sei se Cabinda tem condições de sobreviver sem a cobertura de Angola.

— Tudo bem doutor. Eu só quero saber se o senhor é simpatizante do movimento ou não. Responda-me, sim ou não?

— Claro que sou simpatizante. Eles lutam por uma causa que acreditam! Só que eu tenho a minha opinião sobre Cabinda! Eu acho que para ser um estado, Cabinda não tem as características fundamentais.

— Era isso que eu queria saber doutor. DR. ANIBAL, eu quero lhe contratar como médico da minha família — disse Mayke. — Sabendo da sua posição sobre a guerrilha, então posso lhe contar toda a verdade. O senhor estava certo sobre o pé de Anastácio. Realmente, é furo de projétil. Acabo de pagar uma fortuna de resgate para tirá-los das mãos dos guerrilheiros da FLEC. Anastácio levou um tiro no pé, dado por um guerrilheiro. A mãe dele e mais quatros irmãos estão lá em casa, escondidos das patrulhas federais. Estão doentes, aparentemente desnutridos e muito abatidos. Psicologicamente arrasados. Foram muito maltratados e humilhados no acampamento dos guerrilheiros. Eles precisam de um médico com urgência. É impossível trazer todos ao hospital para serem atendidos. As patrulhas federais estão em alerta. Eu desejo que o senhor vá até lá e faça um checkup de um por um. Quero que o senhor avalie o estado de saúde deles, receite os remédios e os exames, se necessário, e faça o seu preço, inclusive com retornos.

— Eu não posso abandonar o hospital para me dedicar exclusivamente ao seu serviço — rebateu o médico.

— Só quero que o senhor reserve um tempinho para fazer as consultas e retornar ao hospital. E que os pacientes fiquem em suas mãos. Somente o senhor vai ter acesso a eles até terminar o serviço. Posso contar com seus préstimos, doutor?

— Eu tenho outra escolha? — perguntou o médico.

Mayke não ousou responder.

— Meu turno aqui no hospital termina à meia-noite. E, pelo que vejo, já está na hora.

ANIBAL BASQUEROTTO, estatura normal, aparentando cinquenta anos, é um clínico geral bem conceituado. Em seu ambiente de trabalho é um médico muito cotado. Um ser humano de boa índole, mostrou simpatia, humildade realçada, deixando Mayke com uma boa impressão desde o primeiro momento em que o viu.

O DR. ANÍBAL passou o plantão para outro médico, o doutor Eduardo Cruz. Já era 13 de junho de 2014. Prescreveu em um receituário as medidas de emergência que deveriam tomar em relação ao ferimento de Anastácio e os medicamentos que deveriam ser aplicados. Qualquer coisa no sentido negativo, entrar em contato com ele na mesma hora.

O serviço de enfermagem também trocou de plantão. Equipe nova assumindo o serviço.

— Dr. Aníbal, será que o Dr. Eduardo vai ter o mesmo cuidado que o senhor?

— Eu conversei com ele em particular no meu consultório. Falei que Anastácio é um cliente especial, para ter um cuidado também especial. Ele garantiu para mim que tomaria todo cuidado que a situação exige. Já passou para o pessoal de serviço todas as recomendações. Então não precisa se preocupar. O estado de Anastácio é grave, mas é controlável. O Dr. Eduardo é um excelente médico clínico geral, com especialidade em cirurgias externas com infecções. Anastácio está em boas mãos.

— Doutor Aníbal, eu vou dirigindo na frente e o senhor vem atrás de mim com seu carro. Depois de eu entrar em casa, espere um pouco afastado, uns cinco minutos, então bata na porta. Faremos uma cerimônia sobre falta de tempo, e agora é que foi possível. Diga em voz alta que é o biólogo da Rock Oil, que está ali para tratar de assunto urgente sobre a extração de petróleo do poço nº 2. Porque as "paredes têm ouvidos", alguém pode estar na escuta.

— Uma hora da manhã! Isso não vai colar — disse Aníbal.

— Mas é o único argumento que me veio à cabeça. De qualquer forma, se vai colar ou não, será esse nosso disfarce.

MAYKE APERTOU A CAMPAINHA e deu três batidas na porta. Era a senha que tinha combinado com Magali e André.

Eles já estavam acomodados, de banho tomado, alimentados, mas havia um problema: Rosilda Regina estava deitada, coberta com um cobertor de lã, mas tremendo, suando frio, com muita febre e dor de cabeça. Nem deu tempo de Mayke apresentar a família para o médico. A menina de onze anos estava delirando. Mayke não esperou os cincos minutos combinados. Abriu a porta e chamou o médico, pedindo que entrasse e apontando para Rosilda.

— Dá licença!

O médico se antecipou e tirou o cobertor de cima de Rosilda. Magali descreveu os sintomas da menina para o médico. Pelos sintomas descritos pela mãe, o médico concluiu:

— Rosilda está com malária. Todos os sintomas indicam. Terá que ser levada com urgência para o hospital. E todos os outros terão que passar pelo exame, o teste da gota espessa. O resultado é rápido, é só uma gota de sangue extraída do dedo. Como a região é infectada pela malária, eu ando prevenido e tenho o quite na bolsa, para a realização dos exames. Terei os resultados de manhã. Rosilda irá comigo agora para o hospital para ser atendida com urgência.

— Tem que ser com tanta urgência assim, doutor? Não pode esperar para levá-la de manhã? — perguntou Mayke.

— Não. Essa doença, que eu suponho ser, desenvolve-se no fígado e destrói as células vermelhas do sangue. Se não for tratada rapidamente, pode afetar o cérebro, então, torna-se fatal. Rosilda já está há algum tempo com a doença, portanto, não podemos esperar nem mais um minuto.

— E o senhor acha que os outros também estão contaminados?

— Se algum deles foi picado pela fêmea do mosquito *Anopheles* infectado pelo protozoário do gênero *plasmodium*, poderá estar com a doença. A doença pode surgir em até 17 dias. Portanto temos que fazer a prevenção.

— E com o contato, por estarem todos juntos, não podem um contaminar ao outro, doutor?

— Pelo contato não, mas pode ser transmitida através de seringas e transfusão de sangue. Mas esse não é o caso deles.

— Não, doutor, não é o caso deles.

COLOCARAM ROSILDA REGINA NO CARRO do doutor Aníbal e ele seguiu rumo ao hospital.

Aquela família cheia de problemas tinha que ter um destino. Mas Mayke se viu de mãos amarradas, devido às doenças de Anastácio e Rosilda. De qualquer maneira, teria que esperar o resultado dos dois enfermos para poder agir antes que terminassem suas férias.

Teria que se apressar, porque no dia 25 de junho iria ao Brasil para se apresentar à 2ª Vara da Família e ser ouvido na audiência do processo iniciado por Mary.

NA MANHÃ SEGUINTE, 13 de junho, Mayke foi ao hospital para saber dos pacientes. Foi constatado malária em Rosilda Regina, como o médico previa. E o pé de Anastácio estava sob controle. Todos os outros resultados foram negativos. Mayke também não fugiu do teste. Resultado negativo.

— A conclusão que se tem é que Anastácio terá que ficar mais um dia no hospital em observação. Rosilda pode ser tratada em casa, desde que tenha alguém responsável para fazer o tratamento correto — disse o Dr. Eduardo. — Estou saindo de plantão e o Dr. Aníbal se encarregará das receitas para a compra dos remédios dos pacientes em questão. O tratamento para Rosilda será feito à base de quinina, é o que o doutor Aníbal vai receitar. E o de Anastácio será à base de antibióticos e anti-inflamatórios, talvez uns comprimidos de analgésicos em caso de muita dor. Os dois garotos estão anêmicos e desnutridos, isso requer mais remédios. Ficarão hoje no soro e creio que a partir de amanhã serão liberados. A partir das 8h, de amanhã, os dois poderão sair do hospital.

DEZOITO

ONDE ACOMODAR A FAMÍLIA?

14 DE JUNHO DE 2014. O drama de Mayke agora era o que fazer com aquela família. Impossível ficar morando em sua casa. Todos no condomínio sabiam que Mayke era solteiro, não tinha família em Cabinda, então era impossível justificar a presença daquelas pessoas. Mas não podia sair assim, com dois pacientes em tratamento. Conforme dissera o médico, os dois teriam que ficar em repouso até ele autorizar, ou dar alta.

Eram 10h da manhã. Dr. Aníbal telefonou para Mayke, informando que os dois pacientes já estavam liberados. O atraso aconteceu em virtude de uma emergência que exigiu a presença do médico na sala de cirurgia.

Mayke já havia pensado onde colocar aquela família. Pensando em Angélica, a partir daquele momento iria adotar aquela família. Não os tinha tirado das mãos dos guerrilheiros para soltá-los sem rumo. Iria adotá-los como se fossem parte de sua família. Então telefonou para Luanda, em seu escritório, onde mantinha negócios.

— Alô, é Cleber?

— Sim é ele — respondeu Cleber.

CLEBER JÚNIOR é um funcionário de Mayke que, além de outras atividades, era responsável pelo escritório em Luanda.

— Cleber, deixa preparado o apartamento nº 326, no Condomínio Belas Business Park. Os ocupantes serão uma mulher e cinco filhos. Apronte o apartamento para daqui a quatro dias, inclusive com suprimentos alimentícios para um mês. Compre cinco colchões de solteiro, com lençóis, travesseiros e cobertores. Coloque na sala maior. A cama de casal não precisa, já existe no local.

— Você vai trazer sua família do Brasil? — perguntou Cleber.

— Sem perguntas, amigo. Depois te explicarei tudo. E não fale com ninguém sobre esse assunto. A situação é delicada.

— Positivo, patrão! Sem problemas. Será tudo providenciado!

— Fique em alerta no telefone, porque a qualquer hora vou lhe telefonar novamente sobre o mesmo assunto — terminou Mayke.

MAYKE TINHA VÁRIOS NEGÓCIOS sob o domínio da empresa Onde A. Brecha. A companhia de Bionergia de Angola Ltda. era um exemplo. Tinha participação no Projeto de Requalificação Urbana da Capital Angolana e outros pequenos negócios no ramo da imobiliária, na cidade de Luanda. Cleber Júnior era formado em contabilidade e advocacia. O homem de confiança que Mayke tinha para administrar seus negócios em Luanda.

NO DIA 15 DE JUNHO, o Dr. Aníbal fez outra visita à casa de Mayke, para verificar a situação de Rosilda Regina e Anastácio. Constatou que o tratamento estava correto e os efeitos positivos já estavam dando sinal. Rosilda se levantava, mas de vez em quando a malária mostrava-se presente pelos sintomas. E não seria diferente até o final do tratamento. Anastácio já se mostrava alegre, sem dor, só não podia colocar o pé no chão. Era o grande problema para ser transportado para Luanda.

O grande dilema de Mayke era como transportá-los. Não poderiam ir de avião, devido às suas identificações. Com certeza, seriam parados no aeroporto e eles não tinham documentação alguma. Tudo teria se perdido quando os guerrilheiros atearam fogo no barraco em que moravam.

MAYKE SE DIRIGIU ao município de Buco-Zau, para encontrar o cartório em que os filhos e a mulher de Ramires tinham sido registrados. Tinha como informações somente o nome e a idade deles. Rabiscou em um pedaço de papel esses dados e saiu a procura do cartório que lhe conferisse os dados. Após uma longa procura, Mayke conseguiu encontrar. Com a Certidão de Nascimento nas mãos, ficaria mais fácil o transporte deles.

MAYKE CONSULTOU O DR. ANÍBAL sobre como deveria transportá-los a Luanda. O médico sugeriu o transporte de barco até Soyo, na província do Zaire. Era mais seguro. E dali ir de trem até Luanda. Achava que seria o meio mais seguro. A patrulha da FAA dificilmente parava um trem para fazer revistas.

— Pelo mar pode não ser tão seguro, pois a Marinha, com suas guarnições de fronteiras, está em alerta, por ser o transporte favorito dos guerrilheiros — falou o Dr. Aníbal.

— Então alugarei uma lancha numa marina aqui em Cabinda, com um marujo para dirigi-la. São apenas sessenta e cinco quilômetros para atravessar a República do Congo e chegar até Soyo, na província do Zaire, no estado de Angola. Com uma lancha própria daquela rota, a Marinha não vai criar problemas. Desembarcamos em Santo Antônio do Zaire, e de lá pegamos um trem até Luanda.

DR. ANÍBAL recomendou a Anastácio, que evitasse de colocar o pé no chão. A infecção estava sob controle, mas não curada. Alertou a Mayke que cuidasse de Rosilda para que ela não se demonstrasse doente durante a viagem, para não levantar suspeitas. E que no trem todo pessoal permanecesse o tempo todo alegre, bem disposto, mas que falassem pouco, só o suficiente para se comunicarem, nada de assuntos supérfluos. Todos deveriam estar bem-trajados, para mostrar uma família de classe social elevada, e deveriam viajar na primeira classe. E, se possível, ao desembarcarem, procurarem a sala vip. Assim ficaria mais fácil evitar especulações. Só mostrar as certidões em caso de necessidade, tentando, por todos os meios, evitar mostrá-las, pois podiam levantar suspeita ao compararem o nome do pai. Todo cuidado era pouco.

— Doutor Aníbal, o senhor está à disposição no dia 18 de junho? Será uma quarta-feira — perguntou Mayke.

— Quarta estarei de plantão à noite — respondeu Aníbal. — Por que a pergunta?

— Porque estou providenciando viajar para Luanda com o pessoal nesse dia e preciso de você para viajar conosco. Eu não tenho prática nenhuma em transportar alguém sob suspeita. E pelo que percebi, o senhor tem mais experiência no assunto.

— Eu não posso me complicar Mayke — disse o médico. Caso alguém descubra que são descendentes de guerrilheiros, posso ser destituído do hospital, posso até perder meu diploma de médico. É uma viagem arriscada para mim. Você sabe que aqui em Angola a Justiça é muito rigorosa com aqueles que ajudam descendentes de guerrilheiros, principalmente quando tentam ludibriar as autoridades para fugir. O que você está me pedindo é impossível. Vá com eles e não envolva mais ninguém. Quanto mais gente você incluir nessa viagem, mais chances de expor esse pessoal. Você sabe que aqui em Cabinda a corrupção é vergonhosa. Qualquer um que você contratar pode lhe complicar. Podem querer tirar vantagem disso e exigir mais dinheiro sob coação. Qualquer sintoma diferente nos dois pacientes me comunique imediatamente. E esse piloto de barco que você contratar, tome muito cuidado com ele. Como você já sabe, não dá para confiar em ninguém. Se por acaso alguém desconfiar de alguma coisa, diga que você é o marido de Magali. É o pai daquelas crianças, que estão fazendo viagem de férias. E aja como se fosse marido e pai. Tome cuidado para não cair em contradição.

MAYKE PAGOU OS HONORÁRIOS do Dr. Aníbal e agradeceu pelos conselhos e orientações durante a viagem. Seriam de grande utilidade as palavras do médico.

E CHEGOU O DIA DA VIAGEM. Mayke ainda não entregara a van que alugara no dia 12 de junho, para o transporte da família da mata até sua casa. Mayke ligou para o biólogo Guto Jorge Sandoval, amigo de confiança, para dirigir a van até a marina, e depois entregá-la na locadora. Guto não demorou a chegar, pois morava perto de Mayke e trabalhava na mesma plataforma.

Todos embarcaram na van com destino a uma marina de Cabinda. Foram preparados lanches para todos, até chegarem ao porto de Santo Antônio do Zaire. Sair para fazer lanche em bar ou restaurante podia levantar suspeitas.

— Guto, está aqui um cheque com o custo de sete dias para pagar o aluguel da van na locadora. Peça a eles para colocar o cheque nominal, em nome da locadora, porque eu não sei como colocar. A locadora é aquela mesma que usamos quando alugamos carros para a empresa.

NA MARINA, estava à espera de Mayke o senhor Amurabe, dono de uma lancha da linha Silver Craft, exclusiva para passeios com turistas. Uma lancha de médio porte, com lugar para 15 passageiros e três tripulantes. Mayke dispensou dois tripulantes, mas tinha que pagar a diária deles. Havia um contrato feito entre o dono da lancha e os tripulantes: todas as vezes que a lancha se locomovesse com fins lucrativos, os três tripulantes seriam remunerados, sendo dispensados ou não.

— Senhor Mayke, o aluguel da lancha e o pagamento dos tripulantes deve ser feito antes da desatracação da embarcação. Se for pago em cheque, terá que ser checado antes de partir. É assim que trabalhamos — disse Amurabe.

ÀS 7h30 do dia 18 de junho de 2014, a família embarca na lancha rumo à cidade de Soyo, na província de Zaire. Às 8h40, estavam desembarcando no porto de Santo Antônio. Uma viagem sem interferências da Guarda Costeira, para tranquilidade de Mayke.

O NAVIO EBO ESTAVA ANCORADO no porto de Santo Antônio, pronto para partir para a capital, Luanda. André sugeriu a Mayke irem de navio, pois achava que seria mais seguro. Seria uma viagem direta, sem interrupção, enquanto o trem parava em todas as estações e podia comprometê-los. Mayke não falou nada, mas gostou da ideia. O navio zarpava às 10h30. O trem partiria às 13h.

— Vocês permaneçam aqui neste banco. Não saiam daqui para lugar nenhum. Eu vou verificar se é possível nós viajarmos de navio.

Depois de algum tempo, Mayke voltou com sete bilhetes na mão, dizendo, em tom sorridente:

— Nós vamos viajar de navio.

Analisou o tempo que iria esperar pela partida do trem, pelo tempo que iria demorar na viagem, que seria mais de quatro vezes se comparado à viagem de navio e pelas paradas nas estações, conforme André havia dito. O tempo da viagem de navio de Soyo a Luanda seria de 5horas,enquanto de trem seria de 20 a 25 horas. Mayke pagou 4.500 kuanzas em cada bilhete. Como decidira pela classe executiva, desembolsou um total de 22.500 kuanzas. A viagem transcorreu normalmente. O Eba entrou na bela baía de Luanda exatamente às 15h30, atracando no porto.

Cleber Júnior aguardava no estacionamento do porto com uma van idêntica à que Mayke alugara em Cabinda. Em seguida, partiram para a Avenida Talatona, Condomínio Belas Business Park, na Torre Bengo, apartamento 326. Ali, ele instalou a família.

DEZENOVE

A AUDIÊNCIA CONCILIATÓRIA

24 DE JUNHO DE 2014. Mayke está hospedado no Majestic Palace Hotel, na Avenida Beira Mar Norte, centro de Florianópolis, para aguardar a audiência com Mary, sua filha. A audiência seria no dia seguinte, 25 de junho.

Naquela noite, no hotel, em seu quarto, ficou se lembrando de tudo que Angélica tinha lhe dito. Após fazer algumas orações com o pensamento fixado em sua esposa, Mayke pediu a ela ajuda espiritual, para guiá-lo durante toda a audiência, para iluminar seu pensamento e estabilizar um equilíbrio perfeito. Não conseguiu dormir pensando no que o amigo Bica tinha lhe proposto: um acordo para não dar continuidade a este processo.

"Eu só queria que meu amigo estivesse aqui para conversarmos", pensou. "Ele me aconselhou a não levar advogado na audiência e por isso não contratou um advogado para mim. Estarei lá sozinho. E se o juiz não aceitar um acordo? Não tenho ninguém para consultar! Eles podem tirar proveito disso e pedir uma quantia muito alta, que eu não possa pagar. Os guerrilheiros quase me descapitalizaram. Ainda havia os gastos que tive com os transportes da família de Magali. Ainda bem que esse último gasto foi insignificante". O telefone toca.

— Alô, aqui é Mayke.

— Oi, aqui é Bica. Já está em Florianópolis?

— Sim, cheguei aqui ontem, à tardinha. Hospedei-me no Hotel Majestic, no centro de Florianópolis.

— Não trouxe advogado, né?

— Não, você me aconselhou a não trazer.

— Está bem, é isso aí. No dia 22 de março, quando liguei para você em Cabinda, logo após liguei no Fórum de Florianópolis e falei com o funcionário da sala da 2ª Vara da Família. Ele me afirmou que se houver necessidade de advogado, o juiz convoca um na hora.

— Tudo bem, amigo. E como estão vivendo aí, em São Paulo? Como está Vitória, minha neta?

— Aqui está excelente. Sua neta é uma linda boneca, está cada vez mais sapeca. É uma garota muito esperta.

— E Mary tem incomodado?

— Até agora não houve interferência por parte de Mary. Ela deve estar concentrada na audiência de amanhã. Eu estou trabalhando na clínica, com seu pai. Praticamente, o mesmo serviço que fazia na empresa de ônibus. Trabalhando no computador, fazendo a conferência de todo produto movimentado na clínica. Amanhã, lá no Fórum, não se esqueça de optar pelo acordo, para se livrar desse processo de uma vez por todas.

A JUIZA, APÓS FAZER O RECONHECIMENTO do ambiente, perguntando quem é quem, leu o conteúdo da ação em pauta e perguntou aos envolvidos se haveria acordo.

— Senhor Mayke, onde está seu advogado? — perguntou a juíza.

— Não tenho advogado, Meritíssima.

— Podemos nomear um defensor público. Você vai precisar, mesmo entrando em acordo.

— Eu me responsabilizo por tudo que aqui acontecer — rebateu Mayke.

— Mas mesmo assim você terá que ter um advogado presente — insistiu a juíza.

Foi nomeado um defensor público para acompanhar a audiência, na defesa de Mayke. A audiência foi atrasada em meia hora.

A juíza releu o conteúdo do processo para o defensor, que não se encontrava presente no início, e deu continuidade à audiência.

— Senhor Mayke — falou a juíza. — Conforme o exposto, aqui, nessa sala de audiência, sua filha Mary o acusa de abandono de lar. Em seu depoimento e conforme testemunhas ouvidas, a conclusão que chegamos foi que o senhor saiu para trabalhar no Rio de Janeiro e só ia para casa uma vez por mês. Depois, somente uma vez a cada dois meses. Até aí, tudo bem. Mas quando foi trabalhar em Angola, passou seis anos sem regressar ao lar e só regressou porque seu filho Augusto se acidentou, vindo a falecer.

A família ficou todo esse tempo sem a presença paterna. Por causa desse ato irresponsável, sua família enveredou para o caminho das drogas e da marginalidade, talvez por falta de diálogo ou de conselhos de uma autoridade paterna. Pelo que Mary relatou, você não saiu de casa por desavença com a esposa, pois viviam muito bem. Deduzimos, eu e meus auxiliares, que sua família se desencaminhou por falta da voz ativa de um pai presente. E por esse ato irresponsável, seu lar ficou abandonado, sendo administrado pelos fracos cuidados de sua esposa, que empregou todo esforço na educação dos filhos, mas não conseguiu educá-los dentro do padrão adequado que uma boa família exige.

Ela, percebendo sua família se deteriorar, foi ficando doente e veio a falecer, posteriormente. O senhor só retornou ao lar quando soube da doença fatal de sua esposa. Isso foi num espaço de seis anos. Conforme o depoimento de Mary, você é o culpado por todos os desatinos que aconteceram com sua família, inclusive a morte de sua mãe. Ela pede uma reparação de danos para ela e seus dois irmãos, Rodrigo e Maycon. Diz que eles se perderam na vida, inclusive ela, por não ter a proteção de uma figura masculina, como o pai.

Senhor Mayke, o senhor tem o tempo que quiser para dar seu depoimento, pois ainda não teve a oportunidade de se defender. Então, por favor, pode falar. Será o depoimento, caso não haja acordo, que será anexado ao processo. Fale somente a verdade para que, no final, possamos tirar nossas conclusões. Em caso de acordo, teremos uma resposta imediata.

MAYKE, EM SILÊNCIO, OBSERVAVA, sentada à sua frente, aquela garota a quem outrora dedicara tanto carinho. A única filha da família. E todo amor dedicado não servira para nada. Olha ali, bem à sua frente, uma filha meliante, tentando usurpar benefícios, jogando-o no banco dos réus como se ele fosse o bandido. Reversão de valores. Aquela garota, ali, na sua frente, olhando-o com os dois olhos arregalados, cheios de rancor. Tatuagens pelo rosto, pescoço etc., com piercing em todos os lugares possíveis — nariz, lábios, sobrancelhas, orelhas —, e quando ela abriu a boca para responder o que lhe foi permitido ele percebeu que sua língua também tinha aquele tipo de ornamento repugnante. Isso era a parte visível. A parte invisível ficava por conta da imaginação de cada um.

— EU TENHO MUITAS COISAS PARA DIZER, Meritíssima — começou Mayke — Mas vou tentar resumir ao máximo. É importante a senhora saber o motivo da minha ausência no lar. No início, eu fui trabalhar no Rio de Janeiro, pois ganhava pouco, em Palhoça, como vendedor autônomo. Ganhava uma mesada de meu pai, mas não era o suficiente para o sustento da família. Eu tenho o diploma de Engenheiro de Minas, conquistado na USP, onde me formei, na década de oitenta. E para não perder o vínculo da minha formação nessa área, aceitei um emprego no ramo, para trabalhar em um poço de petróleo, na Bacia de Campos, no Rio de Janeiro.

Era impossível vir para casa com frequência, mas, mensalmente, eu fazia essa visita. Com o passar do tempo percebi, através de comentários, que meus filhos, os mais velhos, estavam sendo aliciados por traficantes de drogas. Mesmo de longe tentei conversar, mas não é como se estivesse junto. Colocamos Rodrigo, meu filho mais velho, em um retiro, em um sítio, em Paulo Lopes, para tentar tirá-lo das drogas. Mas não funcionou. Ele fugiu duas vezes. Parece até que foi pior. Ficou lá durante quatro meses. E quando fugiu pela segunda vez, não foi para casa. Envolveu-se com facções e, então, foi o caos, levando com ele mais três irmãos para o caminho das drogas. Mary, esta, que está me processando, Augusto, o que morreu de acidente de moto, e Maycon.

Só se salvou Thiago, meu filho mais novo, que se mudou para São Paulo, para morar com meu pai. Mesmo sabendo que sua mãe estava doente, ele foi embora com medo das facções, que poderiam se vingar nele por causa de seus irmãos delinquentes. Ela foi ameaçada várias vezes. O coitado não suportava mais aquela situação. Assim como meu pai e meu amigo Biovaldo também se mudaram para fugir das ameaças dos delinquentes do bairro de Palhoça.

Ao observar meus filhos nesse mar de lamas, falei com meu pai para ajudar Angélica, minha esposa, e meus filhos. Ele até tentou, mas foi ameaçado várias vezes por elementos drogados. Eu, quando aparecia em casa, também já não era bem visto pelos meus filhos, que mal falavam comigo. Estavam intocáveis, como se fossem donos da verdade. Angélica era um rio de lamentações. Assim, fui perdendo o gosto de viajar mensalmente para casa e passei a ir de dois em dois meses.

Meus filhos já estavam marginalizados, fascinados pelo mundo do crime. Eu já tinha vergonha de aparecer em casa, então passei a rarear minhas visitas. E quando fui convidado para trabalhar em Angola, não pestanejei. Aceitei imediatamente e jurei nunca mais voltar ao Brasil para visitar minha família. Eu tomei essa atitude porque vi em meu lar um ambiente hostil e muito perigoso. Qualquer interferência da minha parte poderia ser fatal. Então deixei tudo por conta de Angélica.

Mas nunca deixei Angélicae nem meus filhos em má situação financeira. Resolvi voltar quando soube da doença dela. Meu amigo Biovaldo era encarregado de, mensalmente, fazer um pagamento de seis salários mínimos para ela. Eu não deixava o dinheiro em uma conta para Angélica porque os nossos filhos iriam obrigar a coitada a entregar o dinheiro. Biovaldo lhe entregava o dinheiro em parcelas, quando não em mantimentos, para o consumo mensal. Compreendo que foi uma atitude covarde, mas também não podia jogar para o alto meus propósitos, afinal, foram cinco anos de faculdade. E eu vi naquele convite uma grande chance de vencer na vida e de aplicar meu aprendizado em um trabalho que me enchia de prazer.

Como dizia Angélica, eu optei pelo lado errado, porque me faltava espiritualidade. Eu deveria ter conversado mais com Deus para ser guiado ao caminho certo. Como acredito mais na ciência, não considerei seus conselhos. Ela me disse, em seus últimos minutos de vida, que nem só de pão vive o homem. Após tantos obstáculos, tragédias e perdas, começo a acreditar que Angélica estava certa. Todo dinheiro que adquiri com o suor de meu trabalho, durante os anos em que trabalhei longe de casa, estou sendo obrigado a gastar. Estou pagando altos preços com famílias. Em Angola, foi com a família da Magali, para os guerrilheiros, mas isso não está em pauta. E aqui, no Brasil, é com minha família, sendo processado pela minha própria filha, que nunca teve um pingo de consideração com seu pai e com sua mãe. A desobediência fez dela uma meliante radical e sem escrúpulos, vivendo à margem da sociedade, na rua, sorteada pelo destino, com o seu futuro marginalizado. Então, de tanto jogar na loteria da vida, parece-me, pelo que vejo e escuto das autoridades judiciais aqui presentes, que você foi premiada. Prêmio esse que, com certeza, o velho que abandonou a família vai pagar — disse, olhando para a filha. — Não tenho mais nada a dizer, Meritíssima.

— TUDO BEM, SENHOR MAYKE — começou a falar a juíza da 2ª Vara da Família, que comandava o processo. — O senhor sabe que, ao tomar a atitude de não mais regressar para casa, deixou sua esposa, já doente, e seu filho caçula, à mercê desse covil, como o senhor intitula sua família. É caracterizado abandono de lar por esses atos e por se afastar por mais de um ano do seu lar, conforme inciso IV, do art. nº 1.573, do Código Civil Brasileiro. Quanto às outras ajudas, como os seis salários mínimos que o senhor pagava mensalmente a sua esposa, não tem a menor relevância. No seu caso, não se caracteriza um crime, mas o senhor terá que pagar os danos que sua ausência supostamente causou a sua família. Você alega que quando trabalhava no Rio de Janeiro, seus filhos já eram viciados. Essa teria sido a hora de você escolher entre sua família e seu trabalho distante do lar. Sei que não seria uma escolha fácil, mas você optou pelo trabalho em vez da família. Na análise da justiça, você deixou a família sem o tutor que poderia controlar as ações erradas de seus filhos. Eles até podem ter feito tudo isso por vingança, para chamar atenção do pai. E como não houve a devida atenção, eles continuaram a vida marginalizada, talvez até como ato de protesto. Isso tudo é teoria, mas é uma hipótese que não pode ser excluída.

MARY, SENTADA à frente de seu pai, ficou o tempo todo cabisbaixa. Quando projetava seu olhar em algum momento na direção dele, era sempre repreendida pelo seu advogado. Quando chegou a sua vez de dar o depoimento, disse que já estava tudo anexado ao processo. Seu advogado, Rudney Paiva Neto, também ficou o tempo todo em silêncio, aguardando sua vez de falar.

A juíza perguntou ao advogado de Mary.

— Dr. Rudney, há chance de acordo?

— Sim, mas tudo vai depender das negociações.

— Senhor Mayke. Aceita acordo?

— Tudo depende do que vem por aí.

— Então temos a aceitação de acordo de ambas as partes. Bem, temos o seguinte: conforme o que foi dito nos depoimentos, a conclusão a que chegamos é que houve abandono do lar por parte do senhor Mayke, por opção dele, pois ele não foi obrigado a fazê-lo, tendo optado pelo trabalho longe de casa. Não houve uma força oculta obrigando-o a qualquer opção. Provavelmente, se ele tivesse optado ficar com a família, não estaríamos hoje, aqui, nesta audiência. Fica, então, estipulado, que o senhor Mayke deve, como indenização, a cada um dos filhos em questão, ou seja, Rodrigo, Mary e Maycon, a quantia de C$ 400.000,00 (quatrocentos mil reais). Não vou levar em conta Thiago, porque ele não foi contaminado pela marginalidade. Mary, por não ter tido a chance de se lançar no mercado de trabalho, irá receber uma pensão mensal de quatro salários mínimos. Essa quantia só pode entrar no acordo para mais. Para baixo não pode. E será reajustado pelo índice de reajuste anual do salário mínimo. Será aberta uma conta no Banco do Brasil para cada um. O advogado da senhorita Mary providenciará a abertura das contas. O depósito da pensão de Mary será feito até o quinto dia útil de cada mês. Se as contas não forem abertas até a data estipulada por falta de documentos, será depositado em uma conta sob responsabilidade da Justiça. Já são 17h30. As partes terão meia hora para discutirem o acordo. Às 18h recomeçaremos a sessão.

— Então, senhores, o que resolveram? — perguntou a juíza. — Primeiro fala a parte de Mary. E depois o senhor Mayke ou seu defensor.

— Então, Meritíssima, o que ficou acordado foi o seguinte — falou Rudney, advogado de Mary. O senhor Mayke concordou em pagar a pensão de Mary na íntegra, a partir do mês de outubro de 2014, até o quinto dia útil de cada mês, como foi decidido por Vossa Excelência. E quanto à indenização, diz que não dispõe de tanto dinheiro para pagar todos de uma única vez. O que o senhor Mayke propôs foi baixar a indenização para 250 mil reais e pagar em cinco parcelas de 50 mil reais, começando no mês de outubro, também até o quinto dia útil de cada mês. Eu conversei com minha cliente e ela aceitou.

— Foi isso que o senhor propôs, senhor Mayke?

— Sim, doutora juíza, foi isso mesmo — disse Mayke.

— Então está decidido. Antes do dia cinco irá para o seu endereço, senhor Mayke, os dados completos do Banco do Brasil referentes aos três irmãos, para que seja cumprido o combinado. Senhor Mayke, o senhor não pode falhar. Qualquer contratempo que porventura vier a ocorrer, no sentido de não poder cumprir com seu compromisso, o senhor terá que comunicar, antes de vencer a data do depósito, para o juizado da 2ª Vara da Família, para que sejam tomadas outras providências. Mas é bom que isso não venha a acontecer, para não haver outro processo. Então este processo termina por aqui. Será arquivado, podendo ser reaberto em caso de necessidade.

"O pai sempre espera ansioso pelo filho pródigo,
mas não tem prazer em vê-lo desejando as
bolotas dos porcos".
(Rutyenne)

VINTE

ENCONTRO COM OS FILHOS

DURANTE TODA A AUDIÊNCIA no Fórum, Mary não dirigiu a palavra a seu pai, somente alguns insultos. Mas era tudo estratégia. Ela tinha outras intenções arquitetadas. E ao saírem do tribunal, Mary colocou sua intenção em prática. Abordou seu pai e pediu desculpas pelo ocorrido, que fizera aquilo porque a necessidade a obrigara, e que ela e seu irmão Maycon estavam necessitando da ajuda dele. Disse, também, que as palavras ditas na sala de audiência era para que ele não desconfiasse de que tudo havia sido uma armação, um jeito para eles se encontrarem.

— Pai — falou Mary —, sei que não é hora nem lugar para conversarmos. Estou querendo sair dessa vida errante e se o senhor aceitar uma conversa em outro lugar eu agradeço. Levarei Maycon comigo para o diálogo, pois ele está cansado de viver escondido e também está decidido a fazer qualquer sacrifício para sair do mundo de alienação. Maycon está num beco sem saída. A qualquer hora você pode receber a notícia da morte dele.

MAYKE FITOU SUA FILHA com um olhar melancólico. Faltou-lhe reação. Não esperava jamais que algo parecido pudesse acontecer, pois Mary nunca lhe dera importância e jogava toda sina de má sorte e de seu comportamento em cima dele. E, agora, com a causa ganha, queria juntar-se ao pai?

"Isso só pode ser um milagre", pensava Mayke. "Será que Angélica estava falando a verdade?".

— Está bem, minha filha. Então, para selar este encontro, me dê um abraço!

Mary abraçou seu pai. Titubeou na aproximação, não tinha certeza de que iria ser correspondida. Talvez fosse alguma jogada sua.

Mas, de todo, não podia recusar o convite. Sentiu o ato verdadeiro quando seu pai a apertou em seus braços, num afago paterno que só uma filha sentiria. Aproximou sua boca no rosto dela e lhe deu um beijo demorado, cheio de ternura, como se estivesse esperando aquilo havia muito.

— Hoje, às 21h, no hotel Majestic. Aguardo você na portaria.

— Não, pai...Hoje não vai ser possível. Tem uma turma de convívio lá fora me esperando para comemorar o resultado da ação. E eu não posso nem pensar em deixá-los lá me esperando. Tudo isso que ganhei nessa ação não me pertence. A facção vai me obrigar a entregar todo o dinheiro que estiver em minha posse. Se me negar, estarei sentenciada a morrer. É assim que eles agem. O mesmo acontecerá com Maycon e com Rodrigo. Amanhã, às 17h, eu posso ir ao hotel para conversarmos. Tentarei levar Maycon, se ele atender ao meu chamado.

— Amanhã, a este horário, estarei viajando para Angola.

— Se o senhor aceitou a minha rendição perante todo esse imbróglio, então está na hora de provar isso — falou a filha.

— Está bem. Já que esse milagre está acontecendo, cancelarei a viagem. Amanhã, às 17h, esperarei na portaria do hotel. Vá somente com Maycon e muito cuidado para não ser seguida. Que ninguém os veja chegar ao hotel.

— Pai, eu preciso que me dê algum dinheiro para que eu possa ir de táxi, para pegar Maycon em algum lugar fora de seu esconderijo.

MAYCON atendeu ao telefonema de Mary, aceitou o convite, desvencilhou-se de sua corja, saiu do esconderijo, em Novo Horizonte, e aguardou o táxi em um lugar escondido, na via expressa, na hora combinada.

Mary e Maycon desceram do táxi na porta do hotel e seguiram rumo à portaria. Mayke estava esperando.

— Vamos entrar — disse ele aos filhos.

Subiram até o quarto 313, usando o elevador. Mayke abriu a porta.

— Entrem, por favor. Vamos nos acomodar aqui, sentados na beirada da cama. Oi, Maycon, está tudo bem?

— Para um marginal procurado pela polícia, dentro deste hotel, até que está bem — disse o rapaz.

— Então Mary — começou o pai. — O que está pretendendo com esse pedido de ajuda? Sempre me odiou! A vida inteira fugindo de casa, ignorando pai e mãe, caindo no mundo das drogas e da prostituição! Você optou pelo lado negativo da sociedade, abandonando o lar ainda criança. Sua mãe ficou doente, vindo a falecer, e você não teve o mínimo de sentimento por ela! Eu estive lá em Palhoça quando sua mãe faleceu. Fiquei na casa do Bica por um dia, fiz uma caminhada até a casa que você transformou num covil de marginais. Não fui necessariamente ao seu encontro, mas sentia uma alegria interna alimentada por uma esperança inexplicável se acaso te encontrasse.

Percebi que a casa, que era bem cuidada, estava completamente abandonada. Um pensamento reprobatório me ocorreu. A casa é a fachada do desprezo em que vivem seus inquilinos. É o retrato de um mundo inescrupuloso, inexistente, perante os olhos dos que cultivam o bom senso social. É o mau presságio de um futuro incerto perante os olhos discriminatórios da coletividade. Já me orgulhei em contemplar aquela paisagem. Éramos sete entes queridos, felizes, que se respeitavam e que eram respeitados. Agora, ao olhar, uma enternecida lembrança mistura-se com um presente melancólico, que não sei se é piedade ou resignação. Mas está aqui, na minha frente, depois de tanto tempo na hostilidade ao seu pai e sua mãe. Resolveu tirar o lacre rebelde da clandestinidade e pedir socorro à pessoa que você talvez mais odeie nesta vida?

Eu poderia simplesmente virar as costas e partir, assim como vocês fizeram a vida inteira comigo e Angélica. Mas não o fiz. Quando se dirigiu a mim, pedindo ajuda, meu coração, não acreditando nesse enigmático acontecimento, palpitou tão forte e emocionado que malogrou todo o constrangimento e o desprezo que tinha por você. E cedeu aos seus caprichos sem me pedir permissão, dizendo-me, através de sua batida, que é a minha filha. E ao sentir que o poderoso cérebro vibrou positivo, ele, o coração, foi se recolhendo de seu galope e voltando ao passo normal. Ser pai é ter coração de aço. Agora refeito do impacto, estou à disposição de vocês dois para uma conversa de pai para filhos.

— Posso continuar a lhe chamar de pai? — perguntou Mary.

— Mesmo na adversidade, você sempre foi minha filha.

— Pai, eu sei que minha rebeldia não foi nada salutar para a estruturação de nosso lar. Tenho plena consciência de que minha atitude e de meus dois irmãos, Rodrigo e Maycon, também nada contribuíram. Fomos os torpores responsáveis pelo abatimento daquela nave que se chamava família. Não sei se foi uma vingança inconsciente ou se veio em forma de doença, que nos deixou arredios. E a causa dessa doença devastadora foi o afastamento do baluarte principal, deixando-nos desequilibrados, por faltar apoio. Mas ainda é tempo. Por isso viemos aqui, contratar o carpinteiro mestre. Se seu coração foi capaz de se enternecer e aceitar nosso encontro, com certeza não irá se contrariar e relegar nosso pedido de ajuda. Tenho plena convicção de que fomos ao extremo nocivo em relação ao nosso lar. E também acredito que fomos a causa da destruição dele. Nossa rebeldia colocou vocês, pai e mãe, em "xeque-mate". Eu e Maycon nos rendemos a tudo isso e estamos aqui, prontos para tentar amenizar parte desse prejuízo. Eu sinto que "caiu a ficha". Estamos amadurecendo. Eu sei que o estrago foi muito grande, nem com todo esforço do mundo conseguirá redimir o que foi danificado. Mas com algum esforço poderemos reciclar alguns caquinhos, revesti-los com madrepérola e ofertar às nossas gerações futuras.

Mary deu uma pequena pausa e continuou:

— Eu e Maycon já conversamos sobre nossa submissão, se por acaso você aceitar nossa convivência. Pai, éramos sete. Lembro-me perfeitamente daquele tempo. E quando isso vem à lembrança, percebo que éramos uma família muito feliz. Agora, pai, eu, repugnada na tristeza, por não querer dar ouvidos, navego num mar de desalento e desgraças, que não desejo para o pior ser humano.

Vegeto nos dias atuais à mercê de uma facção que só usurpa e ordena. A desobediência é fatal. Sou um espectro amarrado aos vícios e aos caprichos dos que de mim se aproveitam. O cativeiro ao ar livre no qual vivo é o desprover de qualquer tipo de liberdade aparente.

Não faço o que quero, nem o que gosto. Simplesmente obedeço. A qualquer desobediência, sofremos a punição, e é imprevisível. Já participei de muitas desgraças. Mas hoje não vou detalhar. Talvez, um dia, eu falarei se formos ajuntados para o futuro. Quando Rodrigo nos aliciou para o mundo do crime, na minha cabeça, aquilo era a sofisticação do momento. Era a adrenalina mexendo com minhas emoções. Era a liberdade se apresentando na cabeça de uma adolescente inexperiente. Se essa rebeldia foi por vingança, não sei, mas foi algo muito revoltante, que causou essa fatalidade. E depois que se entra nessa vida, você fica tão amarrado que é impossível sair. Você desce com uma corda até o fundo de um poço muito profundo e depois tiram a corda. Ficam só jogando migalhas para você sobreviver. Ficam lhe tratando como um cachorro amarrado e, quando soltam, é só para correr atrás da presa. Alcançada a presa, amarram novamente. E só alguém no pragmatismo jogando outra corda no poço ou cortando a corrente do cachorro, para acontecer o milagre da ressurreição.

Pai, o senhor pode até não acreditar no que vou dizer, mas sempre o tive como minha tábua de salvação. Sempre que caía em situações difíceis, eu pensava no senhor. Pensava no seu perdão e pensava em um jeito de chegar a você. E, infelizmente, achei o único jeito que me veio à mente: colocar o senhor na Justiça. Era o único meio de podermos conversar. Não havia outro meio. Só peço que entenda isso.

O senhor colaborou muito para que desse certo, aceitando o acerto e acabando com o processo. Então, conversei com meu advogado sobre tudo isso que lhe estou falando e ele me encorajou a falar com você, no término daquela audiência. Então, meu pai, estamos aqui, eu e meu irmão, implorando ajuda. Se o senhor se dispuser a nos ajudar, não vamos querer dinheiro algum. Só queremos que o senhor pague os honorários do advogado, que é de vinte por cento do total acordado.

Aproveitando essa conversa, quero lhe falar sobre a minha gravidez. Bem, antes de minha mãe morrer, fui submetida a uma roda de amigos, na casa de um deles. Estávamos festejando um carregamento de cocaína, que um membro da facção tinha conseguido trazer da Colômbia, em algumas malas. Ele tinha viajado oito dias e conseguido driblar a polícia. Após descarregar o material no esconderijo, fomos festejar. Muita bebida e muita droga. O resultado foi uma gravidez. Por eu ser a única mulher da turma, depois de bêbada e drogada, não sei o que aconteceu. Segundo eles, todos mantiveram relações sexuais comigo. Então fiquei grávida, mas não sei quem é o pai. O tempo todo tentavam me obrigar a abortar. Não podia fazer nada, eles ditavam as normas. Por incrível que pareça, eu fiz até orações para não abortar. Fui adiando, mentindo e inventando histórias, até o dia de dar à luz. Eu não queria a criança, eu iria deixá-la na maternidade ou em qualquer lugar para adoção. Eu não podia aparecer com a criança em casa. Parece que Deus ouviu minhas preces e a criança foi doada na maternidade. Mas Bica ganhou a adoção através de uma liminar na Justiça. Os meus patrícios ficaram furiosos por esse gesto de Bica e o intimidaram, sob pena de perder a criança e ameaça pessoal. Depois eu soube que ele fugiu com Sueli e a criança, com medo das ameaças. Ainda não sei se a criança é do sexo masculino ou feminino. Sei que o inocente é parte de você, tem o seu sangue e é seu neto. Eu não vou incomodar Bica por causa da criança, mas depois de tudo estabilizado, quero ser amiga de Bica e Sueli para ter acesso à criança. Quando eu soube da fuga de Bica e Sueli, fiquei mais tranquila. Assim tive a certeza sobre os cuidados com a criança. Não foi por desamor ou por opção que deixei levar a criança, fui obrigada a fazer isso para preservar a vida dela. Tinha certeza de que quem a aceitasse era por amor e iria cuidar bem dela.

— E VOCÊ, MAYCON, o que tem a dizer? — perguntou Mayke.

— Eu reitero tudo que a Mary falou. E tem mais: eu não consigo mais viver escondido. A facção rival já descobriu meu esconderijo.

NEM SÓ DE PÃO VIVE O HOMEM

E por não conseguir mais vender drogas, por medo de morrer, estou com uma dívida alta com a facção a que presto serviço. Já me deram o ultimato para saldar a dívida. Se eu não saldar em tempo, perderei a proteção deles. Na semana passada, dois amigos da nossa facção foram mortos por membros da facção rival. Estavam de serviço na boca de fumo, no Passo do Meio, quando foram alvejados com rifles MK7, por matadores, de dentro de um automóvel de cor preta, que fugiu em disparada. Aquilo era armação para mim, porque era o meu dia de trabalho e os rivais sabiam disso. Só não estava no local porque resolvemos fazer um revezamento. Como estava prestes a acabar o bagulho, resolvi buscar mais. Na minha demora de uma hora, aconteceu a tragédia.

Estou jurado de morte pelo esfaqueamento de Josaí (Jô), no ano de 2012, na Cracolândia. Mas eu sou inocente, juro. Pela minha burrice, estou pagando por um crime que não cometi. Na polícia tem um mandato de prisão, na facção rival estou condenado. Naquele dia eu estava muito doido. Cheio de crack. Escutei uma gritaria, era noite, não dei muita atenção, mas como ali não costumava ter aquele tipo de agitação, fui andando tal qual um zumbi, até o local. Deparei-me com Jô no chão, deitado de barriga para cima, jorrando sangue por várias partes do corpo. Seu estado era assustador. Estava tremendo e não tinha mais reação. Duas mulheres gritavam para alguém o acudir. Tinha ao seu lado uma faca de cozinha, dessas, de cabo de madeira e de tamanho grande, toda ensanguentada. Peguei aquela faca e, sem querer, deixei minhas impressões digitais. Outros que vieram ao encontro me viram com a faca na mão. Não tinha a mínima ideia de que aquilo iria me condenar.

Um colega me tirou do local, pediu para que eu não aparecesse mais ali, para não ser linchado pelo pessoal da outra gangue, ou não ser preso em flagrante pela polícia. Aquelas duas mulheres não perceberam a minha presença, estavam desesperadas, e também não viram quem esfaqueou Jô. Como testemunhas, não souberam dizer quem era o assassino. Desde aquela época vivo escondido da polícia e da facção a que Jô pertencia. Após fazerem o exame da impressão digital na faca, a polícia não quis saber de outras investigações e me incriminou automaticamente, dizendo que eu era o suspeito.

Fui retirado do local e escondido pela facção a que me submeto. Josaí pertencia a uma gangue, que jurou vingança. Agora vivo caçado como um animal. Tudo isso é um verdadeiro inferno e tem que acabar. Posso fechar os olhos para dormir e nunca mais abri-los. A droga é a morte, é a destruição do ser humano, é a perda da dignidade e o roubo da alma. A droga é um prazer que acaba com a vida e transforma a pessoa em lixo humano. Onde vivo é o pior lugar do mundo. Você vive a lei dos imbecis. Fica à mercê dos bandidos o tempo inteiro. Só se fala em drogas. O medo das gangues e da polícia já nos faz prisioneiros.

A discórdia é o lema principal. Todos querem ter vantagens sobre alguém. Então você vai para onde o vento te levar, sem nenhum poder de ação. É um grande portal. Lado de fora, lado do bem, lado de dentro, lado do mal. No lado de dentro você perde sua dignidade, sua família e sua liberdade. Um mau espírito acompanha. A venda e a compra de drogas são um comércio normal.

O viciado fica dominado e o vício comanda. Sem emprego, só com a roupa do corpo, você vira um trapo. Eu era ainda uma criança quando usei pela primeira vez. A droga era doce, ela deixava aquela criança em êxtase. Minha cabeça não pensava em outra coisa, a droga era tudo. Agora eu vejo jovens doidos, completamente loucos, falam sozinhos o tempo inteiro.

Alguns cultuam esperanças, mas se não tiver alguém de pulso forte para ajudá-los, alguém que coloque sua vida em jogo para livrar a vida deles, não tem como, ali se acabarão. Porque não é só a droga ilícita, é também a bebida alcoólica, o cigarro em grande quantidade, tudo isso misturado, imagina o veneno que é ingerido por esses drogados.

Vive-se doente sem se perceber. Adorar e odiar a droga é o sintoma geral. Por esse motivo, meu pai, não tenho escolha. Como disse Mary, você é nossa tábua de salvação. Portanto estou pronto a lhe obedecer em qualquer situação. Como estou em dívida com a facção a que presto serviço, estou sendo proibido de consumir qualquer tipo de droga, o que para mim foi muito bom. Eles me fizeram um benefício sem saber porque só assim passei pelo período de abstinência. Tenho que vender uma quantia diariamente, até conseguir pagar a dívida. E já senti que tenho grande dificuldade em pagar essa maldita dívida, porque tenho que sair do esconderijo e me arriscar nos pontos de vendas, enquanto gangues passam nessas localidades e podem me encontrar. Portanto não tenho mais ambiente para retornar ao esconderijo do Novo Horizonte. Sei que estou até o pescoço envolvido com tudo isso. Saindo daqui, não vou voltar mais lá. Tenho que ir para outro lugar bem longe daqui. Se o senhor quiser mais um filho no cemitério, se quer enterrar mais um filho, então está aí a sua chance.

— Maycon, eu vou pagar a dívida que você tem com a facção.

— Não faça isso, meu pai, pelo amor de Deus. Se você pagar a dívida, você vai ficar cliente deles. E não vão descansar enquanto não lhe tirarem o último centavo. O que temos a fazer é sumir sem deixar rastros. Eles vivem do crime, não têm nada a perder. Mas você tem.

Mayke chegou bem perto de seus filhos e disse novamente:

— Deem-me um abraço.

Abraçou seus dois filhos. Consternado de emoção, desatou a chorar. Seus filhos, sentindo a mesma emoção, também não se contiveram e desmancharam-se em lágrimas. Pai e filhos abraçando-se depois de um longo tempo sem se verem. Um abraço de saudade, de consternação e de muita emoção.

— Tudo bem, meus filhos. Vamos resolver os problemas e providenciar o que podemos fazer para minimizar toda essa situação. Vou providenciar um quarto para vocês dois. Eu posso confiar em vocês?

— Não nos arriscamos desse jeito, correndo todo esse perigo, para ficar de brincadeiras meu pai — falou Mary.— Pode confiar cegamente. Não temos alternativa.

— Mas tem um problema. Qualquer sinal de drogas que eu perceber em algum de vocês, não contem comigo. Terão que se mandar imediatamente. Não vou nem querer saber para onde irão. Só sei que, de agora em diante, não quero saber de drogados. Nem aqui nem lá fora. Se quiserem ajuda, terão que abandonar qualquer tipo de vício. E não venham dizer que isso é impossível, porque direi a mesma coisa. Esqueçam tudo que fizeram e o que deixaram de fazer. Será vida nova daqui pra frente. Não vou tolerar o mínimo deslize. Nem o vício do cigarro, nem do álcool. Irão ter tudo que necessitarem para se curarem desse flagelo que está matando vocês. E ainda ser alguém nesta vida, se assim o desejarem.

Mary, a primeira coisa que você terá que fazer é se desfazer de toda essa parafernália de piercings e disfarçar um pouco essas tatuagens. Sei que para retirar tatuagem não é fácil, mas, se você aceitar, contrato um especialista para tentar amenizar um pouco o estrago. Os piercings não há problemas para retirar. E depois vamos providenciar os documentos e ir embora para bem longe daqui. Vamos para a África. Acredito que ninguém sabe que vocês dois estão aqui no hotel.

— Meu pai, o tatuador e o colocador de piercing que conheço pertencem a gangues. O senhor conhece algum? Porque o que conheço não é possível. É o mesmo que mandar a raposa cuidar do galinheiro.

— Tudo bem. Alguns piercing podemos tirar com um alicate, os que der. Cuidaremos deles em Luanda.

MAYKE LIGOU PARA CABINDA e falou com Guto Otaviano Neves, biólogo, seu amigo de serviço, avisando que iria demorar mais alguns dias para resolver assuntos de seu interesse.

— Se der tempo de resolver tudo até a semana que vem, irei assim que terminar. Tenho dois passaportes para fazer. Já falei com o Dr. Rudney, advogado de Mary. Ele me garantiu que estará tudo pronto até, no máximo, dia 4 de julho, sexta-feira. Se isso acontecer, partiremos dia 06, domingo. Se não acontecer, vou ter que aguardar mais algum tempo. Ele se encarregará de levá-los a qualquer lugar em busca de documentos. É um advogado de porta de cadeia, mas muito reconhecido perante os órgãos públicos federais e estaduais. Acho que não vai ter grandes dificuldades.

— ALÔ, É DE LUANDA. Aqui quem fala é Cleber Júnior Sobrinho (telefonema recebido no dia 27 de junho de 2014, quando Mayke estava arrumando a documentação de Mary e Maycon, com a finalidade de levá-los para Angola).

— Tenho péssimas notícias, amigo. Acontece que Anastácio piorou. Seu estado de saúde é grave em relação ao seu pé. Parece que está com gangrena. Não responde mais aos antibióticos. Já levei a vários médicos e não houve solução. Pergunto ao amigo, o que é que eu faço?

— Faça o seguinte — disse Mayke, preocupado. — Contate imediatamente o Dr. Aníbal. Peça a ele para ir com urgência no apartamento, e depois me avise do diagnóstico.

— Já liguei e ele já está vindo para cá — falou Cleber. Tchau. De resto, está tudo bem.

Mayke não se conteve com a notícia. Pegou o telefone e ligou para Cabinda, para entrar em contato com o Dr. Aníbal. Queria escutar do próprio doutor toda história sobre a infecção do pé de Anastácio.

— É o Dr. Aníbal?

— Sim, sou eu.

— Aqui é Mayke. Eu queria saber o que está acontecendo com o pé de Anastácio. Cleber me ligou dizendo que o pé dele não está nada bem.

— Cleber acabou de me ligar — disse Aníbal. — Eu estive lá ontem. Resolvi dar um tempo para ver a reação do antibiótico, mas, pelo que vejo, não houve reação alguma. Eu tenho quase certeza que o caso de Anastácio é a amputação.

— Faça o que for necessário para salvar a vida do menino Se for necessário amputar, que seja.

— A maioria dos casos de amputação do pé é porque o indivíduo sofre de diabetes. Anastácio tinha diabete do tipo 1 e tinha que observar seu pé diariamente, mas isso não foi feito. Seu pé não sarou totalmente, como tínhamos imaginado. Existia uma infecção por dentro. Como não foi feito nenhum exame minucioso, não foi detectada. Anastácio não sentia a dor, porque a doença provoca a neuropatia diabética, que tira totalmente a sensibilidade do local. O paciente não sente dor no local. Assim, encaminha-se para um caso de gangrena e, em sequência, a amputação. Mayke, você não me falou que Anastácio era diabético! Pelas estatísticas existem no mundo 170 milhões de pessoas com diabetes e a maioria não sabe que possui a doença!

— Eu também não sabia. Sua mãe não me falou nada! Com certeza, ela também não sabia. Anastácio nunca tomou remédio para essa doença.

— Mas a diabete é fácil de verificar em um membro da família, quando se vive diariamente juntos! Seus sintomas são visíveis; por exemplo: excesso de sede, urinar várias vezes à noite, cansaço, vista atrapalhada, infecções frequentes, aumento de apetite etc. Será que a mãe não observou esses sintomas em seu filho?

— Dr. Aníbal, o senhor se esqueceu de que Magali era mulher de guerrilheiro! E que aquelas crianças viveram todo o tempo no mato, com uma pobreza sem precedente! Comiam o que achavam, viviam sempre com um apetite voraz. As infecções eram frequentes devido ao contato com a vegetação. Dormiam em qualquer lugar, passando frio, sendo apoquentados por mosquitos, não tinham hora para levantar ou deitar, fugindo a vida toda de seus algozes, sem contato com o mundo exterior. Como iriam consultar um médico? Dr. Aníbal, uma criança com apenas sete anos de idade pode ter diabete?

— Sim, é claro que pode. Anastácio será avaliado por um endocrinologista pediátrico e com certeza seu tratamento será com aplicação de insulina. Vocês devem ter uma dedicação especial com Anastácio. As consultas médicas terão que ser feitas com frequência, porque a terapia com insulina tem ajustes, conforme as fases de desenvolvimento da criança. Mas não se preocupe, vou contatar o melhor endocrinologista de Angola para cuidar de Anastácio.

VINTE E UM

TRISTE NOTÍCIA SOBRE A FAMÍLIA DE BIOVALDO

MAYKE ESTAVA EM SEU APARTAMENTO, no condomínio do Mangue Seco, em Cabinda, no dia 17 de outubro de 2014, sábado. Era23h35, quando seu telefone tocou. Ao ver que era uma ligação de São Paulo, Mayke atendeu prontamente.

— Alô? Alô?

— Mayke, aqui é seu pai, Rodrigues.

— Fala, pai. Algum problema?

— Sim, filho. É muito mais que um problema.

— Conte-me logo o que aconteceu meu pai! Que problema pode ser assim tão grande?

— Fica calmo, filho. Aconteceu o seguinte: Bica foi jantar no restaurante Fogo de Chão, aqui perto de casa. Ele, Sueli e Vitória. Quando estavam jantando, por volta das 21h, uma moto com dois bandidos parou na frente do restaurante. Portavam armas automáticas. Saltaram da moto e da porta dispararam para dentro do restaurante, que estava lotado. Oito pessoas morreram no local, inclusive Bica e Sueli. Vitória escapou com algumas lesões. Doze ou treze pessoas estão feridas.

Segundo testemunhas, quando Bica notou que era um massacre, jogou Vitória no chão, mas eles não se abaixaram a tempo e foram executados, sentados na cadeira. A polícia isolou o local. O tumulto é grande.

Por sorte, eu e Terezinha estávamos caminhando na calçada da Avenida João Dias, uma quadra antes do restaurante, quando escutamos som de sirenes de várias viaturas da PM chegando ao local em alta velocidade e a correria de pessoas, aos gritos e gesticulando. Tivemos um mau presságio, porque sabíamos que Bica, Sueli e Vitória estariam lá, jantando. Corremos até ao local e, ao chegarmos, vimos um garçom carregando Vitória no colo.

A polícia estava isolando a área, havia três ambulâncias socorrendo os feridos. Identifiquei-me para o garçom que estava com a Vitória, dizendo que eu era o bisavô dela. Mas ele foi taxativo, não me entregou a garota. Levou-me a um policial graduado e a entregou. Eu tive que me identificar e assinar um documento para poder ficar com Vitória. Minha carteira de identidade ficou retida com o policial. Mas eu peguei minha bisneta. Enquanto Terezinha segurou Vitória, eu fui autorizado a entrar no restaurante, por cinco minutos, só para reconhecer as vítimas como sendo os pais de Vitória. E o que vi foi lastimável. Bica e Sueli, de bruços, sobre a mesa ensanguentada, de mãos dadas, com as costas jorrando sangue por vários buracos provocados pelos projéteis. Parece até que tinham combinado de se deitarem na mesma posição sobre a mesa.

Os paramédicos já haviam constatado que ambos estavam mortos. Agora, a perícia já os removeu do local. Terezinha está transtornada. Pedi segurança à polícia, porque acho que tudo isso é uma incógnita. Pode ser os bandidos de Palhoça que vieram atrás de Bica, por causa de Vitória, como pode ser queima de arquivo ou gangues daqui de São Paulo brigando por pontos de drogas.

Desconfio que a facção de Palhoça está por trás de tudo isso. Acho que descobriram o paradeiro de Vitória e estão cobrando a desobediência de Mary e Maycon, por não voltarem mais para o mundo do crime. Tudo isso é hipótese. Meu filho, aqui em São Paulo não há mais ambiente para nós. Temos que fugir o mais breve possível. Eu estava pensando em ir para Luanda, morar perto de você. Mas isso é conversa para outra hora. Agora temos que cuidar do sepultamento de Bica e Sueli. Que tristeza, meu Deus.

— Pai, Bica já havia me dito certa vez que, quando morresse, desejava que seu corpo fosse cremado. Então, se for possível, faça esse favor. Creme os dois e me mande às cinzas.

O Dr. Rodrigues tomou todas as providências em relação a Bica e Sueli. Rodrigues informou as famílias de Sueli e Bica sobre o perigo do translado de São Paulo para Palhoça, referindo-se às facções, que poderiam estar por trás de tudo isso. Achava que o mais prudente seria a cremação de ambos lá no local, sem velório, sem formalidade alguma.

Do I.M.L. seguiriam diretamente para a cremação, sem envolver parentes e amigos, para não serem expostos e não dar margem a vingança ou coisa parecida. E assim foi feito. As cinzas de Sueli e Bica foram colocadas separadas, em duas urnas, e enviadas para Angola, para o endereço de Mayke. E, junto, Rodrigues enviou as agendas e um livro de anotações que Bica usava no seu dia a dia.

Mayke recebeu as cinzas e as levou para o cemitério, onde colocou no mini mausoléu, junto às cinzas de Angélica, para reverenciá-los, como se fossem uma só família.

MAYKE PENSOU: "Ironia do destino... Abandonei minha própria família, que formei com tanto amor, no auge da juventude, e agora estou formando outra família, com cinzas, em um mini mausoléu, para ser visitada nas horas em que a saudade estiver balançando nos meus sentimentos. Bica foi mais que um membro da família. Muito mais que um irmão que eu nunca tive. O conselheiro, que, por muitas vezes, fez-me trocar de ideia, tirando-me de enrascadas que só ele percebia. O sujeito calmo e honesto que eu tive o prazer e a sorte de ter como amigo. Bica era possuidor das melhores virtudes que um homem pode ter: humildade e sinceridade. Agora, vejo meu grande amigo transformado em cinzas, dentro de uma urna, escondendo seus defeitos e virtudes para a eternidade.

Ao abrir seu livro de anotações, descobri que Bica era um poeta. Tinha no interior do livro vários escritos em versos e em prosa. Bica nunca tinha mencionado esse tipo de talento. Acho que ele escrevia somente para satisfazer seu ego. Nas últimas páginas do caderno, escrito de trás para frente, havia oito poemas, alguns inacabados, outros com estrofes pela metade. Ele não se sentia na obrigação de terminar seus versos. Somente dois percebi que estavam praticamente terminados. Detive-me em um que ele intitulou **"OPÇÃO"**, em que manifestava o seu desejo de cremação:

OPÇÃO

Vivemos a liberdade,
No sertão ou na cidade,
Ou no nosso interior.
Passe livre pra pensar
Nesse mundo a caminhar,
Com opção de se opor.

No controle do que faço,
Fora ou dentro do embaraço,
Vivo a parte escolhida.
Lá no invólucro profundo,
No abrir os olhos pro mundo,
É a contagem regressiva.

Usufrui-se a temática,
Constitui-se uma prática,
Da vida, tudo faz parte.
Os sensores ativados,
Tornamo-nos artificializados,
Como uma obra de arte.

Perspicácia no início,
Faz-se muito ou é omisso,
Supondo dono da razão.
A vida constituindo,
Lá na infância sorrindo,
Sobre a interrogação.

Mas o tempo soberano,
Previamente sem um plano,
Forma a realidade.
Nos deixa bailando na vida,
Na consciência inibida,
De ilusões e verdades.

Entulhos de informações,
Cheias de imperfeições,
Deixam-nos na incredulidade.
Aceita-se erroneamente,
Supõe-se ser inocente,
Sem praticar a verdade.

Com elas absorvidas
Escolhe a mais preferida,
No ser fica incrustada.
Forma ali o cidadão,
Oferecendo a opção,
De prosseguir sua jornada.

Austeridade e progresso,
Às vezes cai no inverso,
Sua escolha é sorteada.
Sorte, destino ou auguro,
Atos, fatos prematuros,
Deturpando a caminhada.

Esse ou aquele destino,
Nos faz grande ou pequenino,
Fornecendo autonomia.
Na opção de escolher,
Está em nosso querer,
Aquilo que somos um dia.

Não quero, não devo, não posso,
Do vigário o padre nosso,
É a fé canonizada.
Lá no ser sem opção,
Induzindo a devoção,
Na mente fanatizada.

Na garantia do final,
Muitos alegam um mal,
Medo do desconhecido.
Já maduro e liberto,
Com firmeza, mas incerto,
Faz seu último pedido.

O pedido desejado,
É sem gosto e agrado,
Sem graça e sem emoção.
Ser chorume não me agrada,
Vista-me na minha farda,
E me promova à cremação.

Sem velas, rezas, ou choros,
Flores serão desaforo,
Curtam a simplicidade.
As cinzas joguem no mar,
No mar representará,
A minha autoridade.

No mar da baía sul,
Num dia de vento sul,
Faça as cinzas se estender.
É asa pra liberdade,
Que essa tal de vaidade,
Não deixava acontecer.

Se sou um ente querido,
Para a família ou amigos,
Sou um "cara" de sorte.
Peço encarecidamente,
Para a família e presentes,
Não chorem na minha morte.

Na tristeza ou na alegria,
Eu vivi todos os dias,
Usufrui metas traçadas.
A pouca felicidade,
Vivida com qualidade,
Deixa as tristezas apagadas.

O privilégio de ser cremado,
Não me deixa putrificado,
Enterrado em um caixão.
Ocupando espaço na terra,
Com choros, flores e velas,
Contribuindo com a poluição.

Está registrado o pedido,
O resto eu levo comigo,
Captem esta mensagem.
Se existe julgamento ou não,
A vida não foi em vão,
Fiz parte desta paisagem.

Aqueles que eu agradei,
Que com carinho tratei,
A estes julgo ligados.
Irão sentir a emoção,
Por perder um seu irmão,
Da vida é o resultado.

Um choro ou um sorriso,
Se lembrem do paraíso,
Do reino da santidade.
Acreditem que estou lá.
Jamais conseguirei voltar,
Pra matar sua saudade.

"Eu já sabia que ele queria ser cremado", pensou Mayke. "Em conversa, ele já tinha me deixado esse parecer. Bica escreveu muitas coisas sobre a violência, corrupção, drogas, sobre o desgosto que teve com Luana e algumas linhas sobre o amor que sentia por Sueli.

Existe um adágio popular que diz: *'É nos menores frascos que estão os melhores perfumes'*. Bica e Sueli, dois anjos protetores que surgiram, vindo a unirem-se, um ao outro, só para praticarem o bem. Arriscaram suas vidas para adotar Vitória, obrigando-se a mudar de estado para fugirem da represália da marginalidade, dos drogados e das facções. Tudo isso somente pensando no bem-estar da criança que veio ao mundo por inconsequência de uma delinquente. Mas não foi suficiente.

A marginalidade ultrapassa fronteiras. Meu amigo foi vítima dessa violência infernal que aniquila nossa nação. Foi vítima da violência que tanto detestava. Da violência que já estava registrada em suas anotações. Enquanto impera a impunidade e a falta de visão em nossos legisladores, os cidadãos de boa índole vivem a mazela da sorte a todo o momento. Bica não entendia porque o mundo era infestado de tanta maldade. Não entendia porque as pessoas pendiam para o lado do mal.

Meu amigo Bica, você mostrou que dentro daquele uniforme de funcionário da Empresa Catarinense de ônibus em que você trabalhava havia um ser humano de qualidade e de grande talento.

Bica não pensou duas vezes, botou sua cara a tapa e agiu como um cidadão de bem, responsabilizando-se por algo que nem sequer lhe pertencia. Desafiou todos os obstáculos para salvar aquela criança inocente, que ainda não tinha a menor noção do que estava acontecendo. Bica, você é meu herói. Só por esse ato de coragem e responsabilidade, vou te venerar para até onde minha vida permitir. Por esse motivo, mas respeitosamente, não vou atender ao seu pedido de colocar suas cinzas no mar da Baía Sul de Florianópolis. Você tem que ser venerado. Portanto suas cinzas irão para Cabinda, para um lugar de destaque.

MAYKE IMAGINAVA os três escritos na lápide do Cemitério Municipal de Cabinda, assim:

Angélica Oliveira de Sá

23 de março de 1962 – 14 de setembro de 2013

Sueli Cristina Aguiar

21 de maio de 1985 – 17 de outubro de 2014

Biovaldo Carlos Aguiar

04 de abril de 1971 – 17 de outubro de 2014

SAUDADES, DA FAMÍLIA

Assim, Mayke idealizava o registro no mini mausoléu que havia mandado construir, quando sua esposa Angélica Oliveira de Sá ultrapassou os limites da desambiguação involuntária e passou a fazer do mini mausoléu a sua última morada.

VINTE E DOIS

O ASSASSINATO DE RODRIGO

— PAI, comece já a providenciar sua viagem para cá, traga todos, coloque tudo à venda hoje mesmo, não espere mais um minuto. Comprem passagem para Luanda e venham o mais rápido possível. Esses terroristas de facção não desistem nunca. São verdadeiros tokkotais1 (*1tokkotai, membro de uma associação japonesa no Brasil Shindo Renmei, que matavam seus próprios irmãos*). Fanatizados em suas facções, assassinam seus irmãos perseguindo-os até encontrá-los. Se realmente for isso que estou pensando, o senhor, mamãe e Vitória estão correndo risco de vida. Se você já estiver com os passaportes em mãos, não espere mais. Porque o senhor pode estar na mira deles também.

Pai, ligue para os familiares de Bica em Palhoça. Como parente direto, ele só tem uma irmã. Os pais já morreram. Diga a ela para avisar a família de Sueli, pois eu não sei se ela tem família em Palhoça. O número dela está no celular de Bica. Eles não eram muito chegados um ao outro, mas ele deixou a casa aos cuidados de uma imobiliária local para ser vendida e pediu a ela para cuidar de alguns detalhes e comunicar-lhe todas as vezes que a situação exigisse.

Pai, pede proteção policial para vocês, em especial, Vitória. Não deixe que nada aconteça com Vitória. Mary está muito arrependida pelo que fez. Ela e Maycon estão internados em uma clínica para tratamento de drogados em um país fora de Angola. Não posso revelar o país pelo telefone por segurança. Quando tudo estiver pronto, me comunica que irei esperá-los em Luanda.

******

— ALÔ, é Mayke?

— Sim!

— Aqui quem fala é Rudney Paiva Neto, advogado de Mary.

— Fala, homem! Algum problema?

— Sim, tenho uma notícia ruim. Aproximadamente às 14h26, do dia 05 de fevereiro de 2015, na penitenciária de Florianópolis, quando presos estavam em banho de sol, O seu filho Rodrigo, sofreu uma agressão provocada por um membro da facção adversa e devido o grau de agressividade, o mesmo foi levado ao hospital, mas infelizmente não resistiu e veio a entrar em óbito. Ele estava sendo perseguido há vários meses por membros da facção rival, que juraram vingar a morte de Vieirinha. Um desses vingadores, o Jesuíno Tobias Furtado, o (Jés), havia sido transferido para a penitenciária uma semana antes. Fora removido de outra cadeia de segurança máxima e ali instalado.

Rô tinha todo cuidado, seu grupo estava sempre por perto. Mas naquele dia, os cinco elementos do grupo tinham ido ao médico, para a recuperação de uma virose. Estavam doentes e necessitavam de cuidados médicos. Rodrigo não queria ir para o banho de sol, estava com medo de ser agredido e não ter seus comparsas por perto, mas não teve escolha, foi obrigado a sair de sua cela.

A facção rival soube que Rodrigo havia ganhado causa na Justiça contra seu pai. E souberam, por advogados da facção, que ele havia recebido uma quantia interessante em espécie, que poderia pagar o crime cometido contra Vieirinha. O grupo rival estava sondando Rodrigo. Alguém já o havia interpelado sobre o dinheiro. Já tinham lhe imposto uma taxa mensal para saldar a dívida pelo assassinato de Vieirinha, agredido em 2011, falecendo em 2013, devido à agressão. Rodrigo manteve-se calado, não dando resposta ao grupo rival. Por isso estavam irritadíssimos e não queriam esperar mais para cobrar, pois já havia passado dois anos da morte de Vieirinha. A desmoralização que Rô causara à facção rival não podia continuar por mais tempo, a resposta deveria ser dada. Seria nesse dia ou nunca. O poder de imposição da facção teria que ser mantido.

A demora já era uma desmoralização. Esse ato daria a eles mais poder e respeito. Rodrigo ainda não tinha poder sobre seu dinheiro.

— Você, Mayke — continuou o advogado —, já havia depositado, como combinado na sala de audiência. O depósito foi feito em juízo e Rodrigo só iria ter acesso ao dinheiro quando fosse absolvido, mas seus inimigos não tinham conhecimento disso e passaram a exigir dele. O bandido rival esperou que o pátio estivesse cheio. Os membros da gangue combinaram de formar uma espécie de tumulto em volta de Rodrigo. E assim foi feito. Quando a carceragem se afastou, os bandidos correram em direção a Rodrigo, que estava sentado em um banco, em local mais retirado do público presidiário, e um deles, com um estuque fabricado com uma escova de dente, fez o mesmo que Rodrigo fez com Vieirinha. O elemento escalado para praticar o massacre pulou sobre Rodrigo, enquanto os outros fizeram uma roda em torno da vítima, e desferiu um golpe certeiro na veia jugular, dando-lhe mais dezesseis estocadas no abdômen. Isso em questão de trinta segundos. Para confundir os vigilantes, todos se lambuzaram no sangue que jorrava da jugular, disfarçando ao acudi-lo. Pegaram Rodrigo no colo e disseram estar levando para a enfermaria. Disseram que Rodrigo tinha sido atacado por alguém, mas que ninguém tinha visto quem foi. Os agentes da fiscalização ajudaram a transportar Rodrigo até a enfermaria. Ao chegar lá, seus sinais vitais já estavam fracos. Rodrigo foi medicado na enfermaria e transportado para o Hospital Celso Ramos, em Florianópolis, mas ao dar entrada no hospital, já estava sem vida.

— E como foi o enterro dele? — perguntou Mayke.

— Não teve enterro — respondeu Rudney. — Por não ter ninguém para reclamar o cadáver, ele foi dado como indigente. Vou entrar em contato com o juiz para fazer o estorno para sua conta do dinheiro que você depositou em juízo.

— Mas porque não te falaram da morte de Rodrigo no mesmo dia? — perguntou Mayke.

— Eu estava viajando! Fiquei seis dias no Maranhão, fui lá a serviço. Só voltei quando tudo estava resolvido. E quando cheguei aqui já fazia cinco dias que Rodrigo tinha sido assassinado! Não deu para fazer mais nada,

— Deixa pra lá... — falou Mayke. — Então você vê esse negócio da transferência do dinheiro e me telefona. Já depositei seus honorários. Obrigado. Tchau.

VINTE E TRÊS

A FAMÍLIA REUNIDA EM LUANDA

MAYKE FORMOU, EM LUANDA uma família que jamais imaginava ter. Ele e seu pai compraram um sítio de 10 hectares em Luanda, no município de Cacuaco, às margens do Rio Bengo. Um município pequeno, com uma área de 571 km quadrados, com apenas 26.000 habitantes.

No sítio, Mayke mandou construir uma casa de tamanho suficiente para suportar sua nova família, sem restrições. O Dr. Rodrigues e sua esposa, Thiago e seu neto, Vitória, a filha de Mary, Magali e seus cincos filhos. Dois quartos ficaram aguardando a ida de Maycon e Mary, que estavam em outro país, numa casa de tratamentos para drogados. Mayke colocou Maycon lá para garantir que não houvesse recaída. Ainda pensando no que disse Angélica em seu leito de morte — "Nem só de pão vive o homem", — outros benefícios foram construídos, como campo de futebol, piscina, uma pista para corridas e caminhadas, lagos para peixes e uma capela para a família se dedicar à espiritualidade.

Mandou esculpir uma estátua com a altura e o rosto de Angélica,

O AGORA ESTUDANTE DE TEOLOGIA, com sua vida estruturada e acertada financeiramente, resolveu apostar tudo em uma família totalmente voltada para a espiritualidade. "Se é exagero, não sei, mas vou tentar colocar dois filhos de Magali no seminário", pensou.

> *"Embora ninguém possa voltar atrás e*
> *Fazer um novo começo, qualquer um pode começar*
> *agora e fazer um novo fim".*
> *(Francisco do Espírito Santo)*

AOS 51 ANOS DE IDADE, Mayke resolveu parar de trabalhar e conviver com a família. Deixou seus negócios em Luanda a cargo de seu sócio e se aposentar. Iria viver exclusivamente para a família. Resolveu seguir o conselho de Angélica que ainda mexia com sua cabeça: "Nem só de pão vive o homem". Já tinha ganhado dinheiro suficiente para viver o resto da vida ao lado da mulher que passou a ser sua amada, Magali, pois, em um ato solene, levara-a ao altar.

Apoiado por seu pai e sua mãe, Mayke não teve dúvidas. Os filhos de Ramires Fulgêncio dos Passos agora eram responsabilidade dele e de Magali. A família que não conseguira construir ao lado de Angélica, devido ao apego pelo trabalho, construiria agora, uma família digna, ao lado de seus pais; de Magali, sua esposa; de seus filhos Maycon, Mary e Thiago; de sua neta, Vitória; e dos filhos de Magali, André, Antônio, Rosilda, Anastácio e Raimundo José.

— Vou me formar no curso de Teologia — asseverou Mayke para a esposa, Magali. — Não vou perder minha família novamente por falta de espiritualidade. Agora eu não preciso mais trabalhar, a preocupação com a manutenção do lar não existe. Espero que a inspiração em Angélica nos faça uma família forte, capaz e feliz.

MAYKE, de um subjugado covarde, irresponsável e sem espiritualidade, como disse sua esposa Angélica quando ele a visitou no hospital, em Florianópolis, já em estado terminal, fez-se uma pessoa responsável. Com muita determinação, resolveu formar uma nova família, no mais curto espaço de tempo possível. Juntou seus parentes que tinham sobrado, com a família de Magali e formou o lar que nunca imaginara ter.

A lisura ou a sovinice que Angélica lhe atribuiu não era verdade. Mayke fez questão de mostrar para si mesmo que Angélica não sabia o que estava dizendo. Nunca deixou a primeira família em necessidade financeira, mas não foi correto deixando-os sozinhos, sem atenção, sem a sua companhia. E fez questão de dar a sua nova família todo conforto possível e satisfazer todas as suas necessidades, mas com ele ao lado.

— Eu só queria ficar rico para depois ter o prazer de gastar o dinheiro com sabedoria, com minha família. Mas minha ausência do lar não permitiu que assim fosse. Estou, sim, gastando o meu dinheiro com a família que agora formei, partilhando tudo com eles.

******

NESSE MEIO TEMPO, Mayke resolveu fazer um passeio ao Brasil. Mas não foi para Santa Catarina. Rumou para o estado da Paraíba, tentando achar vestígios de sua amada Angélica. Foi até Cabedelo, município em que Angélica nascera, de acordo com sua Certidão de Nascimento.

Em Cabedelo, instalou-se em um apartamento no Victory Flat Intermares, na Avenida Oceano Índico. Com a Certidão de Nascimento de Angélica em mãos, conseguiu localizar o cartório em que ela foi registrada. No cartório descobriu que Angélica havia nascido em Intermares, nas imediações da praia do Jacaré. Lá, conseguiu alguns contatos com parentes dela e, por esses contatos, descobriu que os pais de Angélica já haviam falecido.

— Angélica era filha adotiva — disse dona Francisquinha, irmã de Mercedes e tia de Angélica. — Mercedes a adotou quando Janaína deu à luz e morreu durante o parto. Janaína era nossa irmã. Éramos três irmãs. Mercedes, a mais velha, eu, a do meio, e Janaína, a caçula. Mercedes já estava casada há cinco anos, mas não tinham filhos. Janaína morava com Mercedes. Por ficar grávida solteira, nosso pai a expulsou de casa. Papai falava que tinha que fazer isso para preservar a honra da família.

— E porque Janaína não se casou com o pai de Angélica? — perguntou Mayke.

— Ele era um filhinho de papai. Não era daqui de Cabedelo. Quando ele soube que Janaína estava grávida, sumiu. Ninguém sabe para onde ele foi. Isso já faz mais de cinquenta anos e nunca mais tivemos notícias dele. Mercedes, apesar da pobreza, criou Angélica com tanto amor, tanto carinho, que quando Angélica saiu de casa para ser modelo em São Paulo, minha irmã não se continha de tanta alegria, dizia que Angélica tinha vindo ao mundo para salvá-los da situação de pobreza. Aí, Angélica não deu notícias, ela caiu numa tristeza profunda e nunca mais foi a mesma. Sofreu 33 anos, desde que Angélica saiu de casa, e morreu aos 69 anos de idade, imaginando que Angélica era uma ingrata e que os abandonara. Eu não sei qual dos dois não podia ter filhos e eles eram muito infelizes por isso. Seu pai, o Januário, morreu três anos atrás, aos 71 anos de idade, atropelado, quando catava latinhas com uma bicicleta de três rodas que um mecânico havia adaptado para ele, para poder fazer esse trabalho. Teve morte instantânea. Mercedes não se conteve. Sozinha, sem o marido, foi definhando, não saía mais de casa. Faz nove meses que ela faleceu. Eles diziam que Angélica tinha ficado rica e que não quis mais saber deles, que ela tinha vergonha deles e nunca mandou notícias. Angélica está com má fama aqui em Cabedelo. Ninguém tentou saber a verdade, só querem jogar pedras. Seus pais achavam que ela pensava que, por não ser filha biológica, não tinha nenhuma responsabilidade com eles. Eles tinham em Angélica a sua "galinha dos ovos de ouro", no entanto, tiveram decepção. Quem é o senhor? O senhor tem visto Angélica?

— Dona Francisquinha, eu vim aqui em Cabedelo exatamente para falar sobre Angélica — disse Mayke.

Ele contou a dona Francisquinha toda a história de Angélica.

— Eu vim aqui para esclarecer essa história e saber corretamente de sua origem, porque a mim ela nada contou sobre seu passado aqui, em Cabedelo, nem sobre sua família.

DONA FRANCISQUINHA, já com seus sessenta e sete anos de idade, ouvindo a história que Mayke relatou, ficou pasma, não sabia o que dizer.

— Mas porque ela não se comunicou com seus pais, avisando sobre a tragédia que lhe tinha acontecido?

— Ela morria de vergonha. Angélica era uma mulher de caráter. Para me contar a história de modelo e o fato que aconteceu em São Paulo foi preciso alguns anos. Com certeza, ela iria mandar buscar seus pais para morar com ela, quando sua situação melhorasse, mas não deu tempo. O destino mudou o rumo de sua história várias vezes, não lhe dando a oportunidade de se reajustar. Seus pais deixaram alguma coisa aqui em Cabedelo?

— Não, na verdade eles não tinham nada. Moravam em um rancho feito com restos de madeira, na praia do Jacaré, e o terreno era invadido. Hoje, as imobiliárias atuam lá e só se vê casarões e início de condomínios. Não sei como eles podem construir aqueles monstros e nós não temos permissão para construir nada. Quando se tenta construir alguma coisa, eles alegam que é terreno de Marinha, área de preservação, e assim por diante.

Mayke volta para Luanda com a alma lavada. Agora, sim, o passado de Angélica tinha ficado esclarecido.

******

MAYKE TEVE UM MAL SÚBITO. Depois de tantas emoções fortes, seu coração titubeou, resolveu dar sinais de cansaço. Foi socorrido por seu pai. Mas não foi nada grave, apenas um susto. Ele também estava com sintomas de depressão. Seu coração, após tantos solavancos, resolveu se manifestar em sua fraqueza. Em sua cabeça, não cabia mais tanta agitação. Na cama, refazendo-se do susto, pensou:

"Primeiro foi Augusto, o segundo filho. Por pior que seja o filho, não deixa de sacudir o coração de um pai. Mas Augusto não era o pior. Tinha seus defeitos, mas trabalhava. Tinha sua oficina de consertos de motos. Era viciado em maconha, mas não vivia fazendo delinquências, como seus irmãos. Augusto era o xodó de Angélica. Ele tinha jeito. Era obediente, não agredia seus pais com palavras. A sua morte transtornou Angélica, deixou-a sem gosto para a vida. Após seu falecimento, Angélica foi definhando até o final.

Ainda tinha o drama de Rodrigo, Mary e Maycon. Imaginem o desespero de uma mãe, vendo seus filhos sadios, abandonando os estudos, destruindo-se nas drogas e se afundando no mundo da perversidade e do crime. Vendo sua única filha mulher se prostituir em plena adolescência.

Na infância deles, quantas noites sem dormir para cuidar de seus meninos, quando ficavam doentes. Rodeada de cinco maravilhas de crianças, todas em casa, ao seu lado pedindo comida, pedindo roupa limpa. "Mãe, me dá banho", "Mãe, me ajuda com os deveres da escola". E os que não falavam, só choravam.

Dizia ela: 'Rodrigo, vai lá ver o seu irmão Thiago. Vê se já está dormindo'; 'Rodrigo, cuida dos seus irmãos, que vou lá na padaria do João Leite para comprar pão. Não vou demorar'; 'Vamos todos dormir para levantar cedo, que papai chega amanhã de manhã. Ele não gosta de chegar e encontrar alguém dormindo'.

Com muita luta e labor, cuidava das cinco crias, mas era feliz, apesar de estar quase sempre só, pois eu trabalhava em outro estado. Um coração terno, cheio de amor para com seus filhos. Só que o tempo estragou tudo.

Imaginem depois, ao crescerem, com a brusca modificação. Aquele coração de mãe, tão sensível, não podia resistir a tão drástica mudança. A perversidade do destino os levou para o lado do mal, para o lado oposto a tudo que se planeja para os filhos. Aí está a explicação: não tem coração de mãe que aguente. Talvez, ainda tenha durado um pouquinho porque havia sobrado um único filho que não havia pendido para o lado não desejado. Thiago foi a salvação. Mas ele teve que fugir e, fugindo, acelerou o final de Angélica".

VINTE E QUATRO

O DESTINO DE CADA MEMBRO DA FAMÍLIA

A POLÍCIA PRENDEU um elemento com vários quilos de cocaína, na região de Ingleses, em Florianópolis, numa batida policial para prender um indivíduo que tinha assassinado um traficante rival, na Vila do Arvoredo, conhecida popularmente como Favela do Siri.

Ao ser interrogado na delegacia, o indivíduo confessou todos os crimes que tinha praticado. Então descobriram que ele tinha assassinado Josai (Jô). O elemento contou com detalhes como havia esfaqueado Jô. Por esse motivo, o juiz mandou suspender o mandato de prisão de Maycon. Agora ele está livre para legalizar seus documentos e ter a chance de ser um cidadão de bem. Mas só vai sair da casa de recuperação quando completar dois anos de internato. A polícia já descobriu onde Maycon está internado, mas com a suspensão do mandado de prisão isso nem interessa mais.

Maycon e Mary estão internados em uma casa para recuperação de drogados, em Portugal, na província Trás-os-Montes, que corresponde aos atuais distritos de Vila Real e Bragança.

UMA VEZ POR SEMANA, Mayke se desloca a Cabinda para orientar seus funcionários em um pequeno negócio que ele ainda mantém na região, envolvendo petróleo. Vai ao cemitério de Cabinda visitar o pequeno mausoléu e fazer algumas preces para sua esposa e seus dois amigos, que em cinzas lá estão representados.

SEU PAI desfruta suas 82 primaveras em ambiente requintado, gozando de saúde suficiente para gastar uma parte do tempo com sua bisneta, a menina Vitória. Aposentou-se e foi para Luanda morar com o filho. Só pratica a medicina no âmbito familiar.

SUA MÃE, aos 78 anos de idade, passa a maior parte do tempo mexendo na horta e outro tanto à disposição de sua bisneta.

Diariamente, ela e Rodrigues caminham na pista do sítio, recomendação do próprio Dr. Rodrigues para manter uma qualidade de vida estável.

THIAGO (seu filho mais novo) está se preparando para o vestibular de Medicina, em Luanda.

MAGALI mantém-se como uma boa dona de casa, dedica-se inteiramente aos seus filhos e ao seu marido. Seus filhos estudam em colégios da região, sendo transportados por vans que trabalham com transporte escolar. Com exceção de Raimundo que ainda não tem idade para frequentar escola.

ANASTÁCIO amputou o pé, mas já está usando uma prótese e segue a vida normalmente.

ROSILDA REGINA ainda faz tratamento contra a malária.

ANDRÉ, aos 15 anos de idade, está terminando o ensino médio e se inteirando dos negócios do padrasto, negócios de imobiliária e biocombustível, dos quais Mayke é sócio majoritário. Estuda no período matutino e fica no escritório no período vespertino, preparando-se para assumir quando estiver pronto. André é muito dedicado e mostra habilidade para negócios.

O DR. ANÍBAL foi contratado como médico da família. Uma vez por semana ele vai a Luanda, na casa de Mayke, cumprindo seu contrato. Ainda mantém seu vínculo com o hospital de Cabinda.

******

EM UM DOMINGO, dia 1º do mês de novembro de 2015, Mayke quis comemorar o aniversário de Rosilda Regina, que estava fazendo 12 anos de idade. Reuniu toda família e rumaram ao centro de Luanda para passar o dia em um parque de diversão, na zona do Benfica.

Além da gastronomia, lá tem um carrossel especial e danças, teatros e músicas para todos os gostos. Um local próprio para a comemoração do aniversário de uma adolescente.

E já verificou o local onde Magali ia participar, pois Magali, por sugestão de Mayke, integrou-se à Associação da Mulher da Igreja

Católica, e essa associação integrou-se ao sistema do parque, para trabalhar como voluntária em prol do meio ambiente.

NO CARROSSEL, Mayke reconheceu alguém: a menina que conhecera no avião, Márcia, que, ao avistá-lo, encheu-se de alegria e, ao sair do brinquedo, correu em sua direção para abraçá-lo.

— Oi, Márcia! Como vai? Tudo bem?

Mayke deu um abraço e um beijo no rosto de Márcia e, em seguida, apresentou-a a sua família.

Márcia, extrovertida, simpática, não teve dificuldades para cativar a amizade de todos.

— Está aqui sozinha, Márcia? — perguntou Mayke.

— Não, estou com minha mãe. Ela está ali, sentada, me esperando.

Apontou para o local onde estava sua mãe. Mayke observou Olívia sentada em um local coberto, abrigando-se do sol, que, naquele momento, estava abrasador.

Olívia estava observando todos os movimentos de sua filha e, ao avistá-la junto à família de Mayke, levantou-se, no momento em que Mayke fez um sinal para que ela fosse se reunir a eles e acompanhar a refeição do meio-dia. Para não despertar ciúmes em Magali, Mayke apressou-se em apresentá-la.

— Essa é Magali, minha esposa. Esses são meus filhos. Magali, essa é Olívia, advogada que trabalha no escritório da empresa Onde A. Brecha aqui em Luanda. Pela Márcia, sua filha, nos conhecemos no avião, na penúltima vez que vim do Brasil, e nos tornamos bons amigos.

Magali alegrou-se com a apresentação e instalou-se um clima amistoso.

Durante a alimentação, Olívia contou a Mayke o que havia acontecido com seu ex-marido, no Brasil.

— Doutor Mayke — disse Olívia, — meu ex-marido está preso no Brasil. Foi preso acusado de lavagem de dinheiro, formação de quadrilha e sonegação de impostos. Foi citado na delação premiada.

— Mas seu marido é algum político?

— Não, ele é braço direito de políticos que foram delatados. Com a prisão do chefe dele, foi envolvido e preso também. E com toda essa confusão, eu fiquei desempregada. O escritório em que trabalhava era mantido por ele e a maior parte do trabalho que eu fazia era pelos contatos dele.

— Mas vocês não estão separados? — perguntou Mayke.

— Sim, estamos separados há dois anos e três meses, mas os negócios continuaram funcionando sem nenhuma alteração. Agora seus bens foram todos bloqueados, o escritório foi fechado e eu estou tentando arrumar outro lugar para trabalhar.

Mayke tirou do bolso vários cartões amarrados em um elástico e, dentre eles, procurou aquele que Márcia havia lhe entregado naquela viagem de avião.

— Aqui está o seu cartão. Márcia me entregou dizendo que, se precisasse de advogado, ligasse para esse número, que você era uma excelente advogada e que nunca tinha perdido uma causa. Achei exagero, mas como mãe só conta vantagens para os filhos, resolvi não contrariar.

— É verdade, Márcia exagerou. As causas que aceito são causas com uma porcentagem alta com chances de vencer. Ficamos no oitenta por cento de causas vencidas.

— Doutora Olívia, agora sou eu que lhe oferto o meu cartão. Aqui está. Estou precisando urgentemente de um advogado no escritório aqui, em Luanda, e você chegou na hora certa. Se você aceitar, o endereço é este. E mostrou-lhe seu cartão, com o seguinte endereço: Bela Business Park, Torre Bengo, 7º andar, sala 765, telefone e e-mail. Lá você se apresenta ao engenheiro Cleber Júnior Sobrinho e leva uma carta de recomendação escrita por mim. O salário é condizente ao de um advogado. Você terá trabalho para fazer no escritório e em casa. Isso quer dizer que não precisa fazer um expediente rigoroso. Você só tem que apresentar o trabalho no prazo necessário. Eu acho que você vai gostar.

— Senhor Mayke, quem é Cléber? Ele é pessoa confiável?

— Se não fosse, eu não teria me associado a ele nos negócios.

— Desculpe eu perguntar...O senhor Cleber não é um desses laranjas, como era meu marido?

— Doutora Olívia, o meu sócio, o doutor Cleber, desde que nos conhecemos, nunca ouvi falar algo que maculasse sua imagem. Trabalhamos há mais de cinco anos juntos, jamais me decepcionou, só tenho elogios pela competência com que conduz os negócios. Ele é meu braço direito. Agora que me aposentei, deixei tudo nas mãos dele. Ele é o diretor da Firma e conduz o escritório de imobiliária e de biocombustível. Existem outros responsáveis por departamentos, mas ele é o chefe geral.

Cleber Júnior Sobrinho formou-se um ano depois de mim. Mas nós nos conhecemos durante o tempo de faculdade e Cleber se destacava em sua turma pelo seu QI elevado. Interessadíssimo pelo estudo e pela matéria que estava cursando. Estudou em duas faculdades ao mesmo tempo. Formou-se Engenheiro de Minas e Biologia, no ano de 1990. Mas como nada é perfeito, Cleber ficou desempregado um bom tempo. Por fim, estava trabalhando na Petrobras, mas não estava gostando, pois não trabalhava no setor para o qual era qualificado. Por ser muito tímido e humilde, não despertou encanto nos grandes da Petrobras. Sua amizade era limitada aos funcionários mais simples da empresa. Um tempo depois de eu estar estabelecido aqui em Luanda, foram aparecendo negócios de grande vulto e, para aceitar, precisava de alguém com perfil para ser meu sócio e coragem para entrar nos negócios que estavam começando.

Não vou exemplificar quais negócios, pois você vai ter a oportunidade de ver com seus próprios olhos se aceitar o emprego. Então fui ao Rio de Janeiro e contatei Cleber, explicando o tipo de negócio e expondo os prós e contras que, porventura, poderiam acontecer. Era um grande empreendimento da empresa Onde A. Brecha. Cleber analisou os papéis que lhe apresentei e sua inteligência aguçada viu ali a constatação de um excelente negócio. Eu já tinha um bom conhecimento com as autoridades do BNDES. Não tive dificuldades em garantir investimentos em alto escalão para entrar de cabeça erguida nos negócios.

E, por sermos novidade na área, fluiu positivamente, além da expectativa. Acreditamos e ganhamos. Depois que me aposentei, coloquei André para fazer expediente com Cleber. André estuda no período da manhã e faz expediente no período da tarde. André é filho de Magali. Completou 15 anos de idade no dia 25 de maio.

— André não é seu filho?,

— Não, eu sou padrasto de André e mais quatro irmãos. É uma história longa. Um dia posso lhe contar.

APÓS UM BOM TEMPO de conversas, Olívia convida Márcia para irem embora. Mayke também já reunia a turma para se retirarem do recinto devido ao adiantado da hora.

Com mais recomendações, não perde a oportunidade de relembrar Olívia para se apresentar no endereço combinado. Olívia acena com o polegar em sinal de positivo, despede-se de todos e se retira, informando que no outro dia iria ao escritório para conversar com o doutor Cleber.

VINTE E CINCO

A NOVA AMIGA, ADVOGADA OLÍVIA

O RELÓGIO MARCA 8h23 do dia 02 de novembro, quando Olívia se encontra em frente ao escritório imobiliário, no Condomínio Belas Business Park. Não acreditou no que viu. O que Mayke chamou de escritório era um prédio inteiro. Ali funcionavam vários escritórios, tudo pertencendo à mesma empresa.

"Será que é aqui?", Olivia pensou, desconfiada. Após alguns minutos, ligou para o número que estava no cartão. Cleber atendeu e disse que já a estava aguardando, pois Mayke já havia informado e passado todas as recomendações.

Cleber pediu que ela entrasse e se dirigisse ao 7º andar.

— Pode entrar, doutora. Bom dia. Sinta-se à vontade.

Um aperto de mão e uma indicação apontando para um sofá sofisticado. Olívia estava encantada com a sofisticação daquela sala, uma decoração demonstrando prosperidade.

Cleber estava acompanhado de uma secretária. Uma jovem com postura condizente com o ambiente. Olívia olhou a mão esquerda da secretária e uma aliança no dedo anelar lhe chamou atenção.

"Suponho que seja esposa de Cleber", pensou. Cleber não deixou sua mão esquerda à disposição para que Olívia observasse se tinha aliança ou não. Ficou na dúvida, naquele momento.

Cleber, com alguma cerimônia, começou a explicar para Olívia o tipo de trabalho que a esperava:

— Existem situações que envolvem o pessoal e a empresa. São situações que a senhora vai desembaraçar, além dos assuntos que requerem o trabalho de advogados. Nós temos advogados que trabalham para a empresa, mas são terceirizados e não conseguem dar conta. Então a senhora irá tratar com assuntos ligados diretamente à empresa. Com um ou dois meses de trabalho estará integrada totalmente ao serviço. Terá uma secretária interna e, se necessário, pessoal de campo para ajudá-la. Se aceitar, pode começar a trabalhar amanhã. Dê um passeio pela empresa para se ambientar. Analise suas condições, as condições da empresa e falaremos sobre seu salário. Mayke já me passou qual vai ser. Além dos vencimentos, pode ter comissões conforme o tipo de serviço desenvolvido. Tudo isso conversaremos no decorrer do tempo.

OLÍVIA SE ENCANTOU à primeira vista com o desembaraço daquele homem amadurecido pelo tempo, sem arrogância e com muita simplicidade, que desenvolvia seu trabalho com a maior naturalidade.

Cleber tinha 50 anos de idade, mas sua aparência apresentava uma jovialidade de dez anos a menos. Olívia só saiu do escritório quando se certificou de que não havia aliança no dedo anelar da sua mão esquerda. Concluiu que Cleber era solteiro e que aquela secretária era compromissada com outro homem.

No outro dia, Olívia se apresentou no escritório, pronta para assumir seu trabalho. Cleber mostrou-lhe os arquivos, as pastas que deveriam ser consultadas, os computadores à sua disposição e preparou Olívia para receber os funcionários da empresa, que apareciam sem prévia comunicação, uns com soluções, outros com problemas.

Soluções ou problemas teriam que ser aceitos ou resolvidos pela advogada da empresa. Tudo com o aval do chefe. A conversa com o chefe, no dia a dia, era somente no que dizia respeito ao serviço. Mas Olívia estava encantada com aquela beleza de criatura. Pensava o dia inteiro como abordar o chefe. Tinha medo da reação dele. Não podia misturar as coisas.

Olívia soube, pela secretária, que Cleber jantava, às segundas, quartas e sextas-feiras, no Restaurante Kook, ali mesmo, em Talatona, no Belas Business Park.

NO DIA 11 DE NOVEMBRO, uma quarta feira do ano de 2015, Olívia saiu mais cedo do expediente, sofisticou-se do melhor jeito e em seu automóvel, dirigiu-se ao dito restaurante. Márcia, sua filha, ficou aos cuidados da empregada. Olívia fez questão de chegar antes de Cleber no restaurante porque, se ele estivesse acompanhado, teria como disfarçar.

Um restaurante com um toque de requinte, reservado, com excelente estacionamento. Seu interior bem decorado qualificava um ambiente romântico. Em uma mesa, encostada à parede, distante do centro do salão, mas perto da porta, ela permaneceu sentada, saboreando uma taça de vinho do Porto e olhando o cardápio de comida japonesa, até que Cleber aparecesse. De repente ela, olha para a porta e o vê.

Cleber, sempre bem apresentável. Olívia ficou olhando aquele homem vestido de terno preto, com dois metros de altura, uma feição de garoto responsável, digno de um executivo. Cabelos com início de grisalhos nas extremidades, com um corte rigoroso, ostentando responsabilidade.

Não foi preciso Olívia chamá-lo. Cleber, ao entrar, ficou parado na porta, do lado de dentro, olhando para todos os cantos do salão, para ambientar-se com o contraste claro-escuro. Nesse clima de ambientação, Cleber percebeu a presença de Olívia, sentada, a cerca de cinco metros dele. Olívia esboçou um sorriso convidativo e Cleber entendeu perfeitamente o convite.

Não era ingênuo, mas não percebeu a armação. O interesse de Olívia e a preocupação que tinha com o chefe despertaram em Cleber um sentimento recíproco.

Cleber já havia percebido que Olívia era uma funcionária de valor. Já havia demonstrado em seus poucos dias de trabalho grandes responsabilidades com tudo aquilo que agregava. Também demonstrava belo gosto no modo de se vestir. Mostrava interesse e era eficaz. Quanto a sua apresentação pessoal, Cleber pensava: "Não é de se jogar fora".

Olívia apresentava uns 45 anos de idade. Seu sorriso cativante a enchia de simpatia e revelava uma mulher bonita. De estatura mediana, cabelos castanhos, soltos e esvoaçantes, que caíam sobre os ombros, diferente de uma mulher executiva padrão. Sua cor clara e seus olhos azuis determinavam a feição jovem que ela tentava passar em uma maquiagem suave, que combinava perfeitamente com o batom em seus lábios. Naquele momento, Olívia usava um vestido azul-escuro de fino tecido, tocando nos joelhos e moldando seu corpo esbelto. Ainda, um colar com duas voltas de bolinhas brancas e brilhantes, e um bracelete prateado que chamava atenção. Não dispensara sua bolsa preta com pingos brancos nas laterais. Se a intenção de Olívia era impressionar, atingiu seu objetivo.

— Está esperando alguém? — perguntou Cleber.

— Não — respondeu Olívia.

— Posso me sentar aqui com você?

— Sim, por favor.

Olívia apontou com a mão direita para a cadeira na sua frente.

— Já fez seu pedido? — perguntou ele. — E pegou o cardápio para verificar o que ia pedir.

— Ainda não — respondeu Olívia.

O garçom se apresentou imediatamente, não dando chance para que fosse chamado.

— Traga-me uma taça de vinho, por favor — pediu Cleber.

— Tem preferência de marca, senhor?

— Sim. Vinho do Porto.

O sotaque do garçom demonstrava que a língua portuguesa não era sua língua oficial. Mas não se poupava, fazendo esforço para agradar ao cliente.

— Eu vou pedir um combinado de sushi — falou Cleber.

— Eu também — concordou Olívia.

No decorrer do jantar, ambos com a prudência de não encabular um ao outro, sofriam com conversas sem importância, sem qualquer essência proveitosa. Mas Olívia não tinha ido lá somente para jantar, nem perder tempo com conversas banais. Seu interesse era conquistar o chefe. Tinha que achar um jeito de envolvê-lo em uma conversa que os levasse ao objetivo.

— SENHOR CLEBER, porque não trouxe sua esposa?— perguntou Olívia, envolvida na malícia e já sabendo da resposta.

— Não tenho esposa. Moro sozinho em um apartamento aqui em Talatona, no Belas Business Park. Esse negócio de esposa é muito complicado. Já fui casado um dia. No início, achei que foi o melhor negócio da minha vida. Mais tarde descobri que não era. O divórcio foi bem melhor. Vivemos juntos apenas três anos. Não tivemos filhos, ela não queria, achava que era cedo demais. Achava que a gestação e a amamentação danificariam seu corpo. Então sempre escutava aquela frase: "Filhos agora não. Deixaremos para mais tarde". E foi melhor assim. Isso aconteceu logo em seguida que eu me formei. Com dois anos de namoro já havia percebido que não iria dar certo, vivíamos em constante desacerto.

Ela filha única, nascida em berço de ouro, não tinha nada a ver com uma dona de casa. Só queria estar junto com sua família, participando da alta sociedade. Eu, na minha pobreza, com um subemprego, não tinha as mínimas condições de mantê-la. Seus pais ajudavam, mas eu não me sentia bem com aquela situação. As discussões constantes nos levaram à separação. E desde então não quero mais saber de mulher para casar. Sou feliz assim, solteiro, sem comprometimento, sem submissão. E você, porque não trouxe seu marido?

— Boa pergunta. Não foi possível, ele não mora aqui em Angola.

— Como assim? Não moram juntos?

— Não, somos separados há mais de dois anos. Meu marido se meteu em encrencas, está no Brasil respondendo a processo, apanhado por uma tal de Operação Leva-Jeito. E parece que já foi preso. Não temos mais nada um com o outro. Meu advogado já está providenciando o divórcio.

OLÍVIA ENCAROU SUA PRESA com um largo sorriso, como dizendo que estava sozinha e necessitava de companhia.

O astuto Cleber entendeu aquele sorriso como uma cantada.

— Então quer dizer que está sozinha, sem compromisso amoroso?

A conversa chegou onde Olívia queria.

— Sim, doutor Cleber.

— Por favor, não me chame de doutor. Apenas Cleber. Não estamos em ambiente de trabalho. Com essas palavras, Olívia percebeu que Cleber tinha aberto a guarda. E com a guarda aberta, estava na hora de atacar.

Olívia deixou cair seu guardanapo de propósito. Na condição de bom cavalheiro, Cleber se abaixou para pegá-lo. Olívia calculou o momento exato em que Cleber levou a mão ao guardanapo e, com um movimento sincronizado, também levou a mão ao guardanapo. Fingiu um desequilíbrio e fez com que Cleber pegasse em seu pulso, levando a outra mão sobre a mão de Cleber e, com muita astúcia, transmitiu a mensagem que desejava.

Bem discretos, voltaram à posição inicial, sem chamar a atenção de alguém. As mãos que haviam se unido na superfície do assoalho ainda continuavam unidas sobre a mesa. Cleber olhou para Olívia, segurando o início de um sorriso, quando Olívia fez o mesmo.

— Garçom, por favor, traz a conta — pediu Cleber, sem tirar o olhar dos olhos de Olívia, que também o olhava.

— Não vamos pedir a sobremesa? — perguntou Olívia.

— Sim, mas não ao garçom.

Ele já havia percebido a aceitação da mulher, alargou o sorriso e crente na sustentação da resposta positiva, falou:

— A sobremesa pode ser lá no meu apartamento?

Olívia corou, não acreditou na facilidade que se apresentava ali, na sua frente. Pronto! Quebrado o tabu, está tudo resolvido, pensou ela.

— Como assim, no seu apartamento?

Tentava demonstrar alguma resistência, para não mostrar a Cleber o seu intento. O garçom apresentou a conta. Cleber assumiu a responsabilidade de saldá-la. Olívia tentou persuadi-lo na divisão, mas Cleber foi irredutível. Ela olhou o total da despesa e comentou com ele o preço elevado.

— Estamos em Luanda, capital de Angola. E Angola se apresenta nos meios de comunicação como o país mais caro do mundo. Mas isso é o que menos importa.

Pagou a conta, olhando para Olívia com um sorriso de vitória. Em voz baixa sussurrou:

— Vamos procurar a sobremesa?

Olívia, esbanjando falsa ingenuidade, gaguejou algumas palavras inteligíveis, deixando a entender que o convite estava aceito.

— Vamos com o meu carro — disse ele. — O seu carro fica aqui no estacionamento. Esse estacionamento funciona vinte e quatro horas por dia. Não vai ter problema com horário. Depois eu trago você aqui para pegar o seu carro.

Sem mais palavras, levantaram-se e saíram em passos lentos rumo à porta.

A preocupação de Cleber era encontrar algum conhecido funcionário da empresa, que poderia bater com a "língua nos dentes" e confundir as coisas em relação ao trabalho. Mas Cleber teve sorte, o preço daquele restaurante não era condizente com o salário de seus empregados. Ali, em Talatona, havia restaurantes com preços bem mais acessíveis.

COM ALGUMA CERIMÔNIA, Cleber aproximou-se do seu veículo, adiantou-se a Olívia e abriu com suavidade a porta, curvando-se perante ela e com alguma cerimônia, demonstrou seu cavalheirismo. Olívia observava tudo, apresentando aquele sorriso meio sarcástico e, em pensamento, perguntando-se: "O que um homem não faz para ter uma mulher na cama?".

O casal de pombinhos seguiu em direção ao apartamento de Cleber.

O que aconteceu dentro do apartamento fica por conta da imaginação. Cleber e Olívia passaram a se pertencer como bons amigos amantes.

******

NO DIA 7 DE MARÇO do ano de 2016, Mayke, de bem com a vida, convidou Olívia para participar de um trabalho para ele.

— Alô, é a doutora Olívia?

— Sim sou eu — respondeu ela.

— Aqui é Mayke! Preciso falar urgentemente com você. Antes que fique preocupada, vou adiantar o assunto: quero que você vá a Portugal esta semana, pode ser na quinta-feira, dia 10. Passe aqui na minha casa para conversarmos sobre o que vai fazer lá.

— Mas me conta agora o que vou fazer lá!

— Esse assunto nós vamos conversar aqui na minha casa.

— É segredo?

— Não, é que prefiro não falar por telefone. Mania de precaução.

NO OUTRO DIA bem cedo, Olívia estava no sítio de Mayke, cheia de curiosidade, para saber do assunto. O labrador de pelo preto, ao perceber a presença de alguém chegando ao sítio, deu o alarme, e pelos seus latidos, Mayke já imaginava que Olívia estava chegando.

Olhou pela janela de onde estava sentado em seu escritório e avistou o carro preto que Olívia dirigia. Apertou o controle remoto para abrir o segundo portão — o primeiro se encontrava aberto. Conversou com o cachorro, que voltou à casinha, e foi receber Olívia no terreiro de sua casa. Apresentou seus pais, que já estavam em pé, na porta da casa, e a levou para o escritório, para conversar sobre o assunto. Mayke preferia que ninguém soubesse da viagem de Olívia, pois não queria especulações.

A empregada de Mayke, como se já soubesse, pediu licença e entrou no escritório com uma bandeja acompanhada de duas xícaras de café e bolachas colocadas em um prato transparente, sem nenhuma espécie de luxo ou etiqueta.

— ENTÃO SENHOR MAYKE, que assunto tão importante me trouxe a esta hora da manhã em sua casa?

— É o seguinte: como já falei, você vai a Portugal na quinta feirana região Trás-os-Montes que fica ao norte de Portugal. Eu até poderia ir, mas não posso fazer isso em benefício de meus dois filhos. Não quero prejudicar o tratamento deles.

— Eu não sabia que você tinha filhos em Portugal! — disse Olívia.

— Sim, tenho, mas não é estudando nem trabalhando por livre e espontânea vontade. Eles estão lá fazendo tratamento para se livrarem do vício das drogas. Maycon falou que estava limpo, mas por segurança e para não sofrer de recaídas, achei por bem interná-lo junto com sua irmã. É uma casa, uma espécie de clínica, com regime de internato, que fica no perímetro urbano e que pertence ao castelo de Bragança. Na casa, eles também completam o estudo médio e colaboram com a preservação do ambiente. O castelo é um patrimônio histórico de preço inquestionável. É um gigante arquitetônico, imponente, que resistiu a todos os tipos de depredações. E como você já sabe, não quero que ninguém tenha conhecimento dessa viagem. Diga para Cleber que você está a meu serviço por uma semana. Ele não irá criar caso. Se ele perguntar alguma coisa, diga que não tem conhecimento do assunto.

— Mas porque tanto segredo?

— Quando voltar de viagem explicarei tudo.

— Essa viagem oferece algum perigo para mim?

— É claro que não. Jamais iria lhe colocar em perigo sem mencionar o fato. Só quero que fique em segredo para preservar o paradeiro dos dois. Para que ninguém conhecido vá até lá e desperte neles o interesse de querer vir para casa antes do término do tratamento.

Eis aqui o endereço e uma carta de recomendação para o administrador. Ele se chama Manuel Cavaco. Não se preocupe, ele já está sabendo da sua ida. Hoje mesmo você providencie seus documentos de viagem, passagem e outras coisas que necessitar.

— E o que vou fazer lá?

— Você vai se fingir de escritora. Você está escrevendo um livro sobre drogas. Um livro que pode entrar no currículo escolar em Luanda. Eles jamais podem saber quem é você e quem a mandou. Eles também não precisam se identificar se não quiserem.

— Mas com quem devo falar? Quem são eles? Quais seus nomes?

— É um masculino e um feminino. O nome do masculino é Maycon Mayke de Sá e do feminino é Mary Angélica de Sá. Mary tem hoje 26 anos de idade e, Maycon, 24 anos. Quero que você colha todos os dados que eles possam contar. Se estão gostando, se estão felizes, se estão sendo tratados com dignidade, se estão querendo vir embora ou esperar pelo fim do tratamento, como foi o período de abstinência, se entra droga lá, o que os dois faz durante o dia e a noite e se a administração é responsável o suficiente para curar os viciados. Traga-me um relatório completo. Você terá todas as despesas pagas, diárias e o preço do relatório. Os dias de seu serviço aqui serão contados normalmente. Você tem que ir sozinha, sem nenhum acompanhante.

— Não posso levar nem minha filha?

— É como falei, sozinha. Leve todos os números dos telefones com os quais possa entrar em contato se for algo urgente. Nada de mencionar assuntos por telefone em relação à missão.

OLÍVIA CHEGA A PORTUGAL, na província Trás-os-Montes. Procura a casa mencionada por Mayke e entra em contato com o psicólogo Manuel Cavaco. Após alguns minutos de conversa, Olívia, finalmente, vai conhecer os filhos de Mayke. Cavaco leva Olívia até as dependências deles e os reúne em uma pequena sala, deixando os três à vontade.

— ESTOU FAZENDO UM TRABALHO de pesquisa, em várias clínicas aqui, em Portugal, sobre toxicodependências, para a publicação de um livro que será usado no currículo escolar em

NEM SÓ DE PÃO VIVE O HOMEM

Luanda, para acompanhar o trabalho de desenvolvimento que Angola irá adotar na desaceleração do uso de tóxicos pelos jovens naquele país — diz Olívia. O relato de suas experiências e o aprendizado que tiveram aqui será de grande valia na prevenção da dependência química de jovens que, como vocês, tiveram a infelicidade de cair nessa maldição renegada por todas as sociedades mundiais. Dizem que o modelo privado de tratamento em toxicodependência em Portugal é um dos mais aprimorados da atualidade. E se encaixa perfeitamente no perfil dos Angolanos.

— E porque a senhora não faz essa pesquisa com os médicos psiquiátricos ou com as pessoas responsáveis por esses programas? — indagou Mary.

— Sim, principalmente eles serão pesquisados. Mas o relatório do paciente tem suas relevâncias no desenvolvimento do trabalho. O problema não está neles, mas nos dependentes, que sentem na pele os efeitos provocados pelas drogas.

— O que você pensava quando veio para cá? Já tinha um propósito em mente? — perguntou Olívia a Maycon.

— Na verdade, eu nunca tive um propósito de me curar do vício das drogas — respondeu Maycon. — Mas houve problemas com o mundo em que vivíamos. Entrei num beco sem saída. Não tinha mais onde me esconder. Eu estava marcado para ser executado a qualquer momento. Então, por uma façanha da natureza, aquele que eu culpava como o vilão da história, foi a solução da hora naquele cenário inescrupuloso.

— Quem você culpava de ser o vilão da história?

Mary responde:

— Culpávamos o nosso pai. Entendíamos que ele deveria estar sempre junto conosco quando éramos adolescentes. A bondade da nossa mãe não permitiu maior rigor com nossa educação. E para provocar meu pai, corremos todos para as drogas, influenciados por meliantes da região, que mostravam um lado bom que as drogas proporcionavam quando consumidas. Não compreendíamos que nosso pai estava trabalhando para nos dar sustento. Tínhamos em mente que ele nos abandonara. Diziam que o pai tinha fugido com outra mulher, o que nos causava irritação profunda. O refúgio nas drogas foi para compensar as desilusões.

— Quanto tempo vocês já estão aqui?

— Para que nossa cura aconteça, o tempo não interessa muito — disse Mary. — Mas viemos para cá em julho de 2014. Talvez 2 de julho. Hoje é dia 11 de março de 2016, é só fazer as contas.

— É... Pelas minhas contas é um ano, oito meses e cinco dias — disse Olívia.

— Então faltam três meses e vinte e cinco dias para terminar o contrato do nosso internamento — disse Mary. — Se não for feito novo contrato, iremos para casa. Tudo vai depender do nosso pai. Ele é quem vai determinar se estamos em condições de ingressar na sociedade ou nos deixar aqui mais um ou dois anos. O que ele resolver, nós aceitamos.

— Maycon, você se acha recuperado?

— Sim, acho que estou totalmente recuperado. É claro, devo ter alguns cuidados, como escolher as amizades, esquecer tudo que aconteceu antes de eu vir para cá, evitar qualquer tipo de coisa que me faça lembrar as drogas, evitar fumar, evitar bebidas alcoólicas, ocupar todo o tempo ocioso e incutir em minha cabeça que as drogas são a alquimia do mal.

— Mary e Maycon, vocês acham que foram vítimas da sociedade?

— No início eu pensava assim. A culpa era de todos que nos cercavam, principalmente dos mais chegados, como meu pai e minha mãe. Enfim, a família que nos queria proteger, tínhamos como adversários. Culpávamos todos pelo incidente. Agora não pensamos mais assim. Agora achamos que a culpa foi exclusivamente nossa. Com os ensinamentos que aqui tivemos, pensamos diferente. Passamos a acreditar em Deus, colocá-lo no que fazemos e tudo ficou mais claro para nosso entendimento.

— E você, Maycon? Também pensava assim?

NEM SÓ DE PÃO VIVE O HOMEM

— Claro. Colocamos nossos pais como os verdadeiros culpados pelos nossos destinos. Inclusive, acusamos meu pai como culpado pelas mortes de Augusto, nosso irmão, e de nossa mãe. Dizíamos que se ele estivesse conosco isso não teria acontecido. É claro, não sabíamos o que estávamos dizendo. Hoje, é evidente que não foi bem assim. Apesar de ausente, nosso pai foi um lutador, que venceu na vida graças ao esforço dele e sua insistência. Hoje, percebemos que nós fizemos tudo pela desgraça da família. E, com tudo isso, nosso pai ainda venceu e nos perdoou. Hoje, eu vejo com clareza o estrago que causamos.

— Vocês entraram nas drogas por que quiseram ou foram induzidos por alguém?

— Fomos induzidos pela gangue que existia no local e forçados a entrar para o mundo do crime pelo nosso irmão Rodrigo, que nos prometia um mundo cheio de fantasias, deixando-nos fascinados. Ele só falava das vantagens, não nos mostrava onde isso ia acabar. Obrigou-nos a experimentar e colocou pessoal da gangue para fazer a nossa cabeça. Nessa fase, já estávamos comprometidos e era quase impossível sair. Mas, mesmo assim, ainda digo que entramos porque quisemos. Poderíamos ter feito o mesmo que Thiago, nosso irmão, fez. Passou por todos esses testes, mas não aceitou. Sofreu, foi preso por sabotagem, mas não cedeu aos caprichos das gangues.

— Maycon e Mary, ao sair daqui, vocês ainda pensam em voltar para o mundo do crime?

— Nem pense nisso! — respondeu Mary. — Eu acho que já amadurecemos. Pena que nossa mãe não está viva para se encher de orgulho de nós. Temos consciência que o estrago que causamos foi grande demais. Foi um estrago irrecuperável. Jamais vamos consertar. Se daqui para frente formos cem por cento certinhos, saberemos que não será suficiente para desfazer tamanha devastação.

— Quem já passou por tudo que passamos — asseverou Maycon —, só se for muito burro, ou

Querer se suicidar, para voltar a fazer novamente. Agora é uma questão de honra. Seria matar meu pai de desgosto e colocar sua nova família na destruição. O nosso dever agora é cuidar bem dele e nos integrar à nova família, com muita dedicação. É fazer com que ele sinta orgulho de nós. Os ensinamentos que tivemos aqui são a base que teremos para a vida. A noção de espiritualidade nos fez renascer, transformou-nos completamente, deixando-nos aptos a viver com muita dignidade em qualquer sociedade.

— Que conselho vocês dariam para os jovens de hoje?

— Jovens, se vocês se gostam, se vocês se amam, não deixem a tentação do vício tomar conta de vocês — disse Mary. — Não permitam que suas famílias sejam destruídas com essa desgraça. Não matem sua mãe de desgosto, não permitam que seu pai fuja de casa com vergonha de vocês. Não aliciem crianças e jovens. Não destruam outras famílias. Não se deixem iludir por falsas promessas sobre drogas. Resistam às tentações, impostas com promessas ilusórias de sensações agradáveis, de dinheiro fácil, se não entrar é "careta" etc.

— A maldição da droga — ponderou Maycon — só vai levar para um caminho cada vez mais fechado. Então você vai ser induzido e obrigado a optar por bifurcações. Qualquer bifurcação a que você seja conduzido estará coberta de três obstáculos, com as soluções mais difíceis. Você tentou transpor um obstáculo, encontrou um sanatório. É transponível, dependendo do seu sacrifício e da sua vontade. No segundo obstáculo, você encontrou a cadeia. Esta, dificilmente é transponível. Você pagará um preço para se tornar transponível. O terceiro obstáculo é intransponível. É o final da linha. É o cemitério. Tudo isso acontecendo enquanto jovens. Eu e minha irmã, com muita sorte e com ajuda gigantesca de outros, conseguimos transpor o primeiro obstáculo. Tiramos a sorte grande, não há dinheiro no mundo que pague tal façanha. Nós nos consideramos as pessoas mais felizes da face da Terra. Fomos libertados da pior prisão que o ser humano prepara para ele próprio.

— Então, vocês estão gostando daqui?

— Não cabe a questão se estamos gostando ou não — disse Maycon. — Fizemos um pacto com nosso pai. Por isso aprendemos a gostar desse lugar. Não interessa se é bom ou ruim, o que não podemos é causar mais um desgosto para ele e para nós mesmos. Juramos fidelidade. E essa é a nossa bandeira.

— E como é o tratamento para dependentes químicos aqui?

— Aqui existem trinta e dois dependentes fazendo tratamento — respondeu Mary. — Existe diferença nos tipos de tratamento, depende da fase em que cada um se encontra. Quem está no período de abstinência, tem tratamento diferenciado. Quando passa esse período, muda o tratamento. No início, são controlados com a própria droga, de acordo com a dependência de cada um. E as doses são diminuídas a cada dia que passa, até ficar a zero. Tem o tratamento com remédios, principalmente quando se trata de desintoxicação e para facilitar o processo de readaptação. Há palestras diárias, depoimentos de viciados, crença em Deus, independente de religião. Também há trabalhos manuais, passeios na cidade, idas a teatros, cinemas, futebol etc. À tarde, vamos a uma escola, onde participamos do ensino médio, que é só para alguns. Tudo rigorosamente dentro de horários estipulados. Os que não se adaptam, não passam de dois meses e saem por livre e espontânea vontade, sem obstáculos.

— Alguns ficam além dos dois anos. Nada é forçado. Atuam vários grupos de psicoterapia de apoio, grupos de autoajuda, terapias ocupacionais, terapia familiar etc. No meu caso e de Mary, não fomos contemplados com terapia familiar. É o preço que pagamos por destruirmos nossa família. Mas fomos contemplados com grupos de autoajuda — completou Maycon.

— Vocês foram tratados com dignidade?

— Sim. A dignidade é um grande fator para o desenvolvimento da reabilitação. Mas quem quer se curar não deve olhar muito esse fator. É necessário que se submeta às regras sem questionamento e cumpra todas as normas impostas para seu tratamento. Só assim é possível evitar a alquimia do mal.

Olívia prepara um relatório e envia a Mayke. Um relatório que, com certeza, conforme informações dos dois internos, vai agradá-lo. Hoje é 15 de março, terça-feira, do ano de 2016.

Não preciso me drogar para ser um gênio.
Não preciso ser um gênio para ser humano.
Mas preciso do seu sorriso para ser feliz.

(Charles Chaplin)